젊음의 유전자,
네오테니

Neoteny

젊음의 유전자,
네오테니

론다 비먼 지음 ◆ 김정혜 옮김

노솔

젊음의 유전자, 네오테니

초판 1쇄 찍음 2007년 10월 25일
초판 1쇄 펴냄 2007년 11월 5일

지은이 론다 비먼
옮긴이 김정혜

주간 강창래
책임편집 김영옥 **편집** 정광준 **디자인** 이인희
마케팅 양승우, 정복순, 최동민 **관리** 최희은

인쇄제본 상지사
종이 화인페이퍼

펴낸이 최정환
펴낸곳 도솔출판사
등록번호 제1-867호 **등록일자** 1989년 1월 17일
주소 121-841 서울시 마포구 서교동 460-8번지
전화 335-5755 **팩스** 335-6069
홈페이지 www.dosolbooks.com
전자우편 dosol511@empal.com

값은 뒤표지에 있습니다.

ISBN 978-89-7220-214-1 03840

행복한 유년기를 선물해주신 부모님 론과 팻,
나를 자신들의 일부분으로 받아준 사랑하는 두 아들 체이스와 숀,
낙천성과 유머와 사랑으로 내 마음을 늘
젊게 만들어주는 남편 폴에게 이 책을 바칩니다.

행복한 인생
후반전을 위한 안내서

지금까지 살면서 무엇을 이루었건, 우리에게는 아직 꽃피우지 못한 재능도 많고 세상에 기여할 부분도 많다. 인생 후반기를 최고로 보내고 싶은 사람들에게 이 책은 만족스런 삶의 여행으로 이끄는 완벽한 안내서가 될 것이다.

'젊게 나이 드는 법'에 관한 세계적 권위자 론다 비먼 박사는 에너지와 기쁨, 사랑, 탄력성, 자발성, 경이감, 호기심, 낙천성 등을 되살려 나이를 거꾸로 먹는 방법을 알려준다.

더 활기차게 산다면 우리는 젊어질 수 있다. 많은 사람이 젊은 시절에 치열하게 사느라 인생 후반기에는 포부와 기쁨을 잃어버린다. 예전에는 그토록 생기 넘치던 사람도 피할 수 없는 좌절과 고통으로 만신창이가 되어, 결국 삶의 더 큰 가능성에서 등을 돌리고 안락과 타협만을 좇는 나약한 사람이 되고 만다. 이런 이들에게 나이 든다는 것은 성장이 아니라 쇠약이고 경험의 확장이 아니라 제약이며, 적극적으로 맞상대하기는커녕 피하기 급급한 문제로 다가온다. 세간에서는 노화 현상을 '엔트로피'의 증가 때문으로 본다. 한때는 충분히 제 기능을 다하던 존재가 점차 시간이 흐르면서 에너지가 크게 감소하고 쇠퇴한다는 뜻이다.

이렇게 인생 후반기를 '상실'의 시기로 생각하는 사람이 너무 많다. 오히려 이때야말로 삶을 더욱 풍요롭고 즐겁게 보낼 기회인데 말이다.

이 책에서 비면 박사는 대담하고 확신에 찬 태도로 인생 후반기를 새롭게 정의한다. 비면 박사의 획기적 이론은 아주 시의적절하다. 인류 역사에서 최대 규모를 자랑하는 베이비붐 세대가 '더 나은' 삶의 가능성이 기다리는 인생 후반기를 눈앞에 두고 있지 않은가. 여든 가까운 나이에 노벨평화상을 받은 지미 카터^{Jimmy Carter} 전 미국 대통령이나 중년 이후 화가로서 꽃을 피운 조지아 오키프^{Georgia O'Keefe}의 삶을 떠올려보라. 여러분도 그들처럼 젊은 시절의 경직된 삶에서 벗어나 자신의 위대한 재능을 발견하고 세상에 크나큰 기여를 할 수 있다.

부디 이 책을 두고두고 간직하기 바란다. 지난날을 돌아보고 미래의 가능성을 발견한 날의 기념물로서 이 책은 여러분 책장에 오래도록 머물러야 한다. 말하자면 단순히 읽고 마는 책이 아니라 삶 속에서 '실천'하고 싶은 책이라는 이야기다. 비먼 박사의 풍부한 조언과 사려 깊은 통찰, 피부에 와닿는 지혜를 받아들이면서 한 장 한 장 책장을 넘길 때마다 여러분은 남은 삶을 향한 생명력과 열정이 꿈틀대는 것을 느끼리라.

마지막으로 이 책은 우리 모두를 향해 외친다. 인생 후반기에 우리는 나이를 먹는 것이 아니라 '다시 젊어질' 수 있다고. 우리는 점점 숨이 차오르기는커녕 다시 안정을 찾을 것이다. 또한 늙어가지 않고 다시 한 번 젊어질 수 있다.

폴 스톨츠 Paul G. Stoltz 박사

(베스트셀러 《역경 지수: 장애를 기회로 바꿔라》의 저자)

유쾌한
반란의 시작

젊어지는 데는 많은 시간이 걸린다.

파블로 피카소(화가)

내가 이 책을 쓴 목적과 여러분이 이 책을 읽는 이유는 같다. 일정한 나이대가 아닌 사람은 이 책을 집지도 않을 것이다. 나는 이미 인생의 반환점을 돌았고 결승선은 너무 빨리 다가오고 있다.

나도 뭔가 대단한 일을 할 수 있다는 자신감에 불타던 시절이 있었지만, 이제는 중력의 힘을 실감한다. 예전에 새로운 무언가를 대할 때 내 피를 뜨겁게 달구던 흥분은 이젠 '아아' 하는 한숨과 체념, 심지어 원망으로 바뀌었다. 몇 날, 몇 주, 몇 달, 심지어 몇 년도 눈 깜짝할 새에 지나간다. 아침을 먹고 돌아서자마자 또 다른 아침이 찾아오는 것만 같다. 나는 시간을 멈추게 하고 시간의 신에 맞설 완벽한 장수 비결을 찾고 싶다. 또한 나이를 먹지 않는 듯이 혹은 내 '진정한 나이'에 걸맞게 살고 싶다. 한마디로 나는 늙고 싶지 않다.

누구나 그렇지만 나도 이 세상을 떠나는 그날 그 순간까지 멋지고 즐겁게 살고 싶다. 하지만 주위를 보면 온통 나이 든다는 것을 고통으로 여기는 사람들뿐이다. 그때 선택은 세 가지다. 노화를 부정하거나 노화에 굴복하거나 노화를 극복하는 것. 서른 줄에 들어서자마자 우리는 "한번 지나간 젊음은 다시 오지 않아."라는 말을 듣게 되는데, 그것으로 상황 종료다. 사실 이런 태도와 진부한 설교, 잘못된 생각 때문에 우리는 너무 빨리 죽어가고 노화는 너무 길게 이어진다.

하지만 우리의 마음과 몸과 정신을 볼 때 긴 세월을 구질구질하고 외로운 노인으로 살아야 할 아무런 이유도 없다. 오히려 인간은 젊음을 유지하는 능력을 타고난다면 어떨까? 이 책은 그동안 내가 연구하여 알아낸 사실 가운데 많은 사람과 공유하고 싶은 결과물을 담았다. 여기 담긴 내용은 인생 후반기가 전반기만큼이나 흥분되고 활기차며, 심지어는 더욱 의미 있다는 점을 증명한다. 요컨대 나는 젊음을 되찾는 비결을 세상 사람들과 나누고 싶다.

이 책은 젊게 나이 드는 법과 관련하여 중요하게 거론되는 네오테니Neoteny, 유형성숙幼形成熟을 뜻하는 생물학 용어. 어린아이의 성질을 성인이 되어서도 계속 간직하는 것을 말한다—편집자 개념을 소개한다. 네오테니는 애슐리 몬터규Ashley Montagu와 스티븐 제이 굴드Stephen Jay Gould를 비롯해 많은 저명한 인류학자들이 지난 200년에 걸쳐 연구하여 검증한 이론이다. 네오테니는 진화가 인간에게 주는 희망이지만, 우리의 문화는 스스로 그 희망을 내버렸다. 그 결과 너무 많이, 너무 빨리 늙는 생활방식이 굳어졌다. 네오테니는 어차피 노화를 겪을 수밖에 없는 우리에게 노화의 피해를 막고 오히려 나이를 거꾸로 먹게 해줄 비결과 행동양식을 알려준다. 나는 이것을 '젊음을 되찾는' 과정이라고 부른다.

이 책은 나이 듦에 관한 잘못된 편견을 깨닫는 데 도움이 될 최신 정보로 가득하다. 또한 노화의 역경을 극복하고 우리 내면에 엄연히 존재하지만 숨어 있어 잘 보이지 않는 젊음의 특성들을 최대한 되살리는 방법을 제시한다.

통계를 보면 여자 나이 서른아홉, 남자 나이 서른여섯이 인생 마라톤의 반환점이라고 한다. 이보다 나이가 더 많은 사람들은 영화감독 우디 앨런Woody Allen의 말에 공감할지도 모르겠다. "죽음은 두렵지 않다. 다만 죽음이 닥쳤을 때 그 상황에 있고 싶지 않을 뿐이다." 내 주위에는 스스로 중년이라고 여기는 친구들이 많은데, 나는 그들에게 말한다. 만약 지금이 정말 중년이라면 123세까지는 살아야 한다고. 미국에서는 2012년까지 12초마다 누군가는 쉰 살이 된다. 지상에서의 삶이 끝날 때까지 전 세계 모든 사람은 갈수록 뚜렷해지는 하나의 변화를 목격할 것이다. 수명이 점점 늘어나는 현상 말이다.

불행히도 나이 들면서 우리 삶에 나타날 자연스럽고 중요한 변화는 미용술이나 다른 인위적 방법들로 인해 계속 지연되고 심지어 완전히 부인된다. 미국 보건부 발표에 따르면 전체 미용시장 규모는 연간 거의 1000억 달러에 달한다고 한다. 이는 남녀노소를 떠나 미국인 한 명당 매년 약 4000달러씩을 미용에 소비한다는 이야기다. 성인이라면 누구나 한번쯤 레이저 박피, 보톡스^{Botox, 주로 주름살 제거용으로 사용하는 미국 제약회사 엘러건의 주사제 상품명−편집자} 주사, 주름살 제거 수술, 눈꺼풀 성형, 지방흡입 수술, 복부 성형, 가슴 성형 등을 생각해보지 않았을까? 사실 남자든 여자든 세월의 흔적이 고스란히 드러나는 자신의 용모를 '손보려는' 사람들이 갈수록 늘고 있는 실정이다. 미국 미용성형외과학회^{ASAPS}는 미국 전역에서 이런 성형술을 적어도 세 가지 이상 시술했을 가능성이 높은 외과의사 1만 4000명을 무작위로 추출하여 우편으로 설문조사를 했다. 응답자들은 주로 성형외과와 피부과, 이비인후과 전문의들이었다. ASAPS의 발표에 따르면 2003년 미국에서 700만 건에 달하는 성형수술이 이루어졌는데, 이는 전년도에 비해 거의 24퍼센트 증가한 수치다. 더욱 놀라운 사실은 1997년 이후 전체 성형수술 건수가 228퍼센트나 증가했다는 점이다. 2000년과 2001년 사이에 보톡스 주사는 25퍼센트, 화학박피는 23퍼센트 증가했고, 섬세한 사포나 와이어브러시로 피부 표면을 깎아내 잡티 따위의 피부 결점을 치료하는 미세박피는 무려 47퍼센트나 급증했다. 탈모방지제, 일명 매직필링이라고 하는 무수술 박피, 지방흡입술, 동물질^{動物質} 주사, 산성^{酸性} 세안 등도 흔하게 이루어지는 성형요법이다. "선생님, 소 추출물이라도 써서 미간에 있는 보기 싫은 주름을 쫙 펴주세요. 그리고 기왕 하시는 김에 산성 약품으로 제 작은 얼굴도 좀 닦아주세요." 눈꺼풀 성형과 레이저 박피, 목이나 이마의 주름살 제거 수술도 받을 수 있다. 이렇듯 인위적인 방법을 써서 원하는 부위의 주름을 끌어당기고 원하는 부위에 색을 입히거나 감출 수 있지만, 운 좋게 동안으로 태어난 사람도 있다.

오늘날 남성들에게 가장 인기 있는 성형수술은 처진 엉덩이를 치켜올리는 것이다. 머릿속에 떠오르는 모습에 피식 웃음이 날지는 몰라도 사실 아주 서글픈 이야기다. 솔직히 인정하자.

인위적으로 피부색을 입히거나 숨기려는 노력은 가을날 노란색으로 아름답게 물든 나뭇잎에 초록색을 칠하며 돌아다니는 형국이다. 쓸데없고 어리석은 짓이며 헛수고다.

일찌감치 포기하라. 이 책에 '노화를 막는 비법' 따위는 없다. 그렇다면 '안티에이징Anti-aging'이란 무슨 뜻일까? 나이 드는 것에 반대한다? 아니다. 더 이상 생일이 반갑지 않다는 뜻일 뿐이다. "나이를 먹는 것이 즐겁지는 않다. 하지만 분명 대안이 없는 것도 아니다." 라고 했던 사첼 페이지Satchel Paige의 말이 요즘 사람들에게는 공허한 울림일지도 모르겠다. 이 책은 특효약도 마법의 알약도 늙지 않게 해주겠다는 약속도 아니다. 누구나 나이를 먹을 테고 지금도 나이를 먹고 있기 때문이다. 그것 참 곤란한 문제다. 대개 사람들은 이 늙는다는 문제를 무시하거나 잊어버린다면, 혹은 노화의 흔적을 화장이나 수술로 감춘다면, 빨간 새 스포츠카를 탄다면 늙지 않을 것으로 생각한다. 미안한 말이지만 그런 일은 절대 없다. 노화는 누구도 피해갈 수 없고 인정사정 봐주는 법 없이 영원히 계속된다.

삶이란 굳이 따지자면 성행위를 통해 전이되는 치사율 100퍼센트의 질환이다. 누구도 목숨이 붙어 있는 한 삶에서 벗어날 수 없다. 나이 들어서도 삶을 긍정하고 의미 있게 이끌어가려면 스스로에 대한 솔직한 자기 성찰과 헌신이 필요하다. 자신이 늙어간다는 사실을 인정하면 성장의 가능성이 열리지만, 그 사실을 부인한다면 일정 부분 이미 죽은 것이나 다름없다. 이것은 정말이지 우리 자신만이 할 수 있는 선택이다. 부디 늙어간다는 사실을 스스로 인정하여 성장의 기회를 붙잡으라고 충고하고 싶다.

이 책 Part 1 '젊음의 유전자, 네오테니'에서는 네오테니가 왜 중요한지 밝힌다. 네오테니는 우리 인간이 운명을 개척하며 살아왔다는 점을 상기시키는 나팔소리다. 또한 네오테니는 신체의 한계를 극복하는 과학이 있음을 우리에게 알려준다. 이 과학은 몸을 젊게 되돌리고 마음에 활력을 불어넣도록 돕는다. 우리는 나이를 먹으면서 쇠약해지는 것이 아니라 그런 상황을 반전시켜 길고 긴 인생 후반기를 젊게 살아가고 자신의 모든 잠재력을 끌어내면서 인생을 즐길 수 있다.

- 1장은 네오테니란 무엇인가를 소개하고 어떻게 젊게 나이 들 수 있는지를 진화의 관점에서 설명한다. 또한 네오테니의 과학적 근거를 설명하고 우리 인간이 자신의 타고난 능력을 어떻게 스스로 망가뜨리고 있는지 고발한다. 오늘날 중년층과 노년층은 역사상 가장 교육을 많이 받고 부유하며, 그 수도 가장 빠르게 증가하는 연령대다. 하지만 이 피할 수 없는 노화 과정을 다룬 대부분의 책은 실로 방대한 이 주제에 대해 남 이야기하듯 하거나 겉핥기식으로만 다룰 뿐이다. 최신 운동요법과 태도 교정, 엄격한 식이요법과 성형수술은 자신의 나이를 온전히 받아들이고 잠재력을 이해하는 데 별 도움이 되지 못한다. 내 안에 있는 젊음의 유전자 네오테니를 찾아 실천하는 일은 노화에 대한 그런 일반적 접근법보다 훨씬 중요하다.

- 2장은 노화에 대한 우리의 생각을 점검한다. 대부분의 사람들이 노화에 대해 품고 있는 판에 박힌 인식이나 잘못된 정보를 철저하게 해부한다는 말이다. '나이 듦에 대한 자기평가'는 우리가 어떻게 나이 드느냐는 오직 자신에게 달린 문제임을 확인시켜준다. 노화는 피할 수 없지만 어떻게 나이 먹는가는 어디까지나 선택의 문제다. 여기에 나오는 질문과 답은 나이 든다는 것에 대한 오늘날의 지배적인 생각을 되돌아보게 한다. 이를 통해 우리는 더욱 활기차고 건강한 삶으로 이끌어줄 자신만의 실천 모델을 만들 수 있다. 그 과정에서 우리는 '두 번째 젊음의 노트'를 써볼 필요가 있다.

- 3장은 내가 만든 AGE 지침을 통해 여러분의 잠재된 네오테니 능력

을 깨우는 준비 과정이다. 네오테니의 밑바탕이 되는 생활습관을 갖도록 '행동하라^{Act}'. 네오테니를 통해 마음·신체·감정·정신의 능력에서 '성장하라^{Grow}'. 그런 다음 젊게 나이 들면서 얻는 삶의 새로운 가능성을 발견하면서 지혜와 낙천성을 추구하는 참된 자아로 '진화하라^{Evolve}'.

Part 2 '젊어지는 습관 10'에서는 네오테니라는 타고난 능력을 활용하여 젊게 두 번 사는 방법을 설명한다. 여기서는 우선 OLD 지침을 통해 삶의 '관점'과 '언어', '동기부여'가 얼마나 중요한지 알아본다. 우리가 탐구할 네오테니 성질에는 낙천성, 유머, 배움의 욕구, 경이감, 호기심, 기쁨 등이 들어 있다. 이런 성향은 나이 들면서 몸의 뼈가 그러하듯이 점점 약해져 쇠잔하기 마련이다. 상식적으로 봐도 우리가 이런 네오테니 능력을 되찾아 그 잠들어 있던 성향을 적극 활용하여 인생 후반기까지 이어간다면, 우리는 수명을 연장시키고 더욱 풍요로운 삶을 살 수 있다.

현대 문명이 끌고가는 방향의 반대편에 있는 이런 잠재력을 실현하려면 간단명료한 실천 방법이 필요하다. 궁극적으로 이 책의 목적은 바로 그런 방법을 제공하는 것이다. 다시 말해 이 책은 가능한 오래 살다 젊음을 간직한 채 삶을 마감할 수 있도록 자신이 보유한 네오테니의 재능을 정확하게 이해하고 발휘하며 되살리고 강화하는 방법을 가르쳐준다.

- 4장은 먼저 자신의 삶의 관점부터 살피라고 촉구한다. 여기서는 네오테니에 충실한 삶을 사는지 알려주는 시금석 역할을 하는 열 가지 특징 가운데 탄력성, 낙천성, 경이감, 호기심 네 가지를 소개한다.
- 5장은 삶의 언어를 더 풍요롭게 해주는 네오테니 특징을 알려준다. 젊게 두 번 살기로 한 사람들의 삶에는 으레 기쁨과 유머와 음악이 녹아들어 있다.
- 6장은 젊게 사는 데 없어서는 안 될 원동력인 세 가지 네오테니 특징, 일과 놀이와 학습을 소개한다.
- 에필로그는 이 모든 네오테니 특징을 극대화한 삶을 살아가는 데 핵심이 되는 '젊음의 원천'를 밝힌다. 그것은 바로 '사랑'이다. 아울러 이 책에 담긴 메시지와 의미를 삶 속에서 구현하여 삶의 모든 단계와 나이를 '사랑'하라고 촉구한다.

Part 2에서는 열 가지 '젊어지는 습관'도 소개한다. 이 '젊어지는 습관'은 네오테니 성질을 되살리기 위한 재미있고 유쾌한 실험이다. '젊어지는 습관'은 다시 젊어질 절호의 기회이기도 하다. 모든 '젊어지는 습관'은 각각의 네오테니 특징과 그 활용법을 자신의 시간과 기질에 맞춰 조정하게끔 유익한 아이디어와 영감을 제공한다.

이 책의 마지막 에필로그에 이를 즈음이면, 여러분은 나이 듦에 관해 인류학과 사회학, 심리학이 전하는 지혜로 단단히 무장하고 있을 것이다. 또한 용기와 자신감 혹은 유머를 통해 노화를 성공적으로 극복한 실제 사례를 대하면서 새로운 시각을 얻게 될 것이다. 나는 그동안 학생들을 가르치며 연구하고 인생상담가로 활동하면서, 더불어 여성으로 60여 년을 살아오면서 축적된 삶의 지혜를 여러분과 함께 나눌 것이다. 이 책은 여러분이 남은 긴 인생을 만족스럽고 희망적이며 젊게 맞이할 수 있도록 도움을 주려고 썼다.

나이 든다는 것은 재앙이 아니라 창조적 과정일 수 있다. 또 자신을 제약하기는커녕 오히려 자유를 줄 수도 있다. 나이 차이를 넘어 모든 사람이 똑같이 나이 드는 과정을 겪는다. 물론 그 경험은 어디까지나 개인적인 것이다. 하지만 때로는 가장 개인적인 것이 가장 보편적이지 않던가. 네오테니는 치기 어린 사람들을 사치스럽게 포장하는 개념이 아니다. 네오테니는 건강한 장수를 꿈꾸는 사람의 필수품이다. 우리 내면의 네오테니를 사용하지 않는 것은 튼튼한 두 다리가 있는데도 두 손 짚고 기어다니며 삶을 낭비하는 것과 같다.

노인은 없다.

언제나 그렇듯 당신이 있을 뿐.

케이캐럴 매튜(영화배우 월터 매튜의 아내)

시간의 흐름에 휘둘리지 않고 삶을 자기 주도로 안에서부터 새롭게 정의하고 개선하겠다고, 한때 초록으로 빛나던 젊음을 이제 더 깊이 음미하겠다고, 삶의 모든 경험에 적극적으로 참여하겠다고 결정하는 데는 용기가 필요하다. 누구나 개척자가 될 수 있다. 시야를 넓혀 끊임없이 새로운 비전을 찾고, 그저 나이를 먹는 것이 아니라 다시 한 번, 아니 얼마든지 젊게 살 가능성이 열려 있으니 얼마나 다행스러운가.

차 례

Part 2
젊어지는 습관 10 127

또 다른 시작 : 굿바이, 보톡스! 129

설문 : 오늘 당신은 몇 살인가?

제4장 : 젊어지는 생각으로 시작하라 135

제5장 : 젊어지는 언어에 빠져라 181

나이 듦에 대한 태도와 밈Meme

Part
1

젊음의 유전자, 네오테니

무언가를 추구하는 한 당신은 늙지 않는다

제1장

네오테니를 깨워라

자아가 진화 과정에서 자기에게 주어진 역할을 잘 인식하고

받아들일 때 삶은 대단한 의미를 갖는다.

미하이 칙센트미하이(심리학자, 《몰입의 즐거움》 저자)

내 주위에는 과학의 힘을 빌려 건강과 젊음 두 마리 토끼를 다 잡을 수 있다고 생각하는 친구들이 많다. 자연스럽게 나이 드는 과정을 인위적으로 약을 써서 중단시키거나 치료하고 싶은 유혹은 누구나 느껴봤을 것이다. 그래서 사람들은 수술대에 오르거나 운동기구를 전전하며 구슬땀을 흘리고, 때로는 혹독한 식이요법을 충실하게 따른다. 모든 유기체는 나이를 먹는다. 물론 여러분도 나도 예외는 아니다. 엄밀히 말해 이것이 대단한 발견은 아니다. 하지만 이런 사실을 믿지 않는 사람이 얼마나 많은지 안다면 깜짝 놀랄 것이다.

또 내가 개인적으로 운동을 하면서 매일 실감하는 점은 우리가 날 때부터 지니고 있는 신체기관을 세심하게 관리하고 적절한 영양분을 공급해줘야 한다는 사실이다. 윗몸일으키기나 달리기 같은 운동을 아무리 열심히 해도 몸은 세월이 흐르면 변하기 마련이다. 그리고 중년 문제 전문 상담가로서 나는 각종 성격검사나 인지요법, 장수 전략은 누구나 죽는다는 불편한 진실을 가끔 잊게 하는 기분 전환용이라고 생각한다.

예로부터 나이가 지긋이 든 분들은 한결같이 이렇게 이야기한다. 틀림없이 삶에는 자기 나이를 부정하려 애쓰는 것보다 더 중요한 무언가가 있다고. 우리 내면에는 밖으로 표현해야 할 무언가가 있다. 그래서 우리는 인생 후반기에 무엇이 세상에 나오기를 기다리는지 알려고 크게 조바심을 낸다. 물론 여러분도 예외가 아닐 것이다. 다이어트, 운동, 약물 등 많고 많은 노화방지책이 대개 나이 들면서 입는 불필요한 피해를 막는 데 아무 효과가 없는 이유는 아주 단순하다. 우리가 잘못된 질문을 하고 잘못된 해결책을 찾기 때문이다.

우리가 정말로 알아야 하는 것은 노화를 멈추게 하는 방법이 아니다. 오히려 자신의 성장을 극대화할 방법을 찾아야 한다.

우리는 세월과 함께 늙는 것이 아니라
매일 새로워진다.

에밀리 디킨슨(19세기 미국의 서정시인)

저명한 인류학자 애슐리 몬터규는 1981년 《젊게 나이 들기^{Growing} ^{Young}》라는 책을 출간했다. 언젠가 나는 우연히 헌책방에서 그 책을 발견했는데, 제목만 보고 구미가 당겼다가 곧 저자의 논지에 빠져들었다. 그때 나는 마흔 문턱에 있었고 다른 무엇보다도 젊게 나이 들면 좋겠다고 생각했다.

내가 몬터규의 책에서 처음 접한 이래 십여 년 동안 꾸준히 연구하고 발전시킨 이론은 노화에 대한 태도는 물론이고 실제 삶의 목표를 바꿔놓았다. 그 과학적 이론이 바로 네오테니다. 네오테니는 수천 년을 이어온 생명 발달의 증거를 바탕으로 신체와 감정의 진화경로를 설명한다. 지난 수세기 동안 많은 과학자들이 네오테니를 연구하여 그 실체를 밝혔다.

네오테니 개념을 간단히 설명하면, 인간은 본래 신체·정신·감정·행동의 모든 측면에서 어린아이 같은 특성이 줄지 않고 오히려두드러지는 쪽으로 성장하고 발달한다는 것이다. 몬터규의 말을 들어보자. "만약 자연의 의도대로 성장했다면 우리 대부분은 지금과확연히 다른 모습일 것이다."

네오테니는 우리가 개인으로서, 또한 한 생물 종^種으로서 유희성, 독창성, 기쁨, 사랑, 낙천성, 웃음, 눈물, 노래와 춤, 경이감, 호기심같은 특성을 더 키워나가는 방법을 알려준다. 또한 이런 특성을 평생 습관으로 삼아 나이 듦을 긍정하게 해준다.

나이 들지 않고 성장한다는 것은 속임수다.

케이시 스텐젤(전설적인 미국 프로야구 선수이자 뉴욕양키스 감독)

한마디로 네오테니는 젊게 나이 드는 일과 관련 있다. 몬터규와 많은 사람이 지적하듯이, 대부분의 사람은 네오테니를 전혀 모른다. '빨리 자라라'고 다그친 부모, 윤곽선 안에 꼼꼼하게 색칠하라고 가르친 선생님, 열여덟 살 때 전공에 대해 조언해준 대학입시 상담사, 언제 결혼해 정착하고 아이를 가질지 묻던 친구, 짧은 휴식시간만 빼고 조그만 칸막이 안에 틀어박혀 일하게 한 직장상사, 팔십이 넘은 사람은 무조건 죽을 날을 받아놓은 노인이라고 생각하는 사람 등등. 이들 모두는 네오테니의 진화 원칙을 거스르는 셈이다. 무엇보다 중요한 사실은 우리가 과거의 좋은 시절만 추억하거나 예전의 꿈을 접고 다 포기한 채 스스로 움츠러들 때마다, 자신의 네오테니를 저버리게 되고 인생 후반기의 무한한 잠재력을 잃고 만다는 점이다. 오늘 이 순간, 바로 '지금'까지는 그랬다. 하지만 이제는 달라질 것이다.

이 책은 여러분이 사는 방식을 변화시키고 자연의 계획대로 성장해 날마다 젊게 살도록 도울 것이다.

◉ 네오테니란 무엇인가?

세계적 인류학자 스티븐 제이 굴드는 네오테니가 인간의 삶과 진화에서 대단히 중요한데도 소홀히 다루어진다고 말한다. 네오테니는 어째서 그렇게 베일에 가려 있을까? 초콜릿과 적포도주가 건강에 이롭다는 사실이 밝혀지는 데 얼마나 오랜 시간이 걸렸는지 생각해보면 이해도 간다.

네오테니는 쉽게 이해하기 힘든 개념이다. 사실 네오테니는 성인과 아이의 역할에 대한 우리의 믿음을 깨버린다. 게다가 세상은 우리에게 수학과 책임감을 가르치고 고소득 직장을 찾도록 도와주는 데 급급하다. 따라서 평생에 걸쳐 젊음을 추구하고 그것을 즐기라는 발상은 우리가 아는 세상을 완전히 뒤죽박죽으로 만들지도 모른다. 하지만 네오테니의 원칙은 눈에 띄지 않게 꾸준히 우리 몸과 행동의 진화에 영향을 미쳤고 지금 이 순간도 마찬가지다.

우선 우리는 네오테니의 기초를 이루는 몇 가지 과학적 원칙을 이해할 필요가 있다. 이때 우리 자신을 이해하는 일(자신의 일부를 이루는 것, 동기를 부여하는 것, 목표와 꿈 등)은 인간 진화의 과거를 이해하는 일이기도 하다.

20세기 초 생물학자와 인류학자들은 다른 영장류에 비해 인간의 발달 속도가 더디다는 데 의구심을 품었다. 이런 의문은 다윈의 진화론이나 "인간과 물고기가 왜 이리 다르게 생겼을까?" 같은 질문의 차원을 넘어선다. 학자들이 알고 싶었던 것은 지구상의 다른 종들과 달리 인간의 신체와 감정 발달이 유난히 더딘 이유이다.

과학자들은 성인과 태아에게 모두 나타나는 신체적 특징들에 주목했다. 평평한 얼굴과 털이 적게 나는 몸, 커다란 뇌 크기와 손발 구조 및 모양 등등. 이는 다른 동물들과 확연히 다른 점이다. 과학자들은 유아기의 형태를 어른이 되어서도 그대로 간직한 이런 네오테니의 특성이 인간 진화에서 틀림없이 중요한 역할을 했다고 본다. 반면 다른 영장류의 경우 태어날 때는 몸과 얼굴이 모두 어려보이지만 짙은 눈썹, 큰 이빨, 더욱 평평하고 길다란 얼굴 등 성체진화 成體進化, Gerontomorphism (이 말의 라틴어 어원에는 '늙은old' 이란 뜻이 담겨 있다)의 특징들이 빠르게 발달한다. 성체진화에서는 더 진화할 수 있는 여지가 점점 줄지만, 네오테니에는 발달 상태를 유지하는 능력이 있다. 인간만 이런 특성을 갖게 된 까닭은 그만큼 발달이 더디게 진행된 때문이었다.

◉ 사람은 어린아이를 간직한 채 성인이 된다

코미디언 다나 카비 Dana Carvey 는 고등학교 시절 또래에 비해 발달이 너무 늦어 큰 운동화를 신은 태아 같은 생김새였다고 고백한다. 그의 트레이드마크인 불쑥 튀어나온 이마는 신생아나 영장류의 이마와 닮았다. 대개 영장류는 눈과 코보다 이마 쪽 머리뼈의 성장이 두드러지는데, 인간은 평생에 걸쳐 작고 둥그스름한 이마를 유지한다. 언뜻 사소해보이는 이런 신체적 특징은 인상에도 크게 영향을 미친다. 지금도 이마는 사람의 지성을 판단하는 잣대여서, 이마가 튀어나온 사람은 영국의 낭만시인 워즈워스^{W. Wordsworth}보다 레슬링을 더 좋아하는 '지성 낮은' 사람으로 통한다.

수세기 동안 둥근 얼굴에 튀어나온 이마와 짧은 코, 큰 눈 그리고 도톰한 입술은 여성의 이상적 얼굴형이었다. 아기 얼굴을 떠올려보라! 작고 안아주고 싶은 어린아이의 네오테니 특징들은 우리의 보호본능을 자극한다. 텔레토비와 양배추 인형, 미키마우스, 베티붑 같은 인기 인형이나 만화 주인공은 태아적 특징의 집합체다. 작은 목소리와 큰 눈, 동글동글한 생김새까지. 이런 캐릭터가 전 세계에서 사랑받는 이유는 바로 그런 특징 때문이다.

〈미키마우스에게 생물학적 경의를 표함^{A Biological Homage to Mickey Mouse}〉이라는 글에서 스티븐 제이 굴드는 디즈니 만화가들이 미키마우스가 유명해지자 이 캐릭터를 점점 더 부드럽고 어려보이게 만들었다고 주장했다. 물론 네오테니를 염두에 두고 그러지는 않았을 것이다. "미키의 나이는 예나 지금이나 그대로이므로(대개의 만화 주인공처럼 미키도 세월을 비껴간다)미키의 달라진 외모는 그야말로 진화론적 변환이다. (…) 디즈니 만화가들은 미키의 모습을 매우 교묘하게 바꿔놓았는데, 여러 가지 방법으로 은근슬쩍 자연적 변화인 양 보이게 하는 장치도 해두었다. 예를 들어 미키의 다리가 어린아이처럼 더욱 짧고 통통해보이도록 바지 길이를 늘였고 헐렁한 옷 속에 호리호리한 다리를 감추었다. 반면에 얼굴은 눈에 띄게 커졌고 이목구비는 더욱 어려졌다. 나는 오랜 기간에 걸쳐 일어난 미키의 외모 변화는 인간의 진화를 함축한다고 생각한다."

네오테니는 우리의 외모뿐만 아니라 짝짓기 행동에서도 분명하게 드러난다. 연애시절 서로 짓궂게 장난치며 미소 지을 때 여자가 부드러운 얼굴과 소녀 같은 행동을 보이면 남자는 그에 대응해 소년 같은 행동을 한다. 여성이 높은 목소리로 말하고 화장을 해 볼을 발그레하게 만드는 것이나 남성이 호탕하게 웃고 장난치며 짐짓 상처받기 쉬운 척하는 것 모두 네오테니의 사례다. 해부학 교수 루이스 볼크Louis Bolk는 "성인은 성적으로 성숙한 태아"라고 주장했다. 금요일 밤 젊은 남녀가 모여드는 술집에 가보라. 볼크 교수의 혜안에 절로 고개를 끄덕일 것이다.

인류학자 콘라트 로렌츠Konrad Lorenz의 이야기도 들어보자. "늘 일정한 발달 상태를 유지하는 인간의 독특한 형질은 네오테니가 가져다준 선물이 분명하다." 서글프게도 노화를 바라보는 현대인의 시각은 발달기가 끝나면 곧바로 침체기가 시작된다는 것이다.

◉ 네오테니를 깨워라

나는 미국 전역을 돌며 다양한 연령대의 사람들에게 강연을 한다. 그럴 때면 어김없이 벌어지는 사건이 있다. 초등학교 3학년 교실로 도넛을 가져가면 아이들은 간식을 먹는다는 기대감에 기뻐 날뛴다. 그런 광경은 보는 것만으로도 즐겁다. 하지만 대학생들은 그저 고맙다고 말할 뿐이다. 그것도 가끔. 한편 중간 관리자나 CEO들은 예상이라도 했다는 듯이 대개는 눈도 마주치지 않고 도넛 하나를 냉큼 집어 도로 자리에 앉는다. 이러니 어찌 초등학교 3학년 아이들이 그립지 않겠는가. 아이는 보통 하루에 삼백 번 웃지만 성인은 세 번 웃는다는 말을 들어본 적 있을 것이다. 중간 관리자들을 상대로 강연해보면 세 번도 많다는 생각이 든다.

3학년에서 30학년이 되는 동안 도대체 우리에게 무슨 일이 일어난 것일까?

사람들은 대개 비행기를 타고 있을 때 바깥 풍경에 눈길도 주지 않는다. 시계를 보거나 이메일을 확인할 뿐 옆자리 사람과 대화하기도 꺼린다. 또한 다가오는 아이라도 보일라치면 지레 겁부터 먹는다. '제발 저 아이가 제 옆에 앉지 않도록 해주세요.' 우리는 아이가 옆자리에 앉는 것을 왜 싫어할까? 이유는 간단하다. 아이들은 조그만 일에도 쉽게 흥분하고 이리저리 몸을 비틀며 잠시도 가만히 있지 못하기 때문이다. 또한 창 너머 보이는 구름에 탄성을 내지르고 저 아래 산봉우리 개수를 큰 소리로 세며, 해를 보려고 몸을 쑥 내밀기 때문이다. 하지만 그런 아이들의 행동이 맞는 것 아닐까? 공중에 떠 있는 것, 하늘을 나는 것 자체가 기적이다. 우리 어른들은 그것을 모른다. 실제로 나이 들수록 우리는 젊음뿐만 아니라 기쁨과 놀라움 같은 감정에 더욱 인색해진다.

그렇다고 오해는 마시길. 비행기 좌석에서 몸을 꿈틀대거나 회의 중에 설탕이 듬뿍 묻은 도넛 하나를 받고 좋아서 날뛰는 것이 네오테니의 본질이라는 이야기가 아니다. 또한 젊은 문화를 좋아하거나 성인의 역할에 대한 기대를 낮춰야 한다는 말도 아니다. 분명 혹자는 '내면에 있는 아이를 해방' 시키는 것은 누구에게도 도움이 되지 않을뿐더러 그저 더욱 이기적이고 비열한 행동으로 이어질 수도 있다고 주장할 것이다. 거만하고 시끄럽고 이기적인 '어른' 들과 회의를 하다가 그들 내면의 아이를 제압하고 싶은 유혹을 느꼈던 적이 누구에게나 있을 법하다. 하지만 네오테니에 관해 내가 말하려는 요지는 어린아이의 '긍정적' 특징을 건전한 방향으로 꾸준히 개발하는 것이다.

《젊게 나이 들기》에서 몬터규도 밝혔듯이 "어른들은 대개 자신의 눈높이로 판단해 아이들이 지닌 네오테니 특징의 명백한 의미를 무시한다. 또한 어리석게도 그런 특징들이 푸념과 이기심, 자기연민, 완고함, 성급함, 충동성, 짓궂은 장난 등등의 행동과 똑같은 범주에 속한다고 믿는다. 아이들이 가끔 그렇게 행동하기도 하지만, 대개 그런 행동은 아이들을 희생자로 만드는 잘못된 사회화의 부산물이다. 우리가 '유치한' 행동이라고 부르는 것은 사회화를 책임지는 사람들의 무능함을 반증할 뿐이다. 아이가 본능적 욕구를 표현한다고 생각해서는 결코 안 된다. 분명히 말하건대 그런 행동은 아이의 네오테니 특징과 아무런 관련이 없다."

말하자면 아이들의 부적절한 행동이 타고나는 것은 아니라는 이야기다. 우리 문화는 아이들이 어른으로 '성장'하기를 요구한다. 그것이 인생의 주요 목표라고 배우기 때문에 아이들은 그 사실을 무조건 받아들이게 된다. 그래서 아이들은 어른들을 잘 따라하면 성공한다고 생각한다. 곧잘 이기적이고 게으르며 비판적이고 냉담한 어른들 말이다.

아들 숀이 초등학생일 때 내가 역사 과제를 봐준 적이 있다. 주제는 일본 무사 사무라이였다. 그래서 나는 과제를 발표할 때 마분지와 포일로 사무라이 의상을 만들어 입으면 어떠냐고 제안했다. 그러자 아들은 내 눈을 똑바로 쳐다보면서 5학년 아이답게 사뭇 진지하게 말했다. "엄마, 선생님은 엄마가 독창적이기를 바라시는 게 아니에요. 그저 학교에서 나누어주는 가정통신문을 잘 읽어보시기를 바랄 뿐이에요."

하지만 사회화가 건강하게 이루어진다면, 즉 부모와 선생님처럼 사회화를 책임지는 사람들이 아이의 성장과 발달에 무엇이 꼭 필요한지 이해한다면, 어린아이다운 네오테니 특징을 인류의 가장 가치 있는 자산으로 보아 이를 육성하고 발전시킬 것이다. 미술·과학·음악과 같이 삶에 기쁨을 주는 모든 것들은 바로 이런 네오테니 특징에서 비롯한다. 아울러 이런 귀중한 자산을 바탕으로 우리는 사랑·웃음·상상·열정이 가득한 삶을 살 수 있다.

네오테니의 교훈은 우리가 아이의 발달 수준에 계속 머물러야 한다는 것이 아니다. 오히려 아이에게 나타나는 특징을 계속해서 발전시키라는 것이다. 사랑·우정·탐구심·호기심·유희성·독창성·유머감각·동정심 등등. 우리는 사회화의 이름으로 그런 특징들을 억누르지 말고 평생에 걸쳐 활용할 필요가 있다. 또한 세상을 향해 마음을 열고 자기에 맞는 환경을 적극적으로 만들어내야 한다.

지금부터 내가 잘 아는 아흔두 살의 한 여성을 소개하려 한다. 사실 나이와 상관없이 누구나 그 여성처럼 될 수 있는 능력을 타고난다. 아담한 몸집에 침착하고 자긍심이 높은 그녀는 어김없이 아침 여덟 시면 머리에서 발끝까지 완벽하게 치장한다. 더욱이 그녀는 시각장애인이지만 머리카락 한 올 남김없이 멋있는 두건으로 감싸고 화장도 나무랄 데 없다. 남편이 일흔의 나이로 세상을 뜨면서 그녀는 양로원에 들어가야 했다. 양로원 로비에서 몇 시간을 기다린 뒤 자신의 방이 준비되었다고 하자 그녀는 따뜻한 미소를 지었다. 보행기에 기대 승강기로 가는 사이 그녀는 자신의 작은 방에 대한 설명을 들었다.

"방이 너무 맘에 드는군요." 그녀는 마치 여덟 살짜리 꼬마가 강아지를 선물받은 듯이 들뜬 목소리로 말했다.

"존스 부인, 아직 방을 보시지도 못했는데… 조금만 더 가시면 됩니다."

"꼭 봐야 아는 건 아니에요." 존스 부인이 대답했다. "행복이란 미리 결정하는 거죠. 그 방이 맘에 들고 안 들고는 어떤 가구가 어떻게 놓여 있느냐 하고 아무런 상관이 없어요. 오히려 내 마음속에서 그 방을 어떻게 꾸미는가가 중요하지. 더군다나 나는 이미 그 방을 사랑하기로 마음을 정했어요. 매일 아침 눈을 뜰 때마다 그런 결정을 하죠. 나는 선택할 수 있어요. 여기저기 고장난 몸 때문에 얼마나 불편한지 하나하나 되새기며 하루 종일 침대에만 누워 있을 것인가, 아니면 일어나서 그나마 제대로 움직이는 신체기관에 감사하며 시간을 보낼 것인가? 그건 순전히 내 결정에 달렸어요. 내 나이쯤 되면 하루하루가 선물인 법이죠. 숨이 붙어 있는 한 새로운 날과 지금까지 차곡차곡 쌓아온 행복한 기억에 집중할 거예요. 지금 내가 있는 이곳과 이 시간도 마찬가지고."

내 말은 노화에 따르는 상실과 교훈을 무시하라는 이야기가 아니다. 다만 마음속의 가구를 약간만 다르게 배치하라는 것이다. 이를테면 골치 아픈 문제는 뒤로 밀어놓고 대신에 가능성을 앞쪽에 배치하는 식으로. 나이와 상관없이 우리에게는 성장하고 발달할 시간과 공간이 필요하다. 하지만 그런 시간과 공간을 찾을 수 없기 때문에 우리는 자신의 가장 소중한 태생적 권리를 부정하는 것이다. 사람만이 가진, 발달 상태를 일정하게 유지하는 특징 말이다. 젊음은 신의 선물이지만 젊게 나이 드는 일은 각자 노력의 열매다.

⊚ 꿈꾸는 사람은 늙지 않는다

아이들(겉모습은 이렇게 변했어도 우리도 한때는 어린아이였다)은 매일 호기심과 유희성, 실험정신, 정직, 에너지, 배움에 대한 열의를 드러낸다. 그러면서 끊임없이 질문한다. "왜요?" "언제요?" "어떻게요?"

내 두 아들 체이스와 숀은 어릴 적에 냄비와 팬, 스푼이 가득한 찬장 앞에서 몇 시간이고 앉아 있었다. 또한 장난감에 이름을 지어주고 새로운 놀이를 하며 노래를 만들어 부르고 아무 리듬에도 춤을 추며 스스로 규칙을 정해 자신들만의 게임을 만들어내곤 했다. 또한 주위 사람들을 모두 친구로 생각하고 끊임없이 탐구하며 모든 가능성을 적극적으로 받아들였다.

어른들 가운데 이렇게 할 수 있는 사람이 몇이나 될까? 아주 드물 것이다. 왜 그럴까? 우리는 어째서 더는 질문을 하지 않고 다른 사람의 평가를 두려워할까? 또 내일을 걱정하느라 정작 오늘을 즐기지 못하는 것은 왜일까? 우리는 하루 종일 진실만 말할 수 있을까? 최근에 새로운 음식이나 기술을 시도한 적은? 새로운 무언가를 배워본 적은? 우리는 점점 작아지고 좁아지며 더욱 비판적으로 변하고 기쁨을 잃어간다. 또한 우리는 대개 성인이 되면서 책임감과 부담을 느끼고 매사에 심각해지며, 한때 돋보이던 개성도 점차 퇴색해간다. 이것은 역™진화, 곧 퇴행이나 다름없다.

네오테니가 주는 희망과 인간의 진화 가능성을 고려할 때, 이런 지속적 퇴보는 어쩔 수 없는 수순이 아니라 선택이라는 결론이 나온다. 심리학자 미하이 칙센트미하이^{Mihaly Csikszentmihalyi}가 《제3의 진화 The Third Evolution》에서 말했듯이, 인간의 반응은 다른 종들과 달리 유전자에 프로그램화되어 있지 않다. 우리는 스스로 반응을 만들어내는 능력이 있다는 뜻이다. 무의식적으로 반응하기보다는 즉흥적으로 반응을 만들어내고 선택하며 대응하는 이런 독특한 능력 덕분에 인간은 성공적으로 진화할 수 있었다. 우리는 젊음과 활력을 선택하고 탐구에 대한 의지를 간직하며 용기와 상상력으로 관행에 맞설 수 있다. 요컨대 우리는 스스로 노력해서 젊어질 수 있다.

누가 누구를 가르치나

민들레 꽃밭을 보면 내 눈에는

마당을 온통 뒤덮으려는 잡초무더기만 보인다.

내 아이는 꽃을 꺾어 엄마에게 선물하고 소원을 담아

솜털 같은 하얀 홀씨를 날려보낸다.

술 취한 노인이 미소를 보내면 나는 어쩌면 내 돈을 노릴지도 모르는

냄새나고 지저분한 사람이라고 생각한다.

내 아이는 자신에게 미소 짓는 누군가를 보면 미소로 답한다.

좋아하는 음악을 들으면 나는 음치에 박자감마저 없어

수줍게 앉아 조용히 음악에 귀를 기울인다.

내 아이는 리듬을 타면서 음악에 맞춰 몸을 움직이고 가사를 따라 부른다.

가사를 모를 때는 제멋대로 지어서 부른다.

얼굴을 때리는 바람을 만나면 나는 행여 바람에 머리가 헝클어지고

걸을 때 방해가 될까 피할 궁리부터 한다.

내 아이는 두 눈을 감고 두 팔 벌려 바람을 타고 날다가 웃으며

사뿐히 땅으로 내려온다.

진흙 웅덩이를 보면 나는 조심조심 바깥쪽으로 돌아간다.

진흙이 잔뜩 묻은 신발과 옷과 거실 카펫이 눈앞에 아른거린다.

내 아이는 아예 웅덩이 안에 철퍼덕 앉아버린다.

거기서 댐을 건설하고 강을 만들어 건너다니고 벌레들과 함께 논다.

우리가 아이를 가르치는 것인지

아이가 우리를 가르치는 것인지 모르겠다.

작가 미상

나이와 과거, 신체적 제약이나 좌절감과 상관없이 우리는 나이와 발달 단계를 연령대로 나눠 잘못 생각하는 데서 생기는 부정적 결과를 충분히 이겨낼 수 있다. 네오테니는 우리에게 나이를 먹는 일이 지속적인 과정이라고 가르친다. 또한 우리가 애초에 지니고 있

던 젊음의 특징에서 '벗어나는' 대신에 그런 특징을 자기 것으로 삼아 '함께 성장' 할 수 있다고 가르친다.

꿈꾸는 사람은 결코 늙지 않는다.

엘리자베스 코츠워스(아동작가)

네오테니는 사람의 성장에 긍정적으로 작용한다. 따라서 이 책도 개개인의 바람직한 성장에 초점을 맞춘다. 정신적 성장뿐만 아니라 개개인이 아직 발견하지 못한 자신의 능력을 찾아내 키워내자는 말이다. 철학자 존 피스크 John Fiske 는 인간의 성장에는 "지금까지 알려진 것보다 더욱 고매하고 숭고한 인간성이 무한한 가능성으로 남아 있다."고 주장했다.

우리가 저마다 삶의 가능성을 극대화하는 것도 물론 중요하지만, 네오테니의 잠재력은 그보다 더 큰 의미가 있다. 인간의 진화는 네오테니를 어떻게 관리하느냐에 달려 있다. 사랑하는 마음은 전쟁을 용납하지 않고 아이 같은 호기심은 두려움 대신 흥미를 유발한다. 또한 기쁨은 어떠한 만남에도 큰 의미를 부여한다. 어른들의 세상은 이런 어린아이 같은 특징과 조화를 이룰 때 더 나은 세상이 될 것이다.

우리는 자신이 어느 쪽으로 진화할지 스스로 정할 수 있다. 일레인 매튜스 Elaine Matthews 는 《지능의 핵심 The Heartbeat of Intelligence》이라는 책에서 인간의 현재 DNA로는 우리가 만들어낸 이 세상을 오래 유지할 수 없다고 주장한다. 그러면서 사랑·동정심·호기심·경이감 같은 네오테니 특징을 폭넓게 실천하라고 당부한다. 그렇게 한다면 새로운 DNA를 활성화하고 이런 특징들을 우리의 유전자 속에 프로그램화하며, 물질의 DNA로부터 정신의 DNA로 확실한 진전을 이끌어낼 수 있다는 것이다. 매튜스는 이렇게 말한다. "자연이 인간을 위해 마련한 훌륭한 계획, 다른 말로 진화의 목적은 인간이 DNA를 변화·적응시켜 지상의 모든 재앙에서 살아남도록 하는 것이다. 그리고 자연은 그런 변화가 사랑과 지혜를 통해서만 가능하도록 계획했다."

◉ 거꾸로 나이 먹는 삶으로 가는 길

여러분이 무슨 생각을 할지 충분히 짐작한다. 우리 안에 꿈틀대는 무언가가 더 있다고 확신하고 인생 후반기에 진짜 삶의 모험과 목적을 찾아나서고 싶지 않은가? 이제 때가 되었다. 이 책이 안내자가 될 것이다. 미치 앨봄Mitch Albom이 쓴 《모리와 함께한 화요일Tuesdays with Morrie》에서 모리 슈워츠 교수는 말한다. "자신이 죽어간다고 믿는 사람은 거의 없다. 하지만 그렇게 믿는다면 전혀 다른 삶을 살 것이다."

이 책의 목적은 겉모습이 나이 들어가는 문제에서 벗어나 지금까지와는 전혀 다른, 이를테면 '나이를 거꾸로 먹는' 삶의 여행의 길잡이가 되는 것이다. 작가 앤 라모트 Anne Lamott 는 회고한다. "나는 뜨거운 물로 오랫동안 샤워한 다음 거울에 비친 내 알몸을 자세히 들여다보았다. (…) 그렇다고 내 모습이 보기 흉해 다른 사람처럼 되고 싶다고는 생각하지 않았다. (…) 다만 바깥에 보이는 데서부터 시작하라는 말이 떠올랐을 뿐이다. (…) 그래서 불과 얼마 전에도 여기 있었고 아직도 내 안에서 살아 있는 소녀의 건강하고 젊은 피부를 더욱 윤이 나게 문지르는 중이다."

나는 이 책을 읽는 이들이 마법처럼 어린 시절을 되살려 자기 자신을 온전히 인식하고 이해하도록 도우려 한다. 우리 안에 살아 있는 그 아이에게 다시 생명을 불어넣자. 네오테니를 발견하자. 신화학자 조지프 캠벨 Joseph Campbell 은 이렇게 말했다. "우리가 완전하게 실현하지 못한 생명의 모든 가능성, 다른 말로 자신의 다른 부분들이 우리 안에 고스란히 남아 있다. 그런 황금의 씨앗은 죽지 않기 때문이다."

제2장

두 번째 젊음의 노트를 시작하라

행동은 신념에서 나오며,

근육이 아니라 두뇌에서 시작한다.

페이지 스미스(작가, 철학자)

◎ 나이 듦에 대한 참과 거짓

노화라는 주제는 다루기 꺼려지고 우울해지며 어떻게든 피하고 싶은 것이 당연하다. 노화에 대한 많은 설문조사 결과는 한결같다. 실제 나이와 상관없이 자신을 노인이라고 생각하는 사람이 미국 전체 인구의 10퍼센트도 안 된다는 것이다. 노인병학과 전문가 마거릿 굴레트Margaret Gullette는 나이란 "내면으로 파고들어 스트레스와 우울증을 유발하는 심리적, 문화적 질병"이라고 말한다. 우리 문화에서는 나이가 들면 실패한 인생처럼 생각한다. 앤 랜더스Ann Landers는 말한다. "일흔 살 노인의 마음속에서 서른다섯 살 청년이 묻는다. '무슨 일 있어요?'"

나이 든다는 것에 대해 여러분이 얼마나 아는지 잠깐 점검해보자. 노화에 대해 어떤 고정관념을 가지고 있는가? 그릇된 정보에 이끌리진 않는가? 나이 드는 과정과 노년의 삶에 대해 여러분이 아는 지식은 과연 정확할까? 왜 이런 질문을 해야 할까? 늙어가는 데 대한 우리의 현재 생각을 확인하고 그 이유를 살피는 것이 젊게 나이 드는 잠재력을 찾아내는 첫걸음이기 때문이다.

지금부터 25개 자기평가 문항을 소개한다. 여기에는 맞는 이야기도 있고 틀린 이야기도 있다. 하지만 대부분은 사람들 사이에 널리 퍼져 있는 생각이다. 자신이 참과 거짓을 얼마나 잘 가려내는지 한번 시험해보자.

: 나이 듦에 대한 자기평가

1_ 치매에 걸릴 확률이 높다?

아니다. 흔히 알려진 것과는 달리 노인성 치매는 정상적 노화 과정이 아
니거니와 충분히 예방도 가능하다. 연구주제에 따라 통계결과가 약간씩
차이가 있지만, 연구자들은 대개 70대 노인의 약 2~3퍼센트, 80대의
5~10퍼센트만이 여러 치매성 질환을 경험한다고 추정한다. 90대가 되면
노인성 치매 비율은 20~30퍼센트로 급증하지만, 이는 중증뿐만 아니라
경미한 치매성 질환까지 모두 포함한 수치다. 요컨대 노인 가운데 열에
아홉은 편안한 여생을 보낸다. 《저녁을 기다리며Let Evening Come》의 저자인
여든 살의 플로리다 스콧 맥스웰Florida Scott-Maxwell은 말한다. "나이를 먹어
생각이 느려지고 때로 혼돈이 생기더라도 성격과 개성은 물론이고 마음
밑바탕의 지혜까지도 오래도록 간직할 수 있다."

2_ 성욕이 없거나 성생활을 계속할 능력이 없다?

아니다. 성생활은 나이 든 사람에게도 여전히 중요하다. 휴스턴에 있는
조사기관 TNS에 따르면, 55세 이상의 중·노년층은 18~34세 젊은 사람
들보다 알몸으로 잠자는 것을 더 좋아한다. 노년일수록 몸과 마음의 경이
로움에 눈을 뜨는 법이다. 내 친구 하나는 예순다섯 살을 넘긴 상대하고
만 데이트한다. "그들은 젊은 사람들보다 섹스할 시간도 더 많고 섹스하
는 데도 더 많은 시간을 들이니 금상첨화 아니겠니?" 몸에 이상이 있어
성생활을 하지 못하는 노인들도 치유가 가능한 경우가 많다. 또한 성행위
가 단순한 생물학적 기능에 머물지 않는다는 점을 명심하자. 성행위는 친
밀한 관계에서 다양한 방법으로 감정과 자아를 표현하는 수단이며 남성

성 혹은 여성성의 다양한 측면을 담고 있다. 시인 마야 안젤루 Maya Angelou 가 어느 인터뷰에서 이런 말을 한 기억이 난다. "이제 일흔아홉 살이지만 지금도 나를 '달링'이라고 부르는 사람이 있어요. 그런 말을 들으면 너무 너무 기분이 좋죠."

3_ 나이를 결정하는 데는 태어난 때부터 햇수로 따지는 달력상의 나이가 가장 중요하다?

아니다. 개인의 나이를 따지는 방법은 매우 다양한데, 그 가운데서 가장 무시해도 좋은 것이 바로 달력상의 나이다. 이 달력상의 나이, 즉 생활나이는 태어나서 몇 년을 살았는지 말해주는 숫자에 지나지 않는다. 이보다는 기능나이 Functional Age 가 더 중요하다. 사회적 환경에서 얼마나 잘 활동하는가를 따지는 이 기능나이는 다음 세 가지를 포함한다. 심리적 나이, 사회적 나이, 생리적 나이. 주위에 생리적 수명이 다해가는데도 심리적 수명은 아직 한창인 사람이 있지 않은가? 독립적이고 창의적이며 활기 넘치고 삶의 도전에 당당히 맞서는 사람 말이다.

내 시할머니는 생활나이로는 아흔네 살이시다. 하지만 최근 찾아뵈니 도저히 아흔넷의 노인으로 보이지 않았다. 아침 일찍 일어나 수중 에어로빅을 하시고 예고도 없이 들이닥친 손님을 위해 쿠키를 구우시며 저녁에는 브리지 게임을 하러 외출도 하셨다. 람 다스 Ram Dass 는 《성찰: 나이 듦과 변화 그리고 아름다운 마무리 I'm Still Here》에서 우리에게 경종을 울린다. "부모나 경영자 혹은 일흔 살이 되기 전에, 그리고 부모나 경영자 역할에서 벗어난 다음에 (…) 우리는 그저 우리였다. 총명하고 믿을 수 없는 정신의 간교한 음모 뒤에는 주변 상황에 개의치 않는 하나의 실체가 있다. 이것은 나이들어도 변함이 없고 그 무엇을 보탤 수도 뺄 수도 없는 존재다."

4_ 대부분 변화에 잘 적응하지 못한다?

아니다. 노인이라고 해서 젊은 사람보다 특별히 완고하지는 않다. 사실 완고함은 잘 변하지 않는 성격적 특성이기 쉽다. 젊은 시절 고집이 세고 변화에 잘 적응하지 못하는 사람은 늙어서도 별반 달라지지 않는다는 말이다. 나는 대학생들에게 연설을 가르칠 때면 노인센터로 데려가서 실습을 하는데, 그럴 때마다 깜짝 놀란다. 새로운 무언가를 시도하고 친구들로부터 엄정한 평가를 받으며 남들 앞에 나서기 두려워하는 이들은 바로 스무 살 안팎의 팔팔한 내 학생들이기 때문이다. 오히려 노인센터의 80, 90대 노인들이 학생들에게 마음을 열고 편안하고 즐겁게 지내는 방법을 가르친다. 노인들은 신나게 마카레나 춤을 추고 낯선 음식도 먹어보면서 더없이 즐겁게 생활한다. 작가 릴리언 헬먼Lillian Hellman은 그곳 노인들의 교훈을 이렇게 요약한다. "안타깝지만 당신의 행동을 가로막는 것은 시간이나 운이 아니라 바로 당신 자신이다."

5_ 활동을 제약하는 신체 장애가 있다?

아니다. 주된 장애는 나이에 대한 고정관념과 노인 차별 때문이다. 이 두 가지 모두 나이 든 사람들에게 부정적 영향을 미친다. 마이클 해링턴Michael Harrington은 저서 《미국의 또 다른 얼굴The Other America》에서 "미국은 나이 든 사람들을 가련한 존재로 만들곤 한다. 건강 때문에 고통받고 궁핍하며 사회적으로 고립되어 있다고 생각하는 것이다." 이렇게 볼 때 우리 사회가 노화에 대한 부정적 인식에 한몫 거드는 셈이다. 리처드 마골리스Richard Margolis는 《미국의 노인이 위태롭다Risking Old Age in America》에서, 우리는 "나이 듦을 '불치의 병'이라고 일축한 세네카Senesa의 말을 떠올리게 하는 가혹한 숙명론"에 굴복했다고 주장한다.

미국 전역에서 활동하는 노인권익보호단체 그레이팬더스Grey Panthers는 노인 관련 문제를 해결하기 위해 노력한다. 이 단체의 텔레비전 감시반은, 대부분의 텔레비전 프로그램에서 노인은 '이가 다 빠진 추한 모습에 성생활도 하지 않고 대소변도 가리지 못하며 노쇠하고 혼란스럽고 무기력한' 모습으로 묘사된다고 꼬집는다. 이러한 고정관념이 노인의 활동과 기회를 제한한다. 하임 하잔Haim Hazan은 저서 《노년: 건설과 해체Old Age: Constructions and Deconstructions》에서 "노화 자체에 과정이 있을 수 없다. 사실 노화에 대한 갖가지 가설은 특정 시대 및 문화와의 관련성 속에서 생겨날 뿐이다."라고 주장한다. 우리도 익히 알듯이, 연장자라는 말이 존경과 복종, 특권, 사회적 존중과 일맥상통하는 문화도 많다.

6_ 오감 능력이 떨어지는 것은 자연스런 결과다?

대개는 맞다. 인간의 오감 능력은 대체로 나이가 들면서 떨어진다. 하지만 미국국립보건원은 최근 연구에서 노인성 치매와 신체 기능의 감퇴는 노화의 피할 수 없는 부산물이 아니라 질병과 장애 그리고 사회·경제적 곤경에서 비롯한다고 밝혔다. 시력과 관련된 다양한 변화는 나이와 깊은 관계가 있지만, 청력의 급속한 감퇴는 나이보다 오랫동안 소음에 시달린 때문이라는 것이다.(이렇게 볼 때 우리는 레드제플린Led Zeppelin 콘서트에 다양한 대가를 지불한 셈이다.) 소음이 적은 전원에서 생활하는 사람들은 나이를 먹어도 청력에 별다른 문제가 없다. 식이요법과 체계적인 건강관리, 눈부시게 발전한 기술의 도움으로 우리는 오감 능력이 감퇴하는 것을 크게 완화할 수 있다.

7_ 학습 능력이 없다?

아니다. 젊은이에 비해 새로운 정보를 받아들이는 데 더 많은 시간이 걸릴 수도 있지만 학습 능력이 있다. 어쩌면 젊을 때와는 다른 학습 전략을 사용하는 것이 좋을지도 모른다. 하지만 노인도 계속 배울 수 있고 또 그래야 한다. 연구자들은 기억력은 훈련을 통해 향상시킬 수 있다고 말한다. 토론토에서 기억과 뇌의 고차원적 기능을 연구하는 로트먼연구소의 심리학자 퍼거스 크레이크Fergus Craik는 "기억 과정은 나이의 영향을 받지 않는다."고 말한다. "기억의 메커니즘 자체는 망가지지 않는다. 다만 효율성에 문제가 생길 뿐이다." 나이를 먹을수록 우리는 딱히 나이와 연관 지을 필요가 없는 문제에 대해서도 나이 탓을 하는 경향이 있다. 젊은 사람이 아침에 자동차 열쇠를 못 찾아 허둥대면 나는 덤벙대고 산만한데다 정리를 못하는 성격 때문이라고 생각한다. 하지만 나이 든 사람이 열쇠를 찾지 못하면 사람들은 속으로 '열쇠를 어디 뒀는지 잊어버리셨군.' 하며 기억력을 문제삼는다. 기억력 프로그램이나 퍼즐, 브리지 게임 같은 정신 훈련은 기억력에 큰 도움을 준다. 또한 친구와 가족, 취미생활에 열정과 흥미를 가지는 것도 아주 좋다. "열정이나 목표의식은 학습을 지속하는 데 도움이 된다."고 국제수명센터 미국 지부 소장 로버트 버틀러Robert N. Butler 박사는 말한다. "우리가 평생토록 학습하고 기억하기 위해서는 자신의 삶에 관심을 가져야 한다. 삶 속에서 기억할 가치가 있는 것은 모두 그런 학습과 기억력을 통해 발견할 수 있다."

8_ 체력이 떨어지는 경향이 있다?

맞다. 체력은 나이가 들수록 떨어진다. 물론 운동으로 체력 감퇴의 속도와 폭은 줄일 수 있다. 그렇지만 아마도 규칙적으로 운동하는 예순여섯 살 노인이 게으르고 활동량이 적은 마흔 살 중년보다 몸도 체력도 더 좋을 것이다. 텍사스 주 댈러스의 에어로빅연구소는 매일은 아니더라도 가능한 자주 최소 10분 동안 걷는다면 체력과 건강에 아주 중요한 변화를 가져온다는 '놀라운' 증거를 발견했다. 하버드 의대 교수이며 부속병원 베스이스라엘디코네스 메디컬센터의 토머스 펄스Thomas Perls 박사는 수명과 운동의 관계를 "은행에 돈을 예치하는 것과 같다."고 말한다.

스탠퍼드 대학의 내과 전문의로 생활습관병 연구의 개척자인 랠프 파펜

바거Ralph Paffenbarger 박사는 1만 7000명 이상의 하버드 대학 졸업생을 25년 동안 추적해서 연구했다. 그 결과는 어떨까? 성인이 체력운동을 한 시간 할 때마다 수명이 두 시간씩 늘어난다는 것이다. 이 같은 파펜바거 박사의 주장을 약간 다르게 해석하면 아주 흥미로운 결과가 나온다. 매일 열두 시간 운동한다면 영원히 살 수 있다!

9_ 지능이 함께 떨어진다?

대개는 아니다. 나이 때문에 지능이 떨어지는 노인은 소수에 지나지 않는다. 사실 나이를 먹을수록 오히려 증가하는 지능 형태도 있다. 시인 윌리스 스티븐스Wallace Stevens 는 "정신은 절대 만족을 모른다."고 말했다. 미국 노화연구소의 신경과학자 몰리 와그스터Molly Wagster 는 나이 먹을수록 하루에 뉴런이 만 개씩 죽는다는 이제까지의 가설을 뒤집는 새로운 연구결과를 발표했다. "나이를 먹는다고 뇌세포 수가 급격하게 줄지는 않는다. 노인의 뇌는 새로운 세포를 생산할 능력이 있다." 캘리포니아 주립대학 로스앤젤레스(UCLA)의 제프리 커밍스Jeffrey Cummings 박사는 새로운 뇌신경이 만들어진다는 이런 발견은 "건강한 사람의 뇌는 거의 파괴되지 않는다."는 새로운 학설을 뒷받침한다고 주장한다.

예전에 나이 탓으로 돌리던 크고 작은 문제 대부분은 사실 질병에서 비롯한다. 노화하는 뇌만큼 이를 잘 보여주는 예도 없다. 신체의 나머지 부분이 아주 심각하게 노화한다면 뇌도 그럴 것이다. "노화가 정상적으로 진행된다면 뇌는 놀랍도록 훌륭하게 기능한다. 또한 뇌는 생존의 필수 기관이기 때문에 나머지 신체에 발생하는 손상으로부터 될 수 있는 한 영향을 덜 받는다."고 커밍스 박사는 말한다. 물론 뇌 기능이 여전히 활발하다면 이런 손상을 더 쉽게 알아차린다.

10_ 대개 행복하다고 말한다?

맞다. 미국노화연구소의 발표를 보면, 대개는 삶에 대한 만족도가 높은 것으로 나타났다. 특히 사회 활동을 많이 할수록 삶에 대한 만족도는 더 커진다. 아흔세 살의 메리 제인 콘Mary Jane Kohn은 1971년 남편과 사별한 뒤 시카고에서 줄곧 혼자 살고 있다. "나는 파티에 가는 걸 좋아해요. 내가 살면 얼마나 산다고 집에서 구들장 신세나 지고 있어야겠어요?" 사적인 친교 활동을 계속 하는 것은 아주 중요하다. 젊어서나 늙어서나 삶을 풍성하게 가꾸어주는 것은 똑같다. 다른 사람과 어울리고 자신이 쓸모 있다고 느끼면서 재미있게 살아야 한다는 이야기다. 게다가 건강도 삶의 만족도와 깊은 관계가 있다. 나이를 떠나 건강이 나쁜 사람은 삶의 만족도도 낮을 가능성이 크다.

11_ 요양원에 가야 한다?

아니다. 대부분의 노인은 요양원(장기요양시설이라고 하는 편이 더 어울리겠다)에서 살지 않는다. 사실 미국의 경우 75세 이상 인구의 약 5퍼센트만이 장기요양시설에서 생활하고 85세 이상에서도 24퍼센트에 지나지 않는다. 이제 더 이상 요양시설은 죽을 날을 받아놓은 사람들이나 찾는 곳이 아니다. 요양시설이 제공하는 주요 서비스의 하나는 단기간의 간병이다. 건강이 좋지 않은 노인을 모시는 가족에게 쉴 수 있는 시간을 주기 위해 노인이 시설에 잠시 머무르며 필요한 보살핌을 받는 것이다.

12_ 대부분 혼자서도 문제없이 일상생활을 해나갈 만큼 충분히 건강하다고 말한다?

맞다. 나이가 들었다고 해서 다른 사람들에게 특별히 더 의지하지는 않는다. 가구를 옮기거나 조명이 어두운 식당에서 메뉴판의 깨알 같은 글씨를 읽는 데는 도움이 필요할지도 모르겠다. 하지만 65세 이상의 약 66

퍼센트는 꽤 건강하거나 아주 건강하다고 말하고 실제로도 다른 사람의 도움 없이 지낸다. 대개 질병(뇌출혈이 있으면 서른 살의 젊은이나 여든 살의 노인이나 다 간호가 필요하다)이나 상해 혹은 90대에 다다른 초고령을 제외하고는 다른 사람의 도움이 필요한 특별한 건강 악화 요인은 없다. 심지어 100세가 넘은 사람조차도 친구나 가족의 큰 도움은 필요 없을지도 모르겠다. 또한 일을 계속하거나 새로운 직업에 충분히 도전할 수 있다. 이것은 자선 활동 전문지 〈자선 연보The Chronicle of Philanthropy〉의 설문조사 결과만 봐도 분명히 알 수 있다. 1960년대 이후 자원봉사 참여도가 11퍼센트에서 40퍼센트로 거의 네 배나 증가한 것이다. 더욱이 75세 이상인 사람 셋 가운데 한 명은 한 가지 이상의 자원봉사 활동에 참여한다.

13_ 자식에게 외면당한다?

아니다. 나이 때문에 자식에게 외면당하는 것은 아니다. 사람들은 흔히 남의 말이라고 쉽게 한다. "존스 부인은 일흔다섯 살의 노구로 요양원에서 지내는데 자식들이 한번도 찾아오지 않아. 그 자식들은 존스 부인이 늙었다고 요양원에 처박아놓은 거야." 하지만 존스 부인과 자식들 간에는 긴밀한 유대를 가로막는 남모르는 가족 문제가 있을 가능성이 크다(어쩌면 서로 감정의 골이 깊을 수도 있다). 사실 많은 연구결과를 보면, 자식들이 자동차로 30분 거리에 사는 사람이 70퍼센트를 넘는다고 한다. 더욱이 이런 사람들 가운데 절반 이상은 조사가 있기 하루 이틀 전 자식들이 다녀갔다고 대답했다. 화목한 가족은 부모가 나이 들었다는 이유만으로 붕괴되지 않는다.

14_ 나이 든 사람들끼리 서로 비슷하게 닮는 경향이 있다?

아니다. 미국 인구조사 통계를 보면, 오늘날 각 연령집단 가운데 노인층이 가장 다양하거나 이질적이라고 나온다. 인간의 발달은 개인과 주변 환경 간의 상호작용으로 이루어지고 유전적, 생물학적 요인이 함께 작용한다. 나이 들수록 사람들은 주변 환경의 영향을 더욱 많이 받는다. 이는 곧 우리가 다양한 사람과 사건을 경험하고 선택하면서 배운다는 이야기다. 사람마다 경험하는 사건과 사람이 제각각이어서 세월이 갈수록 다양성은 커진다. 그렇다고 해도 예순일곱의 할아버지나 서른넷의 젊은이나 알츠하이머에 걸리면 비슷한 반응을 보이지 않을까?

15_ 대개 외롭다고 말한다?

아니다. 외로움은 모든 사람이 가지고 있는 가장 큰 두려움 가운데 하나다. 하지만 미국은퇴자협회의 조사결과에 따르면, 66퍼센트 이상은 거의 외로워하지 않는다고 한다. 물론 외로운 때가 전혀 없을 수야 없겠지만 말이다. 하지만 이런 외로움은 청·장년이 경험하는 외로움과 다를 것이 없다. 외로움에 대한 두려움은 종종 배우자가 먼저 세상을 뜨고, 그렇게 사별한 다음 고독할 것이라는 생각에서 비롯한다. 그러나 대개의 경우 이런 두려움은 전혀 현실적이지 못하다. 일례로 대부분의 남성은 사별 뒤 빠르건 늦건 재혼한다. 또한 여성들은 같은 처지에 있는 다른 사람들과 새로운 사회적 관계와 우정을 쌓아갈 가능성이 크다. 삶의 질 지수를 보면 도시인이 외로움을 더 많이 타는 것으로 나타난다. 반대로 나이와 상관없이 작은 마을 주민들은 외로움을 덜 탄다고 한다.

16_ 가장 큰 특징은 제2의 유년기라는 점이다?

아니다. 수명은 한 방향으로만 진행된다. 아무리 나이를 먹어도 노인은 어디까지나 성인이고 비록 병으로 무력해지더라도 성인 대접을 받아야 한다. 부모와 자식의 역할이 서로 바뀐다는 생각은 또 어떤가? 건강이 좋지 않은 부모를 모시는 성인 자식은 자신이 부모 역할을 하고 부모가 어린아이처럼 되었다고 말할지도 모르겠다. 하지만 건강이 좋지 않은 부모를 돌보는 것은 역할 바뀜과는 다르다. 사실 진짜 역할 바뀜은 기능 장애라고 해야 맞다.

17_ 미국의 경우 65세 이상 인구가 전체 인구의 15퍼센트를 넘는다?

맞다. 미국에서 노인 인구는 꾸준히 증가하고 있다. 사실 미국의 인구 조사 통계에 따르면, 65세 이상 노인 인구는 1900년 5퍼센트 미만에서 2000년 약 15퍼센트로 증가했다. 그리고 2050년이 되면 22.9퍼센트에 달할 것으로 예상된다. 미국에서 가장 빠르게 증가하는 인구집단은 초고령층이다. 1990년 100세 이상 초고령자는 3만 6000명에 달했다. 유럽과 일부 아시아 지역에서도 뚜렷하게 나타나는 인구통계상의 이런 변화는 문화와 사회 전반에 걸쳐 엄청나고도 긍정적인 영향을 미칠 것이다.

18_ 대개 죽음에 대한 생각에 집착하는 경향이 있다?

아니다. 죽음은 누구도 피해갈 수 없는 삶의 한 측면이다. 사회와 문화에 따라 죽음관은 매우 다양하지만 미국인의 죽음관은 몇 가지로 요약할 수 있다. 일반적으로 나이 든 사람들은 젊은이보다 죽음에 대한 불안감이 덜하고 더 현실적이다. 살다 보면 어느 순간 우리는 친구와 가족을 저 세상으로 먼저 떠나보내고 자신도 죽게 된다는 사실을 받아들이기 시작한다. 이 때문에 죽음과 임종에 대해 더욱 홀가분하게 말할 수 있는 것이다. 반면 대부분의 젊은 사람들은 죽음에 대해 생각하거나 토론하는 자체를 꺼린다. 만약 어떤 노인이 죽음을 주제로 꺼내면 사람들은 그가 죽음에 대한 생각에 사로잡혀 있다고 비난할지도 모른다. 하지만 현실은 정반대다. 오히려 젊은 사람들이 죽음에 대해 더 불안해하면서 죽음을 입 밖에 내려고도 하지 않는다.

19_ 대개의 경우 가계수입이 최저생계비에 한참 못 미친다?

아니다. 대부분은 빈곤한계선 이상에서 생활한다. 미국은퇴자협회의 조사에 따르면, 현재 미국의 노인층은 역사상 가장 부유한 인구집단이라고 한다.

20_ 나이를 먹을수록 신앙심이 깊어진다?

아니다. 신앙심의 정도는 평생에 걸쳐 매우 안정된 편이다. 미국에서는 젊은 사람들보다 나이든 사람들의 신앙심이 더 깊다. 하지만 지금의 노인들은 젊을 때도 다른 연령대에 비해 종교적 색채가 강했는데, 이는 그들이 자란 시대와 문화를 반영한다.

21_ 은퇴는 개인의 건강에 악영향을 미친다?

아니다. 은퇴가 사람을 죽음으로 몰지는 않는다. 대개의 사람들에게 은퇴는 긍정적 경험이다. 그리고 미리 은퇴 계획을 세워둔 사람일수록 은퇴에 대한 만족도도 높다. 은퇴 뒤 얼마 지나지 않아 죽음을 맞는 사람들은 예전부터 건강에 문제가 있었을 가능성이 아주 크다. 가령 심장발작으로 부득이하게 은퇴한 사람이 있다고 치자. 얼마 뒤 그 사람은 심장발작이 재발해 사망했다. 이 퇴직자를 죽음으로 내몬 것은 은퇴가 아니었다. 사망 원인은 심장발작일 뿐이다.

22_ 나이 들면 자연히 몸이 아프다?

아니다. 나이 때문에 몸이 아픈 것은 아니다. 통증은 상해나 질병 때문이다. 따라서 그런 고통을 무시해서는 안 된다. 그러나 안타깝게도 사람들은 흔히 육체적 아픔을 나이 때문이라고 생각해서 병원 치료를 자꾸 미루다가 시기를 놓쳐 안 좋은 결과를 맞게 된다.

어떤 노인이 오른쪽 무릎 통증을 호소하며 의사를 찾았다고 하자. 의사는 "할아버지 나이쯤 되면 몸에 탈이 나기 마련입니다. 할아버지 나이를 생각하셔야죠."라고 말한다. 그러자 그 노인은 "내 왼쪽 무릎도 나이는 똑같소만 하나도 아프지 않소이다."라고 대꾸한다.

물론 사람들은 나이 들수록 아픈 데가 많아지지만 이는 상해나 질병이 누적된 결과일 뿐이다. 다시 말해 다치거나 병 때문에 아픈 것이지 나이 때문이 아니라는 말이다.

23_ 짜증이나 화가 난다고 자주 말한다?

아니다. 나이를 먹는다고 해서 젊었을 때보다 화나 짜증이 특별히 많아지는 것은 아니다. 젊었을 때 걸핏하면 화를 내거나 성질을 부리던 사람들은 아마 늙어서도 쉽게 화를 내고 성질을 부릴 것이다. 물론 낙천적인 태도를 유지하기가 어려울 수는 있다. 텔레비전 소리가 들리지 않거나 하고 싶은 농담이 머리에서만 맴맴 돌 뿐 도저히 기억나지 않을 때는 특히 그러하다. 하지만 많은 사람들은 나이 들수록 자신에 대해 더욱 관대해진다. 사실 《나이 듦에 대항하라^{Defy Aging}》의 저자이자 심리학자인 마이클 브리크니^{Michael Brickney}는 노인들이 젊은 사람들보다 더 행복하다고 말한다. "대개의 경우 인생을 통틀어 10~20대가 가장 불안정한 시기다."

24_ 일의 생산성과 질은 나이 들면서 떨어진다?

아니다. 역사학자와 식물학자, 발명가, 철학자, 작가 가운데는 60대에 가장 왕성한 활동을 펼친 이들이 아주 많다. 또한 65세를 넘겨 위대한 업적을 이룬 예는 무궁무진하다. 영화배우 소피아 로렌^{Sophia Lauren}은 이런 말을 했다. "당신의 마음속에, 재능 속에 청춘의 샘이 있다. 또한 당신이 이끌어내는 창의력 속에도 청춘의 샘이 있다. 그 물줄기를 이끄는 법을 배우면 나이를 물리칠 수 있다." 세르반테스^{Cervantes}는 서구문학을 대표하는 고전의 하나인 《돈키호테^{Don Quixote}》를 예순여덟의 나이에 썼다. 뿐만 아니라 괴테^{Goethe}는 여든두 살 때 《파우스트^{Faust}》를, 스톤^{I. F. Stone}은 80대에 《소크라테스의 비밀^{The Trial of Socrates}》을 집필했다. 특히 스톤은 자신의 책 '감사의 글'에서 다음과 같이 밝혔다. "마지막으로, 매킨토시 워드프로세스에 깊이 감사한다. 그 프로세스의 큼직하고 굵은 검은색 활자 덕분에 나는 백내장이 있는데도 이 책을 완성할 수 있었다." 나이를 먹으면서 우리는 자신의 꿈과 성취에 스스로 한계를 부여한다. 헨리 데이비드 소로^{Henry David Thoreau}는 우리에게 충고한다. "우리에게는 자신다워지라고 끊임없이 자극하는 무언가가 있다."

25_ 나이가 들면 지혜로워진다?

대개는 아니다. 지혜는 실체가 없는 개념이다. 지혜를 정의하기란 아주 어려워서 지금까지 지혜와 나이의 상관관계를 파헤친 연구는 거의 없다. 하지만 일부 연구자들은 지혜의 개념을 정의하고 나이에 따른 지혜의 변화를 실험해보았다. 독일 베를린에 있는 막스플랑크연구소의 연구자들은 지혜를 "삶에 대한 근본적이고 실용주의적 관점을 바탕으로 하는 전문가적 식견"이라고 정의한다. 지혜로운 사람은 통찰력, 판단력, 자기 인식력을 발휘해 삶을 효과적으로 관리하는 능력 또한 뛰어나다. 이런 정의를 근거로 연구자들은 노인이 젊은 사람보다 더 지혜로운 것은 아니라는 사실을 밝혀냈다. 말하자면 젊은 사람이나 나이든 사람이나 모두 지혜로울 수 있다는 이야기다. 다만 이런 실험에서 최고 점수를 받은 사람들 중에 나이 많은 사람이 많았을 뿐이다. 기원전 3세기경 중국 철학자 맹자^{孟子}의 말은 지혜와 나이의 관계를 잘 나타낸다. "현명한 사람은 마음속에 어릴 적 습관을 지니고 있다."

⌼ "빛을 좀더!"

괴테가 숨을 거두면서 했다는 말이다. 어찌 괴테만의 바람이겠는가. 궁극적으로 볼 때 나를 포함한 베이비붐 세대가 노화 연구에 거는 기대가 바로 이것이다. 10여 년 전 네오테니 연구의 첫걸음을 막 떼었을 때 나는 매일 쏟아지는 노화에 관한 새로운 데이터와 연구 결과를 수집하기 시작했다. 이력서에 이런저런 경력이 늘어나면서 우리 베이비붐 세대는 노화에 관한 더 나은 정보와 추가 연구, 그러니까 '더 많은 빛'을 원하게 되었다.

우리는 온갖 사회 통념을 모조리 바꾸었고 이제는 급기야 죽음의 숙명마저 바꿔보기로 마음먹었다. 사실 나는 네오테니 연구를 하면서 나이 듦에 관한 미신과 고정관념, 새빨간 거짓말이 너무 많아 경악할 지경이었다.

그렇다고 오해하지는 마시라. 노화와 관련된 진실이 온통 희망적이고 나이 먹는 것을 무조건 기뻐해야 한다는 말은 아니다. 오히려 정반대다. 자신의 몸이 변하는 과정을 지켜보는 것은 슬프다. 또한 거울에 비친 자신의 새로운 모습을 받아들이는 데는 시간이 필요하다. 진짜 늙었다고 느끼고 싶다면 대학교정을 걸어보라는 말이 있지 않은가. 현재 대학 두 곳에서 강의하면서 "이크!" 하는 감탄사를 시도 때도 없이 남발하는 나로서는 그 말에 십분 공감한다. 아니 늙었다는 느낌으로는 부족하다. 사실 자신이 아주 초라하게 느껴진다. 이런 일이 있었다. 얼마 전 부모님이 여행을 가셨을 때 할머니가 갑자기 쓰러져서 병원으로 실려가셨다. 나는 부모님의 행선지를 수소문했고 강의 중에도 휴대폰을 켜놓을 수밖에 없었다. 나는 학생들에게 자초지종을 설명하면서 만약 휴대폰이 울리면 받아야 한다고 미리 양해를 구했다. 그러자 맨 앞줄에 앉은 여학생이 깜짝 놀라면서 매우 혼란스러워했다. "켈리, 무슨 일이죠?" 그 학생은 도무지 못 믿겠다는 듯이 대답했다. "교수님 할머니가 아직 살아 계세요?" 그 학생은 나처럼 나이 먹은 사람의 할머니가 아직 살아 계시다는 데 충격을 받은 것이다.

자신이 얼마나 나이를 먹었는지 상기시키는 그런 일들은 이따금 받아들이기 힘들다. 하지만 매일 강의실 안에서 선택권은 내게 있다. 학생들과 같은 세대인 척하고 최신 유행의 옷을 차려입으며, 학생들과 어울리려 애쓰고 성형수술이라도 해서 나이 든 내 모습을 부인할 것인가? 아니면 새로운 발달 단계를 받아들이면서 내가 할 수 있고 또 마땅히 그래야 하는 사람으로 계속 성장할 것인가? 이런 선택의 기회가 내게만 있는 것은 아니다. 누구나 선택할 수 있다.

나이는 생물학적 변화와 더불어 자긍심에도 그에 맞먹는 변화를 가져온다. 그리고 이런 변화는 나이 들면서 자신에게 큰 영향을 미친다. 이제 내 몸이 예전 같지 않을진대 나는 도대체 누구란 말인가? 내 안에서 '변하지 않은' 것은 무엇일까? 내 영혼은, 내 정신은 얼마나 젊을까? 신념과 희망과 사랑은? 작가 수전 브랜치 Susan Branch

는 말한다. "젊음은 한순간이다. 하지만 마음속으로는 그 한순간도 영원할 수 있다."

◎ '두 번째 젊음의 노트'를 시작하라

품위 있고 명예로운 노년은 영생의 유년기다.

핀다로스(그리스 철학자)

이 책을 읽는 내내 여러분은 이런저런 의견과 아이디어, 직감, 해결책 등을 깊이 생각하면서 다시 젊어질 기회를 탐구할 수 있다. 바라건대, 이 책에 실린 질문들에 대한 반응을 작은 노트나 예쁜 일기장 혹은 메모장에 차곡차곡 기록해보자(글쓰기를 좋아하지 않는다면 테이프에 녹음해도 좋다). 그렇게 한다면, 가령 누군가가 "젊음을 유지하는 비결이 뭐예요?"라고 물을 때 이 '두 번째 젊음의 노트'를 자랑스레 꺼내 보이며 명쾌한 답을 줄 수 있을 것이다.

먼저 다음 질문에 답하는 것으로 시작해보자.

• 앞의 '나이 듦에 대한 자기평가' 문항 가운데 가장 놀라운 대답과 자신의 가장 큰 오해는 무엇이었나?

- 나이 듦에 대한 지식은 주로 어디서 얻는가? 대중매체? 아는 사람? 아니면 무지의 소산이거나 단순한 추측인가?
- 행복하고 건강하고 성공적인 나이 듦에 대한 유익한 역할모델이 있는가? 그런 역할모델의 구체적 특징은 무엇인가? 나이 듦에 대한 부정적 역할모델은 어떤가? 닮고 싶지 않은 특징은 무엇인가?
- 자신의 나이 듦에 대해 어떻게 생각하는가? 무엇을 기대하고 무엇을 두려워하는가? 일, 가정생활, 건강, 경제적 여건, 개인적 성장과 발전 등등 세부적으로 생각해보자. 여러분의 첫 번째 반응을 신속하게 기록하자.

이제는 다음 문장을 참고로 여러분의 생각을 기록한다. '나이 듦에 대한 자기평가 문항을 읽은 다음 위 질문들에 대한 내 생각을 정리해보니, 젊게 나이 든다는 목표와 그럴 능력에 대한 생각을 수정할 필요가 있다.' 구체적으로 새로운 마음가짐을 기록한다. 가령 "새로운 도전을 만나도 이제부터는 그 일을 하기에 너무 늙었다고 생각하지 않겠다."거나 "매일 새로운 무언가를 하나씩 시도한다면 내가 젊게 나이 드는 데 도움이 될 것이다."는 식으로 말이다.

사람들이 삶을 변화시키는 데 방해가 되는 세 가지 주요 장애물은 다음과 같다.

1. 고정된 심리패턴

2. 고정관념

3. 사회적 상황이나 삶의 환경

소설가 마크 트웨인_{Mark Twain}은 "만약 인간이 여든 살로 태어나 열여덟 살로 점점 젊어진다면 삶은 더없이 행복해질 수 있다."고 말했다. 누구라도 트웨인의 말에 공감할 텐데, 그런 생각은 우리의 고정된 심리패턴에 속한다. 즉 노화와 관련해 우리 문화에 스며든 부정적 인식이라는 것이다. 삶의 환경은 어쩌면 나이와 같은 의미일지도 모르겠다. 하지만 우리가 변화를 '선택'하는 한 환경도 나이도 앞을 가로막지는 못한다.

'두 번째 젊음의 노트'를 포함해 이 책에 담긴 많은 정보를 밑천으로 여러분은 노화에 대한 고정된 심리패턴과 고정관념을 바꿀 수 있다. 또한 이런 정보를 십분 활용해 새로운 삶의 환경을 창조해야 한다. 이는 네오테니를 인생 후반기에 내재된 삶의 잠재력을 실현하는 밑거름으로 삼을 때 가능하다.

나는 여러분에게서 노년기를 뺏으려는 마음은 조금도 없다. 우리는 이미 그것을 손에 쥐고 있다. 오히려 나는 65세 이상 모든 사람들에게 인생학 박사학위를 주어야 한다고 생각한다. 다만 나는 여러분에게 자신의 노화를 조절하고 보살피고 축복할 수 있는 도구를 주고 싶을 뿐이다. 그런 자기조절과 보살핌과 축복이 네오테니의 약속이요 가능성이며, 젊게 나이 드는 핵심이기 때문이다.

◉ 중년은 제2의 성장기

여든 살인 지금이 이삼십 때보다 훨씬 재미있다.

나는 십대로 돌아가고픈 마음이 전혀 없다.

젊음이 찬란할지는 몰라도 견디기 힘든 고통이기도 하다.

게다가 우리가 젊음이라고 부르는 것은 사실 젊음이 아니다.

오히려 미성숙한 노년기 같은 것이다.

헨리 밀러(작가, 화가)

오늘날 나이 드는 데 대한 우리의 생각에는 뿌리 깊은 오해가 자리하고 있다. 무슨 오해? '젊어지는 것은 완전해지는 것이고 늙는 것은 약해지거나 망가지는 것이다.' 우리는 몸이라는 그릇에 담긴 정신보다는 정신을 담는 그릇인 몸을 지나치게 의식한다. 조지프 캠벨은 "내가 빛을 밝혀주는 전구인가, 아니면 전구가 밝혀주는 빛인가?"라고 말했다.

　아주 최근까지도 대부분의 사람들은 나이 먹는 것을 두려워만 했다. 노화를 질병과 장애로 이어지는 내리막길로 생각했기 때문이다. 하지만 어떤 연구결과를 보면, 사람들은 대개 환갑이 될 때까지는 새치와 같이 조금 심란하게 하는 삶의 소소한 일들에 크게 신경쓰지 않는다고 한다. 또한 〈실험심리학 저널 The Journal of Experimental Psychology〉에 실린 논문에서 연구자들은, 노인들이 20대 젊은이보다 부정적 이미지를 덜 기억하고 균형 잡힌 시각을 가질 가능성은 더 크다고 주장한다. 그러면서 이런 차이는 지력이 떨어져서가 아니라 시간이 흐를수록 걱정이 줄어들기 때문이라고 덧붙인다.

이런 연구들만 놓고 보면 나이를 먹을수록 상황은 호전된다. 아니 적어도 그렇게 보인다. 위의 연구자들은 18~80세 사이의 신체 건강한 지원자 144명에게 일련의 사진을 보여주었다. 가령 노인과 소년이 낚시를 하는 모습처럼 엽서에 나옴직한 행복한 사진도 있었고, 화염에 휩싸인 비행기 사진처럼 마음을 어지럽히는 사진도 있었다. 사진을 다 보여준 다음 질문을 하자 젊은 지원자들은 평범하거나 기분 좋은 사진보다는 부정적 이미지의 사진을 더 잘 기억했다. 이에 반해 나이 든 사람들은 불쾌한 사진보다는 긍정적 이미지의 사진을 더 많이 기억했다.

캘리포니아 주립대학 어빈 캠퍼스의 심리학·사회행동학 교수이며 〈실험심리학 저널〉에 실린 노화 연구논문의 제1저자인 수전 터크 찰스Susan Tuck Charles 박사의 말을 들어보자. "흔히 나이 든 사람들은 삶에서 일어나는 온갖 부정적 사건에 마음을 쓴다면 아침에 일어나고 싶지 않을 거라고 말한다. 기억은 강력하고 생각은 감정을 지배할 수 있다. 예를 들어 나이가 많든 적든 삶의 부정적 측면에 집중하는 사람일수록 우울증에 걸릴 가능성이 더 커진다. 나이를 먹음에 따라 사람들은 긍정적이고 의미 있으며 정서적인 관계에 더욱 집중한다."

노화에 관한 최악의 시나리오를 믿으려는, 즉 부정적 측면에 집중하고 대신 긍정적 측면은 무시하려는 마음은 인간사와 인간의 본성을 반영한다. 오늘날 생활방식의 선택권이 다양해지고(네오테니의 원리를 이해하고 실천하는 것도 그중 하나다) 의학과 기술이 눈부시게 발달한 덕분에 인간의 사고 범위는 생물학적 과정을 초월한다. 이제는 우리가 평생에 걸쳐 성장하고 변화할 수 있는 가능성이 열렸다. 진 휴스턴Jean Huston의 충고는 이 책의 목표를 정확하게 대변한다. "자신이 제2의 유아기가 아니라 완벽한 발달을 이루기 위한 제2의 단계에 있다고 생각하라."

흔히 야구의 목적은 가능한 많은 이닝을 경기하는 것이 아니라고 말한다. 연주회의 목적 역시 공연시간을 최대한 늘리는 것이 아니다. 그렇다면 삶의 목적은 어떨까? 나이를 먹는 것과는 관련이 없다. 오히려 성장하는 데 그 목적이 있다.

노년은 비록 차려입은 옷만 다를 뿐

젊음에 버금가는 기회인 것을.

하여 저녁 어스름이 옅어지면

낮에는 보이지 않던 별들이

하늘에 가득하다네.

헨리 워즈워스 롱펠로(시인, 교육자)

젊음을
선택하라

진정한 발견은 새로운 것을 찾는 것이 아니라

새로운 눈으로 바라보는 것이다.

마르셀 프루스트(소설가)

우리가 삶과 가치체계에 부여하는 의미에 따라 인생 후반기의 의미
도 달라진다. 가령 사회나 가족 혹은 우리 자신의 나이 듦을 '문제'
가 아니라 '기회'로 본다면, 삶의 의미와 나이의 가치는 더 높아질
수 있고 또 그렇게 될 것이다. 심지어 나이를 축복하게 될지도 모르
겠다.

　일본 오키나와에서는 쉰다섯 살이 되기 전에는 어른 축에도 못
낀다. 그리고 여든여덟 살이 되면 노인으로 대우받고 아흔일곱 살
이 되면 다시 아이가 되었다고 마을 사람들이 성대한 잔치를 베풀
어준다. 사실 이런 축하잔치는 아주 일반적이어서 제2의 유년기 잔

치를 준비해주는 직종이 생겨날 정도였다. 쉰다섯 살이 되면 경로 우대증을 발급받는 미국 문화가 아니라 쉰다섯 살이 되어야 어른이 된다고 믿는 문화에서 사는 기분이 어떨지 상상해보라.

네오테니의 원칙들은 우리가 현재의 가치관을 되돌아보고 새로운 삶의 의미를 찾아 나이에 구애받지 않고 살아가는 데 도움이 된다. 내과 전문의 디팩 초프라^{Deepak Chopra}는 《늙지 않는 몸, 시간을 초월한 마음^{Ageless Body, Timeless Mind}》이란 책에서 "삶의 영역은 모든 가능성이 열려 있고 무한하다. 삶의 가장 깊은 수준에서 몸은 늙지 않고 마음은 시간을 초월한다."고 말한다. 초프라가 말하는 삶의 가장 깊은 수준은 주름살보다 더 깊고 백발보다는 회백질, 즉 뇌와 더욱 관계가 깊다. 늙지 않고 시간을 초월하는 자아의 가장 깊은 수준에 이르는 길은 온전히 젊음의 특징을 보유하고 네오테니의 원칙을 실천하는 데 달려 있다. 하지만 젊음의 특징을 계속 유지하려면 반드시 재훈련이 필요하다.

◉ 젊다고 생각하면 젊어진다

2장에서 설명했듯이, 우리는 나이 드는 데 대한 고정관념과 오해에서 자유롭지 못하다. 그리고 그런 고정관념과 오해는 자칫 심각한 결과를 낳을 수 있다. 최근에 어떤 연구단체는 오하이오 주에 있는

옥스퍼드라는 작은 도시의 50세 이상 주민을 조사하여 그 결과를 〈성격사회심리학 저널Journal of Personality and Social Psychology〉에 발표했다. 그 논문에 따르면, 나이 듦을 낙관적으로 생각하는 사람들은 비관적으로 생각하는 사람들보다 평균 7.5년을 더 산다고 한다. 사실 오래 사는 데는 이런 낙관적 태도가 낮은 콜레스테롤 수치, 적정한 체중, 규칙적 운동, 비흡연 같은 일반적인 장수 요인들보다 훨씬 도움이 된다.

하버드 대학의 심리학자 엘렌 랭거Ellen Langer 박사는 아주 흥미로운 연구를 실시했고 그 진행 과정을 《유념Mindfulness》이란 책에서 상세하게 설명한다. 랭거 연구팀은 70~85세의 남성들을 모집해 외부와 차단된 장소에 은둔시킨 다음, 20년 전에 유행했던 가구와 의상과 음악을 제공했다. 심지어 음식도 20년 전과 똑같았다. 한편 같은 연령대의 또 다른 남성들에게는 현재의 환경에서 지내도록 하면서 20년 전에 대해 머릿속으로 '생각'만 하게 했다. 그러고는 두 집단을 비교했다.

랭거 박사는 이 독특한 연구를 통해 무엇을 증명하고 싶었던 것일까? '노화에 대한 안 좋은 이미지는 그에 대한 부정적 고정관념과 생각에서 비롯한다. 그렇다면 이런 사고방식을 변화시키면 건강을 증진할 수 있지 않을까?' 말하자면 랭거는 사람들에게 20년 전의 정신 상태를 돌려준다면 그들의 몸도 젊은 시절로 '되돌아갈' 수 있을지 알고 싶었던 것이다.

랭거는 두 집단이 경험한 결과를 비교함으로써 자신의 가설을 검증했다. 우선 첫 번째 집단은 과거의 기억을 떠오르게 하는 환경에 있게 해서 심리적으로 20년 전 자신으로 되돌아가게 했다. 반면에 그 대조집단은 그저 20년 전 과거에 대한 생각에 집중했다. 또한 랭거는 내용 면에서 두 집단이 기본적으로 비슷한 생각을 하도록 계획했다. 그래서 실험 참가자들은 같은 책을 읽고 같은 TV 프로그램을 시청하며 같은 음악을 듣고 같은 게임을 했다.

두 집단의 가장 큰 차이는 그들이 모든 경험을 하는 '장소', 그러니까 환경이었다. 따라서 두 집단이 다른 결과를 보인다면 환경 차이에서 비롯할 가능성이 컸다. 한 실험집단은 20년 전의 환경에서, 대조집단은 현재의 환경에서 생활했다. 가장 어려운 일은 실험집단으로 하여금 '주어진 환경에 녹아' 들도록 한 다음 평소처럼 생활하게 하는 것이었다.

랭거의 말을 들어보자. "신문에 75세 이상 남성 지원자들을 구한다는 광고를 실었다. 그런 다음 지원자들 가운데 건강 상태가 양호한 사람들을 연구 대상자로 선택했다. 우리는 닷새 동안 그들을 외딴 시골의 수련원에 머물도록 하면서 소품과 교육을 통해 그들이 과거로 돌아가거나 현재에서 과거를 바라보도록 분위기를 조성할 계획이었다."

랭거 연구팀은 실험 시작 전날과 마지막 날 참가자들에게 몇 가지 검사를 실시했다. 체력과 지각력, 인지력을 측정했고 미각과 청력, 시력에서 특정 반응이 일어나는 기점을 검사했다. 검사 항목에는 악력, 위팔 사이 너비, 삼두근 피하지방, 손가락 길이, 몸무게, 키, 걸음걸이, 자세 등도 포함되었다. 시력은 안경을 착용하지 않은 나안시력과 안경을 착용한 교정시력 모두를 측정했다. 또한 종이 위에 미로를 그려놓고 얼마나 빠르고 정확하게 출구를 찾는가를 알아보는 미로테스트도 실시했다.

실험 장소로 가기 전에 먼저 연구팀은 모든 참가자에게 20년 전 '자신'에 대한 목록을 작성하도록 했다. 이 목록에는 직업, 활동, 대인관계, 기뻤던 일, 걱정거리 같은 주요 정보를 포함해 좋아하고 싫어하던 모든 것이 담겼다. 그런 다음에는 현재의 '자신'에 대한 목록을 작성하도록 했다. 실험 장소에 도착하자마자 첫 번째 실험집단은 20년 전의 잡지, 음악, 영화, 기념품 등으로 가득한 방을 배정받았다. 반면 대조집단은 실험집단과 똑같은 활동을 했지만 20년 전의 모습을 재현한 환경에 살지는 않았다.

이 실험의 결과는 놀라웠다. 두 집단 사이에서도 크고 작은 다양한 차이가 나타났다. 마지막 날, 실험 전에 측정하고 검사한 기준값과 비교해보니 실험집단과 대조집단 모두에서 몇몇 수치가 높게 나타났다. 또한 공정한 평가를 위해 제3의 관찰자들에게 실험 대상자들이 연구 첫날과 마지막 날 찍은 얼굴 사진을 비교하도록 했다. 관찰자들은 실험 뒤 모든 참가자의 얼굴이 대체로 3년 정도 젊어보인다고 말했다. 참가자들의 청력 또한 하나같이 향상되었다. 실험기간 내내 진행된 기억력 검사에서도 점수가 꾸준히 상승한 것으로 보아 양 집단 모두 심리적 기능이 향상된 것으로 보였다.

양 집단의 참가자 모두 연구기간 동안 몸무게가 평균 1.5킬로그램 정도 불었고 손의 힘, 즉 악력도 꾸준히 증가했다. 그뿐만이 아니다. 랭거 박사는 "실험집단의 경우 관절의 유연성과 손가락 길이가 눈에 띄게 증가했다."고 말한다. 또한 랭거 박사는 실험집단의 앉은키도 커졌고 대조집단과 비교해서 손의 민첩성과 시력, 기억력도 크게 향상되었다고 덧붙였다.

이렇게 해서 랭거는 자신의 가설을 입증했다. 사람의 '마음'이 시간을 거스르도록 할 수 있다면 사람의 '몸' 상태도 '과거로 돌아갈 수 있다'는 가설 말이다. 사실 성장과 발달이 멈추거나 그 속도가 줄어든다고 여겨지는 나이대의 이 참가자들은 모든 측면에서 긍정적 변화를 보였다. 즉 더 젊다고 생각하고 젊은 시절을 떠오르게 하는 물건 속에 파묻히는 것만으로도 몸과 마음 모두가 '젊어졌다'는 이야기다. 이는 "느끼는 만큼 늙는다."는 속담을 여실히 증명한다.

이 연구를 통해 우리는 무엇을 알 수 있을까? 인생 후반기에 경험하는 규칙적이고 '되돌릴 수 없는' 노화의 주기는 그저 우리가 그렇게 늙을 것이라고 생각하는 데서 나온 결과일지도 모른다. 랭거 연구팀의 실험은 분명 이 책의 대전제를 뒷받침한다. 아니 증명한다. 나이 든다는 것에 대해 부정적으로 생각할 필요가 전혀 없는 세상을 상상해보자. 쉰다섯 살이 될 때까지는 어른 축에도 끼지 못하는 세상을 상상해보자. 아흔일곱 살에 제2의 유년기를 축하하는 파티의 주인공이 된 당신을 상상해보자. 네오테니의 특성을 발전시킨다면 쇠퇴의 세월을 성장과 목표의 세월로 바꿀 절호의 기회가 생길 수 있다.

과학 이론으로서 네오테니는 각자의 내면에 아직 젊은 영혼이 살아 있고, 젊음의 특징들은 우리가 젊음의 불꽃을 되살리는 데 반드시 필요하다고 단언한다. 따라서 이런 특징들을 다시 사용할 수 있다면 젊어지는 과정을 시작할 수 있다. 랭거 박사의 실험 참가자들처럼 말이다.

랭거 박사는 《유념》에서 긍정적 노화로 이끄는 데 가장 중요한 세 가지 마음가짐을 소개한다.

1. 새로운 사고의 틀을 만들어라.
2. 새로운 정보를 적극적으로 받아들여라.
3. 다양한 시각을 가져라.

이런 마음가짐 각각에 대해 자신의 점수를 매긴 다음 '두 번째 젊음의 노트'에 기록하자. 자신이 새로운 정보를 적극적으로 받아들이고 다양한 시각을 갖고 있다고 생각하는가? 그렇지 않다면 이 책의 그 어떤 아이디어도 쉽게 이해하기 힘들 것이다. 젊게 나이 들 수 있는 삶의 환경을 창조하려면 어떻게 해야 할까?

우리는 의식적으로, 그러면서도 신중하게 어린 시절에 그랬듯이 잘 적응하고 변화를 선택하며 경험의 폭을 넓혀야 한다. 그렇게 하지 않는 것은 늙는 쪽을 선택하는 셈이다. 나이 먹는 것과 늙는 것은 차원이 다른 개념이다. 성장을 멈추지 않는 사람은 늙지 않는다. 즉 늙은 사람이란 성장을 멈춘 사람을 일컫는다. 우리 주변에는 이미 늙어버린 20대가 있는가 하면 아직도 젊음을 간직한 70대가 있다. 여러분은 어느 쪽인가?

◉ 20년 전으로 돌아가기

나는 거의 15년 동안 에어로빅 강사로 일했다. 무릎에 레그워머를 착용하고 몸을 격렬하게 움직이며 시끄러운 80년대 음악에 맞춰 확성기로 "다시 네 번 더"를 외치는 진짜 에어로빅 강사였다. 나는 그 일을 사랑했다. 내가 거친 여러 경력 가운데 에어로빅 강사야말로 무용수가 되고 싶었던 내 어릴 적 꿈에 가장 가까웠다. 이제는 더이상 땀복을 입고 음악에 맞춰 몸을 흔들지 않는데도 이렇게 약간 쑥스러운 고백을 하는 데는 그만한 이유가 있다. 요즘도 그 시절의 노래를 듣고 흘러간 텔레비전 쇼를 보며 낡은 옛날 옷을 꺼내보면 행복해지고 우울한 기분조차 좋아지기 때문이다. 나는 대청소라도 할라치면 어김없이 80년대 음악을 크게 트는 버릇이 있다. 남편은 시끄럽다고 난리지만 집이 더욱 깨끗해지고 세탁도 즐거우며 굳이 남편의 손을 빌릴 필요가 없을 정도로 내 몸놀림은 아주 빨라진다.

또한 운동을 할 때는 옛날 내 에어로빅 교실을 쾅쾅 울려대던 그 음악을 틀어야 제대로 운동을 하는 기분이 난다. 나는 언제나 그런 음악이 더 빨리 달리게 하고 더 강해진 기분을 느끼게 한다고 생각한다. 또한 요즘 음악보다 그 시절의 음악을 들으면 더 행복해지고 힘이 솟는다.

이제 나는 랭거 박사의 연구 덕분에 그 이유와 그것이 단지 나의 착각이 아니었음을 안다. 나는 무의식적으로 20년 전 내 삶의 일부분을 재창조한 것이다. 또한 나는 랭거 박사의 실험 참가자들처럼 더욱 강해졌을 뿐만 아니라 손가락도 길어졌고 앉은키도 커졌다고 확신한다. 얼마 전부터 나는 마음가짐을 더욱 새롭게 하려고 동네 헬스클럽에서 에어로빅을 가르치기 시작했다. 수강생들은 그저 운동을 할 뿐이라고 생각하겠지만 나는 우리 모두가 육체적으로나 정신적으로나 젊어지고 있음을 안다.

마음부터 나이를 먹는다는 사실을 증명하는 연구가 또 있다. 미국노화연구소는 조지 베일런트George Vaillant 교수를 팀장으로 노화에 대한 연구를 실시했다. 그 결과 건강한 노화에 지대한 영향을 미칠 것으로 예상되었던 조상의 수명이라든지 콜레스테롤 수치, 스트레스, 부모의 기질적 특성, 유년기의 성격, 사회적 유대관계 등은 노화와 직접 관련이 없는 것으로 드러났다. 오히려 베일런트 교수는

"건강하게 나이 드는 비결은 자기 자신을 돌보고 사랑하는 데 있다."고 말한다.

그렇다고 20년 전의 삶을 그대로 좇아 살거나 오로지 내면에만 집중하면서 시간이나 날짜, 달의 흐름을 잊어버리라는 이야기가 아니다. 하지만 과거에 사랑했던 것들이 있지 않은가? 좋아했던 음악이나 재미있게 보았던 책과 사진, 텔레비전 쇼 등등. 이제는 그것들을 끄집어내어 다시 활기를 불어넣음으로써 두 번째 젊음의 기회를 즐겨볼 때다. 물리학자 에른스트 마흐Ernst Mach의 말을 들어보자. "무언가를 시간에 맞춰 판단하는 것은 인간의 능력을 완전히 벗어나는 일이다. 사실은 정반대다. 시간은 추상적 개념으로 우리는 사물의 변화를 통해 시간에 도달할 뿐이다." 젊게 나이 드는 데는 예전의 감정을 되살리거나 행복했던 순간을 떠올리고 좋아하는 음악에 맞춰 춤을 추는 것만한 것이 없다.

다음 질문에 대한 답을 '두 번째 젊음의 노트'에 적어보자.

- 20년 전 좋아했던 음악이나 노래는?
- 20년 전 좋아했던 책은?
- 주변에 둘 만한 20년 전 사진이나 예술작품 혹은 삶의 기념품은?
- 지금도 먹을 수 있고 20년 전에 좋아했던 음식은?
- 다시 연락할 수 있는 20년 전 친구는?

◉ 보석 같은 삶의 지혜, 네오테니의 실천

우리의 문화는 나이 듦을 자연스럽게 받아들이지 못하고 두려워하거나 부정하는 태도를 키웠다. 하지만 몇 십 년 전에 넘쳐 흐르던 젊음의 특징들을 꾸준히 경험하고 즐기는 것이야말로 우리 삶의 자연스런 순리다. 자신 안에 숨 쉬고 있는 아이 같은 특징들을 계속 간직한다면 누구라도 내가 지금부터 소개할 펄^{Pearl} 이라는 여성처럼 될 수 있다.

펄은 무려 일흔여덟 살의 나이에 학교로 돌아가 학위를 취득하기로 마음먹었다. 어린 학생들이 나이를 물어보면 펄은 "삶을 향해 마지막으로 '안 돼!' 라고 외쳤을 때 나이가 우리 진짜 나이다."라고 대답하곤 했다.

펄은 내가 가르치던 교육사 수업에서 언제나 맨 앞줄에 앉았다. 늘 예습을 철저히 하고 어떤 질문에도 다채로운 의견과 다양한 관점을 제시하며 대답하던 사람이 바로 펄이었다. 그녀는 함께 있으면 재미있었고 어린 과 동기들과도 스스럼없이 어울렸으며 금방 친구를 사귀었다. 마침내 펄은 나의 피트니스 수업에도 얼굴을 비추기 시작했고, 아니나 다를까 이번에도 그녀의 자리는 맨 앞줄이었다. 밝은 색 운동복을 차려입은 펄은 자신만의 리듬에 몸을 실어 움직였고 운동이 끝나면 시원한 맥주 한 잔을 들이키곤 했다.

드디어 펄은 교육사 수업에서 기말 발표 시험을 치르게 되었다. 그녀의 발표 주제는 자신이 기억할 가치가 있다고 배운 것들이었다. 펄은 그것을 학교나 교수에게 배운 것은 아니라고 힘주어 말했다. 평생 직접 경험하고 도전하며 젊게 살아온 시간이 송두리째 녹아 있는 그녀의 한 마디 한 마디는 단순하지만 심오했다. 나는 그것을 펄의 '지혜의 말씀'이라고 부른다.

1. 매일 어떤 식으로든 무언가와 사랑에 빠져라.
2. 꿈을 가져야 한다. 꿈을 잃어버리면 그것으로 끝이다.
3. 젊게 나이 드는 데는 특별히 뛰어난 재능이나 능력이 필요하지 않다. 늘 변화를 추구하면서 젊음을 유지하라.
4. 후회하는 사람만이 죽음을 두려워한다. 인생에서 때를 놓치지 말고 기회를 붙잡아라. 이미 지나가버린 일과 결점과 실패는 잊어라.

펄은 졸업하고 한 달 만에 세상을 떠났다. 많은 학생들이 장례식에 참석해 자신이 되고 싶은 사람이 되는 데 나이는 아무런 문제가 되지 않는다는 사실을 몸소 실천으로 가르쳐준 여성에게 마지막 작별인사를 했다. 영화 〈스튜어트 리틀Stuart Little〉의 주인공이 말하듯 "꽃은 한번 피면 어디선가 영원히 꽃을 피운다. 마찬가지다. 한번 일어난 변화는 우리가 포기하지 않는 한 결코 사라지지 않는다." 펄의 지혜는 네오테니가 녹아든 삶, 축복받은 삶, 뜻 깊고 목적의식이

뚜렷한 삶에서 비롯했다. 죽는 순간까지 젊음을 간직한 어떤 여성의 삶 말이다. 그녀의 교훈과 목표, 삶에 대한 사랑은 그녀를 만났던 모든 사람들의 가슴과 머릿속에서 영원히 살아 숨쉴 것이다. 펄의 삶은 네오테니의 원칙을 실천한다면 누구나 가질 수 있는 우리의 타고난 능력을 단적으로 보여준다.

내가 다음에 소개하는 'AGE 지침'을 개발한 목적은 두 가지 물음에 답하기 위해서다. 다시 젊어지려고 노력해야 하는 이유와 살아 있는 것이 행운일 수밖에 없는 이유는 무엇일까? 깊이 탐구하고 성장하는 데는 특별한 조건이 필요하다. 확인, 도전, 지침, 자극, 격려, 지지, 감정적 자양분이 있어야 하고 다른 사람의 생각이나 판단에서 자유로울 수 있어야 한다. 나는 이런 조건을 염두에 두고 AGE 지침을 개발했다.

우리가 가장 먼저 할 일은 젊게 나이 먹는 데 필요한 환경을 만들기 위해 행동하는 것이다. 그런 다음 자신을 계속해서 변화시키고 성장하기 위해 노력해야 한다. 마지막으로 우리는 매일 만나는 모든 기회를 최대한 살려 개인적 진화를 실현해야 한다.

게이 루스Gay G. Luce 는 《인생의 후반전Your Second Life》에서 "인생의 전반전은 학습을, 후반전은 봉사를, 마지막은 자신을 위한 시간이다."라고 말한다. "나이를 먹는 데는 목적이 있다. 미래를 완전하게 채우는 것 말이다." 우리는 모두 독특한 존재이고 각자 나름의 방식대로 살아간다. 이 책에 담긴 다양한 아이디어는 여러분이 '채택' 하기보다는 자신에 맞게 '적용'해야 한다. 자신에게 맞는 아이디어를 받아들이고 스스로도 새로운 아이디어를 만들어내자. 자신과 전혀 맞지 않을 것 같은 것은 무엇이고 자신이 쉽게 할 수 있는 것은 무엇인지 생각해보자. 삶의 어떤 영역에서 그리고 무슨 이유로 개인적 성장에 힘써야 하는지 이야기해보자.

'두 번째 젊음의 노트'에 여러분의 AGE 진척상황을 자세하게 기록하자.

AGE 지침

행동하라 Act

젊게 나이 드는 데는 행동이 필요하다. 여기서 행동이란 일상적으로 네오테니를 실천하는 습관을 말한다.

성장하라 Grow

우리에게는 그동안 간과했던 삶의 영역에서 성장을 촉진해야 하는 과제가 있다. 또한 나이 들면서 자연적으로 성장하는 네 가지 능력(육체적, 정신적, 영적, 감정적 능력)을 점검하고 다시 조정할 필요가 있다.

진화하라 Evolve

인생 후반기에 대한 새로운 관점과 목표를 발전시키자. 삶은 우리가 행동하든 말든, 성장하든 말든 전혀 상관하지 않는다. 삶은 우리와 상관없이 저절로 흘러간다. 한 사람의 개인적 진화는 삶의 질에 큰 영향을 미치고 주변 사람들에게 좋은 본보기가 된다. 마지막으로, 진화는 우리 인간이 한 생물 종으로서 성공하는 데도 대단히 중요하다.

행동하라

가지 끝에서 몸을 내밀어라.
열매는 가지 끝에 매달려 있다.

지미 카터(미국 제39대 대통령)

의미와 목적을 찾는 데 관심을 두지 않는다면 수명 연장이라는 선물도 무용지물이 되기 쉽다. 프랑스의 정치가 조르주 클레망소^{George} ^{Clemenceau}는 말했다. "스스로 자기 행동의 의미를 묻는 사람은 자신이 행동가가 아니라고 고백하는 셈이다. 행동과 균형은 상극이다. 그러니 행동에 나서려면 약간은 미쳐야 하는 법이다."

이제 나이 듦에 대한 자신의 고정관념을 바꾸면 어떨까? 다시 젊어지기 위해 당장 행동에 나섬으로써 자신을 포함한 모든 사람을 놀라게 하면 어떨까? 다음 다섯 가지 행동은 약간 부적절하고 비딱한 구석도 있지만 생기는 가득하다. 바라건대, '다섯 가지 행동 체크리스트'를 욕실 거울에 붙여놓고 매일 실천하라. 젊어지는 데 필요한 '영양제'가 여기에 다 들어 있다. 어쩌면 비타민 영양제를 대신하지 못할지는 몰라도, 매일 이를 실천하는 것이 그 어떤 영양제보다 저렴하고 효과적이라는 사실을 알게 될 것이다.

행동 1: 살아 있음을 만끽하자

시인 메이 사턴^{May Sarton}은 "나는 앞이 아니라 뒤로 눈을 돌릴 때 마침내 노년이 시작된다고 생각한다."고 말했다. 이제는 점점 늙어가는 자신의 모습을 인정하고 그 사실을 즐겁고 품위 있게 똑바로 마주할 시간이 되었다. 저널리스트인 클레어 부스 루스^{Clare Booth Luce}는 "만약 노년이 가시왕관이라면 즐거운 마음으로 그 왕관을 쓰는 것이 좋지 않겠는가?"라고 말했다. 어떻게 살아야 한다고 말하는 케케묵은 규칙과 규범 따위는 내버리자. '왜' 라는 질문을 더욱 자주 하고 스스로 대답을 찾자. 음악과 흥밋거리, 젊음을 자극하는 것들로 다시 채우자. 자신에게 가장 큰 영향을 미치는 것은 노화라는 생물학적 변화가 아니라 이 변화에 대한 자신의 대응방식이라는 점을 명심하자. 자신을 그윽하고 애정 어린 시선으로 바라보고 나이 든 자신의 얼굴을 볼 수 있다는 사실에 기뻐하자. 그런 기회조차 없는 사람들도 많다. 살아 있다는 것만으로도 여러분은 가장 운이 좋은 사람에 속한다.

행동 2: 의식하지 않을 때 젊음이 함께한다

흠 잡을 데 없이 건강하고 성공한 노인이 조금이라도 더 젊게 보이기 위해 자신을 과소평가하고 위선적으로 행동하는 것만큼 슬픈 일은 없다. 패션디자이너 칼 라거펠트^{Karl Lagerfeld}는 이렇게 말했다. "분명 한창 때가 아니면서도 젊고 섹시해지고 싶어 하는 사람만큼 꼴불견은 없다. 당신은 누구도 속일 수 없다. 당신보다 젊고 탱탱하며 섹시한 사람이 있다는 걸 받아들일 수밖에 없는 순간이 있기 마련이다. 인생은 미인대회가 아니다." 물론 젊어보이고 싶은 마음이 잘못된 것은 아니다. 하지만 작은 미소만으로도 얼굴이 얼마나 달라지는지 보라. 아무리 뜯어고치고 최신유행의 옷으로 휘감아도, 또 아무리 열심히 운동해도 더는 나이를 속일 수 없는 날이 온다. 내면의 네오테니 특징을 소중히 여기는 여러분의 정신이 진정한 아름다움을 보여줄 때, 나이를 떠나 모두가 여러분이 내뿜는 힘에 이끌릴 것이다. 다른 사람과 비교함으로써 자신을 속이지 말자. 자신의 대답이 옳다. 지나가는 시간을 축하하고 즐기면서 그런 시간을 빨리 받아들일수록 우리는 더 젊어지고 아름다워질 것이다.

행동 3: 여유를 가지고 행동하라

피아니스트 아서 루빈스타인Arthur Rubinstein은 나이 듦의 진정한 가치를 일깨워준다. "이 나이 되도록 살아오면서 얻은 교훈이 하나 있다. 살아 있는 이유를 깨닫는 것이 무엇보다 중요하다는 사실이다. 나는 다리를 만들거나 고층건물을 세우는 일은 물론이고 심지어 돈을 버는 것도 살아 있는 이유가 될 수 없다고 생각한다. 오히려 진정으로 중요한 무언가, 즉 인간을 위한 무언가를 하는 것이 삶의 진정한 이유라고 생각한다. 살아 있음으로 해서 자신의 영혼을 위해 기뻐하고 희망을 꿈꾸며 더 풍부한 삶을 사는 것, 그것이 가장 중요한 일이다." 유년기와 성년기 그리고 노년기 모두 나이 듦을 기꺼이 받아들일 때 중요한 의미를 갖는다. 실수하고 실망시키고 실패해도 자신에게 좀 너그러워지자. 우리는 더 이상 부모나 선생님, 친구 혹은 가족의 승인이 필요 없다. 지금은 바로 자기 자신만의 시간이기 때문이다.

해보지 않은 일들을 해보자. 해야 하는 말은 두려워 말고 하자. 언제나 하고 싶었지만 시도하기가 두려워 차마 하지 못했던 일은 무엇인가? 슈퍼모델 출신으로 환갑을 훌쩍 넘긴 지금도 잡지 표지모델로 활동하는 로렌 허튼Lauren Hutton은 위험을 무릅쓰는 것에 대해 이렇게 말한다. "위험한 상황이 있어서 좋은 점은 당신이 그런 상황에 처할 만큼 생생하게 살아 있다는 것이다. 당신은 완전히 깨어 있고 너무나도 젊다. 이를테면 다시 다섯 살이 된 것이다. 모든 것이 새롭기 그지없다." 위험은 젊음을 촉진하고 발걸음에 활력을 주며 얼굴에 화색이 돌게 한다. 세상에 기여하고 세상과 소통하며 계속 전진하자.

행동 4: 자기 모습을 있는 그대로 드러내라

나이 듦에 관한 생각을 바꾸고 언젠가 죽는다는 냉혹한 현실을 받아들이며 더 젊게 살려고 노력하는 일이 어려운 도전일 수도 있다. 하지만 미리부터 포기할 필요는 없다. 힘을 내자. 그런 도전은 우리가 이미 삶에서 성취한 것에 비하면 아무것도 아니다.

"아마 나는 세상에서 가장 늙은 연주가의 한 사람일 것이다."라고 파블로 카잘스Pablo Casals가 말했다. "분명 나는 노인이지만 여러 가지 점에서는 아직 피가 끓는 팔팔한 젊은이다. 당신도 나 같은 사람이 되길 바란다. 숨을 거두는 순간까지 젊게 살고 세상에 진실을 말하는 사람 말이다." 언제 어디서 누구를 만나건 자신은 지금 젊어지는 법을 배우는 중이라고 말해보라. 이 책에 담긴 아이디어들을 실천하고 다른 사람에게도 알려주자. 상상력에 다시 시동을 걸고 함께 어울려 놀며 웃음을 퍼뜨리자. 자신의 진면목을 보여주자. 죽음은 한 번뿐이지만 일단 죽으면 영원의 시간이 흐른다. 세상에 자신의 진정한 모습을 드러냄으로써 약간 소란도 피우고 변화를 일으키며 인생 후반기에 중요한 의미를 부여하자.

행동 5: 즐겨라

기회를 찾고 삶의 의문점을 탐구하며 자신이 얻은 대답을 즐겨라. 자기 자신과 자신만의 세상을 창조하는 법을 배워야 한다. 하루를 어떻게 맞이할까? 무엇을 할까? 빠진 것이나 더 추가할 것은?

어느 날 어머니가 내게 말씀하셨다. "나는 어린아이처럼 살고 싶지만 다리가 아프단다." 물론 몸이라는 장비 어딘가가 약간 닳았다면 손을 볼 필요가 있을 것이다. 자신이 그런 상황이라면 어떻게 적응하겠는가? 하루에 얼마나 많은 사람과 포옹하고 노래하고 웃을 수 있는가? 내가 아는 아흔 살의 어떤 노인은 처음 보는 사람을 만나면 악수조차 마다하고 이렇게 말하곤 한다. "내 볼은 키스하라고 있는 거라오." 이렇게 행동함으로써 그녀는 손

관절염에 대한 이런저런 위로의 말을 피하고 대신 기쁨을 얻는다. 나이를 먹는다는 것과 관련해 아주 좋은 점은 지나온 세월을 온전히 간직한다는 것이다. 언제 어디서 누구를 만나든 자신의 마음과 몸, 재능 그리고 잠재력을 활용하자. 우리가 가진 에너지는 쓸수록 되살아난다. 자신의 지나간 모습을 모두 불러모아 더욱 철저히 '자신다워'지도록 하자. 이제는 삶이라는 과목의 마지막 시험을 준비해야 한다. 시험 범위가 아주 넓고 재시험이 없다는 사실을 명심하자.

다섯 가지 행동 체크리스트

1. 살아 있음을 만끽하라
   "지금까지 살아 있으니 얼마나 운이 좋은가. 남아 있는 날들을 매 순간 젊게 살고 싶다."

2. 의식하지 않을 때 젊음이 함께한다
   "내 지난 한 해 한 해를 기꺼이 받아들이고 소중하게 생각한다. 단 일 년도 지워버리지 않을 것이다. 내 나이가 자랑스럽다."

3. 여유를 가지고 행동하라
   "지나치게 신중하지도 지나치게 안주하지도 않을 것이다. 나는 계속 변화할 자격도 젊어질 능력도 있다."

4. 자기 모습을 있는 그대로 드러내라
   "나는 모든 사람들에게 젊어져야 하는 이유를 말과 행동으로 보여 주겠다."

5. 즐겨라
   "나는 삶이라는 과목의 우등생이다. 마지막 시험에서 1등할 준비 가 되어 있다."

성장하라

바다가재의 몸통은 어느 시점이 되면 껍질보다 웃자란다. 딱딱한 껍질 안에 속살이 꽉 들어차면 너무 불편해 껍질 안에서는 더 살 수가 없다. 사실 바다로 나가 더 큰 껍질을 만드는 일이 바다가재의 생존에 아주 중요하다. 그리하여 바다가재는 매우 위험한 일에 나선다. 아무런 보호막도 없이 뾰족뾰족한 산호에 찢기고 육식 물고기의 먹이가 될 위험을 무릅쓰고 먼 바다로 나간 바다가재는 이런 위험한 환경에서 낡은 껍질을 벗는다. 심지어 그 위험천만한 순간에도 무리를 이루거나 동굴에 숨지 않는다. 말하자면 홀로 그것도 아무런 보호장치도 없이 껍질을 벗는다. 속살을 감싸고 있던 딱딱한 껍질 전체가 떨어져나가면 그 안에 있던 분홍색의 얇은 막이 이전보다 더 딱딱하고 큰 껍질로 자란다.

만약 당신이 바다가재 처지라고 할 때 현재의 자신을 고수한다면 그 안에 갇히거나 너무 크게 자랄 것이다. 심지어 죽음에 버금가는 최악의 상황을 맞을 수도 있다. 불행히도 노인들은 지금까지의 습관에 더욱 집착하는 경향이 있다. 때로는 변화 혹은 눈앞에 펼쳐진 거친 바다에 맞설 용기가 부족할 수도 있다. 성장은 부속품이 아니라 끊이지 않고 이어지는 과정이어야 한다. 정말이지 작은 껍질 안에 머물러야 할 아무런 이유가 없다. 상상력, 유희성, 용기, 모험심, 지속적인 배움 등은 평생에 걸쳐 우리와 함께한다. 성장이나 행복, 다시 젊어지는 것에 대한 책임은 어느 누구도 아닌 바로 우리 자신에게 있다. 어떤 남편이 쉰 살의 아내에게 그녀를 행복하게 만드는 것의 목록을 만들어보라고 했다. 목록에 적힌 내용은 전부 남편으로 시작해서 남편으로 끝났다. 스스로의 행복과 자기 완성을 위해 변화가 필요한 때에 남에게만 의존하려고 한다면, 어떻게 더욱 폭넓고 풍부한 삶을 살 수 있겠는가?

네오테니의 명백한 교훈은 변화하거나 오랜 꿈을 실현하는 데, 또 새로운 꿈을 꾸는 데 너무 늦은 나이란 절대 없다는 것이다. 로라 잉걸스 와일더Laura Ingalls Wilder는 예순다섯 살에 여덟 권짜리 '작은 집' 시리즈의 첫 소설 《큰 숲 속의 작은 집Little House in the Big Woods》을 출간했다. 루이스 아너 보이드Louise Arner Boyd는 예순일곱 살에 비행기로 북극에 도달한 최초의 여성이 되었다. 스코틀랜드 출신의 제니 우드 앨런Jenny Wood-Allen은 아흔의 나이에 11시간 34분의 기록으로 마라톤을 완주했다. 윈스턴 처칠Winston Churchill은 2차 대전이 끝난 뒤 편안한 노년을 보내는 대신에 펜을 들었고 일흔아홉 살에 노벨문학상을 수상했다. 미국의 법학자인 올리버 웬델 홈스Oliver Wendell Holmes는 생전에 친구로부터 왜 아흔넷의 나이에 새삼스레 그리스어 공부를 시작하느냐는 질문을 받았다. "글쎄, 친구. 지금이 아니면 영원히 못하지 않겠나?" 페니 J. C. Penny 는 아흔다섯 살 때 확신에 찬 어조로 말했다. "눈은 점점 침침해질지 몰라도 마음속 눈은 점점 밝아진다."

안타깝게도 많은 사람들은 나이를 먹으면서 점점 작아지고 약해지며, 예전에 이미 벗어버려야 했던 좁아터진 껍질 안에서 살고 있다. 또한 새로운 장소와 새로운 사람 그리고 새로운 모험을 두려워한다. 불편한 상황이나 긴 줄을 보면 줄행랑을 치고 외국 여행이나 새로운 음식에는 손사래부터 친다. 심지어 따뜻한 덧신을 신고 텔레비전 앞에 앉아 다른 사람들이 무언가를 만들고 웃고 사랑하며 사는 모습을 지켜보는 것 외에 달리 할 일이 없을 때까지 자신의 삶을 보호하고 또 보호한다. 삶의 현장에 끼어들기에는 너무 늙었다는 생각 때문에 이런 길을 택하는 사람들은, 결국 너무 늙어 끼고 싶어도 낄 수 없는 날을 맞는다. 정상 부근에 있다는 말이 이미 정상을 지났다는 말은 아님을 명심하라.

선교사이자 철학자인 알베르트 슈바이처 Albert Schweitzer 는 말했다. "인생의 비극은 실제로 죽는다는 사실에 있지 않다. 오히려 살아 있을 때 우리 안에서 무언가가 죽는다는 데 있다. 참된 감정의 죽음, 열정적 반응의 죽음, 다른 사람의 고통이나 영광에 공감할 수 있는 인지력의 죽음 말이다."

나이가 들어간다 해서 느끼고 인지하며 걱정하는 능력을 잃어버리면 주변 세상과 우리 자신 모두 작아지고 만다. 노년에도 목표가 있는 법이고, 그 목표를 포기할지 실현할지는 각자의 선택에 달려 있다. 또한 우리는 쇠락과 성장 가운데 선택할 수 있고, 삶에 대해 확신에 찬 목소리로 "예스"라고 대답할 수도 힘없고 두려워하는 목소리로 "아니요"라고 중얼거릴 수도 있다. 밥 딜런^{Bob Dylan}이 말했듯이 "우리는 태어나느라 바쁘지 않다면 죽느라고 바쁘다."

우리 모두는 반드시 희망이라는 네오테니의 특징을 다시 살려야 한다. 이는 영생이나 회춘을 향한 덧없는 희망도 아니고 편안하다는 이유로 과거에 안주하고자 하는 희망도 아니다. 오히려 매순간 끊임없이 더 나은 자아의 원천을 찾으려는 희망이다.

'더는 글을 쓸 수도 행동할 수도 웃을 수도 없다'고 말하는 자연의 법칙에는 일말의 진실도 없으니 무시하자. 삶은 긴장이 풀린 채 굳어진 상태나 아무 변화 없이 일정하게 유지되는 상태를 초월한다. 삶은 영원히 변화하고 발전한다. 우리는 반드시 나이와 더불어 새롭게 형성된 가치관, 미덕, 의무 등에 의미를 부여해야 한다.

그렇다면 여러분의 선택은 무엇인가? 절망이나 외로움 혹은 고독을 선택할 수도 있다. 또한 삶의 생생한 경험에서 도망쳐 주변 사람이나 책, 음악 등에 대한 관심을 끊을 수도 있다. 이런 선택을 하는 사람은 지루하고 피곤하며 매사에 의욕이 떨어지는, 한마디로 살맛나지 않는 삶을 살고 만다.

반면에 심리학자 에이브러햄 매슬로^{Abraham Maslow}가 모든 것이 사무치도록 중요해지는 시간이라고 불렀던 것에 적극 동참하기로 선택할 수도 있다. "나이를 먹을수록 꽃과 아기 같은 아름다운 것들에 너무나 애잔해진다." 성장을 택하는 사람은 느끼고 보고 상실을 인정하고 두려움에 맞서기로 선택할 수 있다. 있는 그대로의 자신과 진정으로 하고 싶은 일을 찾기로 선택할 수도 있다. 이런 선택을 통해 우리는 새로운 껍질을 생성하면서 '진짜 자신'으로 거듭날 수 있다.

대개 진짜가 될 때쯤에는 털은 온통 빠져 있고 눈알도 떨어져나가고
여기저기 더러워지고 너덜너덜해지지. 하지만 다 상관없어.
왜냐하면 일단 진짜가 되면 못생겨보이지 않으니까.
이해하지 못하는 사람은 빼고 말이야.

마저리 윌리엄스의 《벨벳 토끼》 중에서 목마의 말

◉ 사람은 끝없이 성장한다

대학교수가 되어 가장 당황스럽고 심지어 무섭기까지 했던 경험 가운데 20대 초반의 남녀 학생 수백 명을 동시에 바라보는 것이 단연으뜸이다. 그것도 이미 총기가 흐려지고 에너지도 줄었으며 가능성마저 흥청흥청 낭비해버린 학생들을 바라보는 일은 참으로 가슴이 아프다. 그런 학생들은 이미 '어른'이 되기 위한 슬프지만 어쩔 수

없는 처절한 몸부림 속에서 어린 시절 지녔던 소중한 특징을 모조리 잃어버렸다. 그들은 자신이 한때 지녔던 유아적 특징 모두를 다른 무언가로 바꾸어야만 어른이 된다고 생각한다. 결국 각자의 마음과 몸에는 아주 큰 구멍만 생길 뿐이고 '어른이 된다는' 목적 하나가 그 구멍을 온통 점령해버린다.

게다가 이런 학생들은 어른이 되는 솜씨도 탁월하다. 수업 중에 질문하는 학생도 없고 뭔가 굉장한 일이 생겨도 흥분하거나 즐거워하는 학생도 없다. 또한 울거나 웃는 학생도, 미소년의 순수함을 가지고 행동하는 학생도 없다. 큰 소리로 솔직하게 말하고 논쟁하며 질문하고 창조하고 움직이고 노래하면서 재미있게 공부해도 된다고 내가 허락하기 전에는 말이다. 결국 학생들은 수업 참여 정도에 따라 학점이 달라진다면 자신들이 더 쉽게 '어려질' 수 있다는 사실을 깨닫는다.

학생들의 그런 행동은 유명한 유리병 실험을 떠올리게 한다. 사람들에게 유리병 주둥이까지 자갈을 가득 채우라고 해보자. 남는 공간이 있을까? 분명 남는 공간은 없다. 하지만 모래를 부으면 어떨까? 유리병이 자갈로 꽉 차기는 했지만 모래는 충분히 들어간다. 이런 공간은 우리에게 있는 줄도 몰랐던 시간과 생각지도 못했던 에너지를 의미한다. 이제 유리병은 자갈과 모래로 넘쳐나고 용량이 꽉 차서 더 이상 아무것도 넣을 수 없어보인다. 하지만 물을 부어보면 어떨까? 빙고! 물이 들어갈 공간은 충분하다.

이 유리병처럼 인간의 능력도 우리가 생각하는 것보다 더 대단하다. 사실 우리는 예상치 못한 일이나 아주 간절한 희망을 계속해서 담아낼 여력을 갖고 있다. 인간이라는 그릇에는 더 많은 즐거움과 더 많은 학습, 더 많은 배려와 더 많은 삶이 들어갈 공간이 언제나 존재한다. 다른 말로 하면 우리 모두는 성장하고 변화하며 발전하기 위한 능력이 무한하다. 우리는 그런 능력을 타고났다. 아무리 나이를 먹어도 신생아의 강렬한 기본 욕구, 유아의 고집스런 자율성, 미취학 아동의 새로운 것에 대한 경탄과 기쁨, 놀이 능력을 모두 가질 수 있다. 또한 청소년기의 이상주의와 열정은 물론이고 학창 시절의 소속감과 지적 호기심도 평생 간직할 수 있다. 나아가 우리는 확고하고 성실한 자세로 이런 능력들을 더욱 발전시킬 수 있다. 어른들의 안정성, 지혜, 지식, 배려심, 책임감, 권한, 목표 등과 어우러진 새로운 발달양식을 갖출 수 있다는 말이다. 이런 성장은 '나이 들수록 쇠퇴한다'는 고정관념의 변화를 의미한다. 그 대신 '나이 들수록 계속 발전한다'는 인식이 새롭게 확립된다.

우리는 나이가 들면서 스스로에 대해 더 잘 알고 자신의 한계를 받아들이며 인생에서 무엇이 중요한지 이해한다. 하지만 2장의 '나이 듦에 대한 자기평가'는 우리가 노화에 대해 정형화된 고정관념에 사로잡혀 있다는 것을 알게 해준다. 이런 고정관념이 나이 들어가는 현실 자체보다 훨씬 더 무섭다. 또한 특정한 나이를 특정한 단계와 동일시함으로써 자신의 발달을 스스로 가로막는 일이기도

하다. 작가인 아나이스 닌[Anais Nin]은 말했다. "인간은 결코 달력상의 나이대로 성장하지 않는다. 때로 하나의 차원에서는 성장하면서도 다른 차원에서는 성장하지 않는다. 요컨대 인간은 부분적으로 성장한다. 성숙한 영역도 있고 아이 같은 영역도 있다는 뜻이다. 또한 과거·현재·미래는 한데 뒤섞여 구분하기가 어렵거나 우리를 앞뒤에서 마구잡이로 끌고다닌다. 아니면 우리를 현재에 가둬놓기도 한다. 인간은 여러 개의 층과 세포 그리고 그것들의 배열로 이루어진다."

나는 닌의 말에 인간이 가진 능력은 절대 줄어들지 않는다는 점을 덧붙이고 싶다. 능력은 성장하고 변화하며 적응하고 재충전할 수 있고 또 그래야 한다.

◉ 인간이 가진 신체적·정신적·영적·감정적 능력

나이 들수록 더 풍요로워지지는 않고 더 오그라들고 싶은 사람이 과연 있을까? 하지만 대부분의 사람은 나이 들면서 능력이 점점 떨어질 수밖에 없다는 두려움을 가지고 있다. 마크 트웨인의 말을 들어보자. "인생 전반기에는 즐길 능력은 있지만 그럴 기회가 좀처럼 없고, 후반기에는 그럴 기회는 많지만 즐길 능력이 없다." 우리는 흔히 나이가 많으면 능력도 줄어든다고 생각한다. 우리가 할 수 있는 일은 기껏해야 아주 침착하고 겸손하며 순응하는 마음으로 침몰하는 배를 조종하는 것이다. 이럴 때 나이는 부인의 대상이거나 두려움의 대상이거나 둘 중 하나다. 다시 젊어지고 싶다면 '나이 듦은 쇠퇴'라거나 '좋은 날은 지났다'는 따위의 고정관념은 완전히 내다 버려야 한다.

반면 삶에서 자신이 어느 만큼 능력을 발휘할 수 있는지 이해하고 그런 능력을 더 확대할 필요가 있다. 사실 네오테니의 핵심 교훈 가운데 하나는 나이를 먹으면서도 삶의 능력을 보존하고 발전시켜야 한다는 것이다. 이렇게 능력을 발전시킨다는 교훈만 잘 따라도 우리는 더욱 폭넓고 충만한 삶을 이룰 수 있다. 지금부터 인생 후반기에 삶의 질과 의미를 극대화하는 데 필요한 네 가지 능력에 대해 알아보자.

첫 번째, '정신적 능력'은 두뇌와 관련 있다. 이는 생각 · 상상 · 회상 · 종합 · 창조 · 설명 · 표현 · 이해의 능력을 포함한다. 라스베이거스 카지노에 발을 들여놓자마자 우리는 슬롯머신 주변에서 터져나오는 소리에 포위당한다. 돈을 딴 사람의 소리만 들릴 뿐 돈을 잃은 사람들은 아무 말이 없다. 그래서 돈을 잃는 사람보다 따는 사람이 훨씬 더 많다고 착각한다. 이를 노화 연구와 비교해보자. 인간의 능력과 나이의 상관관계에 대해 알려고 할 때 우리 귀에는 승리자가 훨씬 더 많은데도 패배자에 대한 이야기만 들린다. 특히 정신

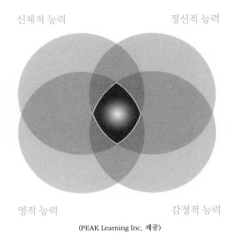

인간의 네 가지 능력

신체적 능력　　　　　정신적 능력

영적 능력　　　　　감정적 능력

(PEAK Learning Inc. 제공)

적 능력에 대해서는 더욱 그렇다. 알츠하이머병, 뇌졸중, 건망증 등
은 노화와 관련된 머리기사의 단골메뉴이며 그에 대한 반향도 크
다. 반면 노년기의 정신적 예민함은 소리 없는 승리자로 남는다. 사
실 이것이 훨씬 더 중요한데도 머리기사는커녕 신문 한 귀퉁이를
차지하기만 해도 운이 좋은 편이다. 아주 드문 예외를 제외하고는.

　이처럼 많은 사실이 아직 알려지지 않은 탓에 노화를 긍정적으로
바라보는 연구가 더 놀랍게 느껴지는지도 모르겠다. 1980년대에 나
온 《우아한 노년Aging Grace》이란 책은 특이하게도 미네소타 주 맨케이
토에 사는 수녀들을 소개했다. 이 수녀들은 80, 90살이 되도록 장수
를 누렸을 뿐만 아니라 숨을 거두는 날까지 정신적 예민함을 그대
로 간직했다. 이분들은 사후에 뇌를 과학 연구에 쓰라고 기증했는

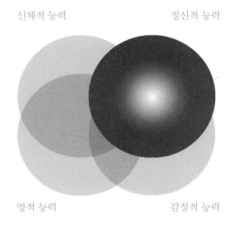

정신적 능력

신체적 능력   정신적 능력

영적 능력   감정적 능력

데, 이렇게 뇌를 기증하는 일은 아주 드문 편이다. 수녀들의 뇌를 분석한 결과 나이가 들면 뇌 기능이 떨어지기 마련이라는 식의 많은 미신을 깨뜨릴 수 있었다. 이 수녀들의 뇌는 쇠퇴하기는커녕 오히려 주변 세포들로부터 자극을 받아들이는 신경세포 수가 증가한 것으로 나타났다. 간단히 말해, 나이를 먹으면서 그들의 뇌는 새로운 신경경로를 만들어냈다.

노년기에도 이 수녀들의 뇌가 성장한 비결은 무엇일까? 비결은 아주 단순했다. 바로 뇌를 계속해서 사용하는 것. 낱말맞추기, 브리지 게임, 보드 게임, 독서, 음악 같은 정신 훈련은 정신적 능력을 향상시키는 데 도움이 된다. 새로운 방식으로 뇌를 자극하면 새로운 성장이 가능하다. 사실 이 수녀들 가운데 상당수는 아흔을 훌쩍 넘어서까지 교편을 놓지 않았고 성가대를 이끌기도 했다.

예로부터 사람들은 인간의 뇌가 나이를 먹으면서 서서히 빛을 잃어가는 전구와 같다고 생각했다. 하지만 맨케이토의 수녀들은, 뇌는 적절히 사용하기만 한다면 힘과 능력이 증가하는 근육과 매우 비슷하다는 점을 증명함으로써 과학계를 일깨웠다.

두 번째, '신체적 능력'은 말 그대로 몸과 관련 있다. 분명 노인이 되면 아무리 열심히 운동하고 훈련해도 몸의 능력은 어느 정도 떨어진다. 몸의 근 긴장도, 호흡 능력, 속도, 민첩성, 반사작용, 힘 등은 결국 하강곡선을 그린다. 하지만 여태까지 우리는 신체의 잠재력을 얼마나 활용했을까? 다시 말해 각각의 신체 능력에서 외부적 한계에 도달한 적이 있을까? 내가 쉰 살이 되었을 때 주치의는 내 몸의 상태에 대해 자세히 일러주었다. 자동차로 따지면 10만 킬로미터 정기검사라고나 할까? "사람들은 대부분 쉰 살이 되면 매사에 느려지고 틀에 박힌 생활을 하기 시작합니다. 제가 드리는 충고는 더욱 열심히 운동하고 달리며 더 바쁘게 살라는 겁니다. 그렇게만 하신다면 앞으로도 최적의 몸 상태를 유지하실 거예요." 일흔을 넘겨 돌아가신 내 아버지는 죽는 날까지 적어도 일주일에 세 번은 테니스를 치셨고 가끔은 30, 40대의 젊은 사람들과 시합해 이기기도 하셨다. 또 쉰네 살이 될 때까지 달리기의 '달' 자도 모르다가 예순둘이 된 요즘은 마라톤까지 섭렵한 여성도 있다. 인간의 몸은 건강하고 강해지고 싶어 한다. 분명 몸은 두뇌를 담아 이곳저곳으로 옮겨주는 그릇 이상이어야 한다.

　사람들은 대부분 자신의 신체적 능력을 충분히 개발하지 않는다. 그래도 실망하기엔 이르다. 아직 인생의 절반이 남아 있지 않은가. 실제로 노년기에도 신체적 능력을 개발할 기회가 많다. 나는 얼마 전 헬스클럽에서 70대 후반의 노부부 한 쌍을 만났다. 그들은 매일 웨이트트레이닝과 유산소 운동을 하고 요가 강좌에서 스트레칭을 하며 카페에 들러 몸에 좋은 간식을 먹는다. 나는 건강하고 균형 잡힌 몸매를 유지하기 위해 아주 열심히 노력하는 그들에게 깊이 감명받았다고 말했다. 그러자 그 부부는 미소를 지으며 대답했다. "솔직히 살아오면서 지금보다 몸이 더 좋았던 적은 없어요. 좀더 젊었을 때는 운동할 시간이 전혀 없었죠. 이제는 우리 자신을 위해 충분

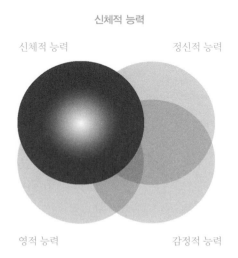

신체적 능력

신체적 능력　　　　　　정신적 능력

영적 능력　　　　　　감정적 능력

한 시간을 쓰고 있죠.

한때 신체적 조건이 정상에 다다라도 결국에는 거기에서 내려올 수밖에 없지만, 속도와 하강 폭은 자신이 조절할 수 있다.

피트니스계의 전설 잭 라랜Jack Lalanne은 매년 자신의 생일을 자축하는 의미에서 불가능해보이는 새로운 묘기를 선보인다. 지금까지 그는 이로 물 위의 바지선 끌기, 엄청나게 무거운 물건 들기, 윗몸일으키기 수천 번 하기 같은 묘기를 선보였다. 머지않아 백 살이 되는 요즘은 분명 체력이 30, 40대 같진 않겠지만, 잭은 내가 만나본 대학생 열에 아홉보다 몸매가 더 좋고 신체적 능력이 훨씬 뛰어나다.

스트레칭과 웨이트트레이닝을 하고 부지런히 움직이며 운동하는 것이 얼마나 좋은지 알기 위해 굳이 잭 라랜처럼 할 필요는 없다. 하지만 안타깝게도 대부분의 사람들은 나이를 핑계 삼아 이런 노력을 전혀 하지 않는다. 운동 효과에 관한 연구결과를 보면, 규칙적인 운동은 신체적 능력뿐만 아니라 다른 능력에까지 좋은 영향을 미친다. 정신적, 감정적, 영적 능력 말이다. 작가 카를로스 카스타네다Carlos Castaneda는 말했다. "젊어서 활력이 넘치는 것은 사실 아무것도 아니다. 반면 나이를 먹고도 활력이 넘치는 것은 마법 같은 일이다."

세 번째, '영적 능력'은 영혼과 관련 있다. 그것은 어떤 고차원의 힘을 인지하고 교감하면서 그 힘을 이용하는 능력이다. 영성靈性을 살찌우는 네오테니의 특성은 기쁨과 사랑, 놀이, 경이감, 경외심, 호기심 등이다. 또한 영성은 자신이 현재 하는 일에 완전하게 빠져드는

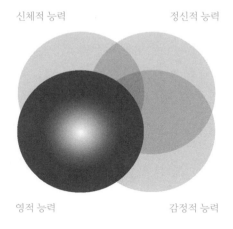

영적 능력

신체적 능력   정신적 능력

영적 능력   감정적 능력

'몰입Flow'과 용서의 개념을 아우른다. 영적 능력은 나이와는 전혀 상관없다. 다시 말해 영적으로 충만해지는 특정한 나이나 경로는 없다는 뜻이다. 사실 인생이 고달픈 사람일수록 가장 등한시하는 것이 바로 영적 능력이다. 노년의 특징이기도 한 좀더 느긋한 생활방식을 유지하고 삶의 속도를 약간 줄이는 것만으로도 우리는 처녀지로 남아 있는 놀라운 영적 능력을 찾아내 자기 것으로 삼을 수 있다.

영적 능력은 단순히 예배에 참석하거나 종교를 갖는 것 이상의 의미가 있다. 종교는 여전히 영성이 나타나는 주요 통로이기는 하지만, 신앙이 있든 없든, 또 무슨 종교를 믿든 영성은 특정한 도구나 장소, 자격을 필요로 하지 않는다. 영성은 누구나 개인적으로 지닐 수 있다. 예컨대 번잡한 도시 한복판에서도 우리는 자연과 교감하거나 기도하고 명상하며 고독을 즐길 수 있다.

누구라도 인생 후반기에 자신의 영적 측면과 다시 소통하고 그것을 매일 활용할 수 있다. 짧게나마 이탈리아를 방문했던 어느 날 아침 남편과 나는 꽤 까다로운 코스의 도보여행을 가려고 일찍 일어났다. 우리는 하루 목표치를 확실하게 정한 다음 지도와 배낭과 장비를 꼼꼼히 챙겨 길을 나섰다. 사실 하루 만에 목표지점까지 가자면 눈썹이 휘날리도록 걸어야 했다. 어느 지점에선가 급격한 U자형 커브를 돌자 길에서 40~50미터 떨어진 곳에 어떤 노인이 보였다. 노인은 바위 위에 앉아 햇볕을 쬐고 있었다. 그의 얼굴은 햇볕을 그대로 반사했고 완전한 내면의 평화를 고스란히 드러냈다. 일정과 목표가 있었고 집으로 돌아갈 날도 얼마 남지 않았던 우리는 그날의 목표치를 달성하겠다는 일념 하나로 그 자리를 서둘러 벗어났다. 그날 늦게 목표지점에 도달해 기쁘면서도 마음 한 구석에 이런 생각이 들었다. '누가 그 산을 더욱 온전하게 경험한 것일까? 평화로운 그 나그네? 아니면 무엇에 쫓기듯 서둘렀던 우리?'

마지막 '감정적 능력'은 마음과 관련 있다. 이는 인간의 모든 감정을 인지하고 드러내며 효과적으로 사용하는 능력이다. 자신과 다른 사람의 감정 모두를 말이다. 《감성지능 Emotional Intelligence》이라는 책을 쓴 심리학자 대니얼 골먼 Daniel Goleman 을 비롯한 많은 연구자들은 이런 능력을 가리켜 '감성지능'이라고 부른다. 다른 능력과 마찬가지로 감정적 능력도 성장 잠재력이 풍부하다. 우리는 모든 감정을 얼마나 능숙하게 경험하고 사용하는가? 혹시 좁은 울타리에 갇혀 감정을 표현하는 데 너무 인색하진 않은가? 우리는 느낄 수 있는 기회를 스스로 제한하여 자신의 감정을 철저히 조절할 수는 있다. 하지만 그 대신 더욱 풍부한 감정적 보상은 포기할 각오를 해야 한다.

영적 지도자인 아르주나 아르다 Arjuna Ardagh 의 말을 들어보자. "우리는 자신의 슬픔과 뜨거운 열정, 성욕, 분노, 심지어 마음의 충일함과 기쁨에도 끊임없이 저항한다. 그야말로 자신의 자유로운 감정 표현을 억누른다. 강렬한 감정은 우리를 압도한다. 그런 감정은 삶의 허약한 평형 상태를 쉽게 뒤집을 수 있다. 우리의 감정은 억눌려 있다가도 간혹 폭발한다. 즐겁거나 고통스럽거나 깊은 감정은 자기 자신에게 그리고 사랑으로 데려다주는 파도가 될 수 있음을 알지

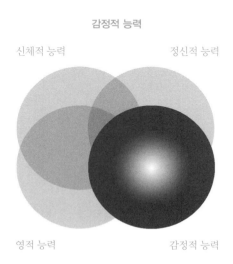

감정적 능력

신체적 능력   정신적 능력

영적 능력   감정적 능력

못한다."

우리가 아무리 고통스럽고 힘겨워도 자신의 감정을 최대한 있는 그대로 표현하면 다른 사람들은 어떻게 생각할까? 여러분은 다른 사람과 관계를 맺기 위해 감정을 얼마나 적절하게 사용하는가?

아이들에게는 아주 자연스러운 눈물과 웃음이 어른들에게는 금기의 대상이 되고 만다. 어느 정도 나이가 들면 10대 때의 날뛰는 호르몬에서는 자유로워지기 마련이다. 하지만 자신의 모든 감정을 솔직하게 인정해서는 안 되는 무슨 특별한 이유라도 있는가? 솔직히 열일곱 살 때보다 일흔한 살 때 자신의 감정에 더 가까이 다가갈 수 있다. 좋은 영화를 볼 때 감정을 철저히 배제하는가, 아니면 영화 속으로 흠뻑 빠져드는가? 다른 말로 영화를 관찰하는가, 아니면 경험하는가? 여러분은 바라보는 쪽인가, 행동하는 쪽인가?

감정 표현은 문화와 밀접한 관련이 있지만 감정 자체는 보편적이다. 전통적으로 감정을 표현하는 문화가 있는가 하면 감정 표현을 억제하는 문화도 있다. 하지만 그렇다고 해서 감정을 억누르는 사람이 감정적 능력이 부족하다는 의미는 아니며, 반대로 감정을 맘껏 발산하는 사람이 감정적으로 우월하다는 의미도 아니다.

중요한 것은 평생에 걸쳐 감정적 능력을 키우고 넓히고 향상시키는 일이다. 그렇게 한다면 처음보다 더욱 완전해지고 진화한 자신의 모습을 발견하게 된다. 궁극적으로 볼 때 감정적 능력은 관계로 귀결된다. 다른 사람과의 관계, 주변 세상과의 관계. 그렇기에 자신의 감정적 능력을 발전시킴으로써 삶의 모든 측면에 긍정적 영향을 미칠 수 있다.

◉ 네 가지 능력이 합쳐져
시너지 효과를 낸다

지난 반세기 동안 인간에 대한 이해와 지식은 눈에 띄게 발전했다. 그 가운데 가장 중요한 것은 모든 것이 서로 연결되어 있다는 깨달음이다. 비슷한 맥락에서 인간의 모든 능력도 겹쳐지고 서로 영향을 미친다. 능력 하나가 향상되면 대개 다른 능력에도 긍정적 영향을 미친다. 많은 사람들이 신체 활동이나 감정 표현, 지성이 필요한 일에서 영적 능력의 도움을 받는 것도 이 때문이다. 마찬가지로 영적 추구를 통해 뇌는 자극을 받고 감정은 진정되며 신체기능은 향상된다. 또한 긍정적 감정은 우리의 면역체계를 강화하기도 한다. 하나의 영역에서 자신의 능력을 키우고 강화하다 보면 다른 능력에도 도움이 될 가능성이 매우 크다. 사실 나이가 든 덕분에 우리는 하나하나의 능력에 다 관심을 기울여 능력을 키울 수 있는 자유를 얻는다. 그렇게 해서 우리는 다른 사람들에게 더 많이 베풀고 삶에 의미를 추가하면서 젊어질 수 있다.

'두 번째 젊음의 노트'를 펴서 자신의 네 가지 능력을 기록해보

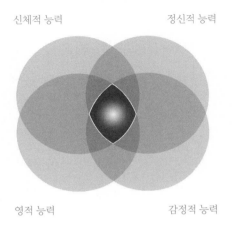

네 가지 능력의 겹침

신체적 능력　　　　　　　정신적 능력

영적 능력　　　　　　　　감정적 능력

자. 앞의 그림을 참조하여 자기 안에서 네 가지 능력 각각이 차지하는 현재 비율에 따라 서로 겹쳐지게 그림을 그린다. 가령 교회에는 열심히 나가지만 신체 활동은 되도록 피하는 편이라면 영적 능력을 신체적 능력보다 훨씬 크게 표시해야 한다.

　그런 다음 여러분을 가장 잘 아는 친구에게 부탁하여 같은 식의 그림을 그리게 한다. 주위 사람은 여러분을 어떻게 보는지 알기 위해서다. 예컨대 여러분은 감정적 능력을 가장 크게 그렸더라도 친구는 다르게 평가할 수 있다. 그 차이를 잘 살펴보자.

　그리고 다음 질문에 대한 답을 '두 번째 젊음의 노트'에 기록한다. 네 가지 능력 가운데 하나만 향상시킬 수 있다면 여러분은 무엇을 선택하겠는가? 그 선택한 능력을 통해 젊어지려면 어떻게 해야 할까?

진화하라

자신의 현재 모습이 아니라 미래 모습을 사랑하라.

미겔 데 세르반테스(작가)

《자아의 진화 The Evolving Self》를 쓴 미하이 칙센트미하이는 우리 자신에 대해 아는 것이 인간이라는 종의 최대 성취라고 말한다. "2000년대에 인간의 운명이 어떤 자아를 창조하느냐와 밀접한 관련이 있는 것도 이 때문이다."

지금까지 우리는 네오테니라고 하는 다시 젊어질 수 있는 진화의 기회를 살펴보았다. 또한 나이 듦에 대한 수많은 오해를 밝혀냈고 젊어지는 과정을 시작할 수 있는 몇 가지 단계도 배웠다. 더불어 삶의 다양한 측면에서 성장 가능성이 있는 영역에 대해서도 알아보았다. 그저 이 책을 읽는 것만으로도 여러분은 알게 모르게 진화하고 있는 셈이다. 이제 우리의 삶 전체가 하나의 긴 여정이라는 사실을 깨달았을 것이다. 아이 같은 특징들을 온전히 되살리고 자신이 되고 싶은 모습을 완벽히 표현하기 위한 여정 말이다. "당신이 고이 익히고 있는 그것은 바로 인생이라는 과일이다."라고 작가 스튜어트 에드워드 화이트 Stewart Edward White 는 말했다. "눈부시게 빛나는 그 인생의 과일은 당신의 외면이야 어떻든 내면을 밝게 비춰줄 것이다."

⊚ 어릴 적 자아를 되찾아라

나는 어느 휴일 우리 가족의 모습이 고스란히 담긴 코닥 슈퍼 8밀리
필름을 지금도 간직하고 있다. 화면은 1960년대 초로 거슬러올라간
다. 당시 우리 가족은 오리건 주의 할아버지 집 뒤뜰에 모였는데,
당시로는 아주 흔한 광경이었다. 카메라는 먼저 연기 나는 바비큐
근처에 모여든 어른들과 풋볼을 하는 남동생, 그네를 타며 노래를
부르는 여동생의 모습을 차례로 훑으며 지나간다. 그런 다음 드디
어 내 모습이 나오는데, 나는 혼자 서서 큰 소리로 노래를 부르고
있다. 카메라는 나를 지나쳐 주변의 모습을 한참 담다가 다시 내 쪽
으로 돌아온다. 나는 아직도 연극을 하듯 열정적인 제스처까지 곁
들이며 열심히 노래하고 있다. 재능만 빼고 내게 없는 것은 없다.
하지만 아무도 나를 쳐다보지 않는다. 사실 가족 모두 그들 한가운
데 있는 '슈퍼스타'를 알아보지 못한 셈이다. 카메라가 있든 없든
박수소리가 있든 없든 계속해서 열심히 노래하는 나는 반짝반짝 빛
이 난다.

네오테니 연구를 시작하기 전에는 그 순간을 한번도 떠올리지 않
았다. 또한 단 한번도 그 필름이 현재와 미래의 내 모습에서 본질적
인 부분을 보여주는 단서라고 생각하지 않았다. 돌이켜보면(이 또한
나이의 선물이다) 늘 더 많이, 더 나은, 더 위대한 무언가를 꿈꾸던 나
는 그 뒤뜰에 있다. 나는 언제나 누군가가 나를 쳐다봐주고 알아주

며 인정해주기를 바랐다. 그러나 그렇지 못해서 불행했다는 이야기는 아니다. 나는 행복하고 꿋꿋하게 내 길을 걸어왔다고 자부한다. 어쨌든 할아버지 집 뒤뜰에서 혼자 노래를 부르던 그때부터 지금까지 내 삶을 돌이켜보면, 가족비디오에 찍힌 그 조그만 소녀가 이 책을 쓰며 앉아 있는 큰 '소녀'와 똑같다는 사실을 깨닫는다. 언제나 무언가를 새로 시작할 때면 다른 사람의 인정과 공감을 바랐지만, 결국에는 내 능력이 닿는 한 최선을 다해 그리고 '나' 자신이 만족스러울 때까지 그 일을 했다. 어린 시절의 나 자신과 지금 성인이 된 나 자신은 똑같다. 말하자면 어제의 나를 만든 것이 곧 오늘의 나를 강하게 만들고 내일의 나를 창조할 기초가 될 것이라는 이야기다.

여러분 안의 어린아이 같은 특징들은 변하고 숨고 일탈하고 부서지고 무시당하지만 결코 사라지지 않는다는 사실을 명심하기 바란다. 또한 여러분의 어린 자아는 관심을 받고 다시 '상영'되기를 늘 기다린다. 젊어진다는 것은 곧 시간을 되감을 수 있다는 뜻이다.

◉ 새로운 삶의 의미를 찾아라

스위스 출신의 저명한 정신의학자이자 지그문트 프로이트[Sigmund Freud]의 동료이기도 한 카를 융[Carl Jung]은 절반으로 나뉜 생애 곡선의 개념을 도입했다. 앞의 절반은 관계의 시간이고 뒤의 절반은 삶 속에서 삶의 의미를 찾는 시간이다. 힌두교에서는 이를 '마르가marga, 즉 도道를 따르는 것'이라고 말한다. 간단히 말해 그것은 길이요 방법이다. 경험의 발자취는 내면의 삶으로 귀결되고, 아무런 마음의 부대낌 없이 홀가분하게 걱정도 두려움도 없이 삶의 마지막 관문을 통과한다. 힌두교도들은 그들의 이상에 대해 이렇게 말한다. "노래를 부르며 죽음을 맞으라."

이에 대해 융은 다음과 같이 해석했다. "의사로서 생각할 때, 우리가 열심히 추구하는 목표를 죽음에서 찾는 것은 건강하다고 확신한다. 반대로 죽음을 겁내고 도망치는 것은 인생 후반에 삶의 목표를 잃게 만드는 건강하지 못하고 비정상적인 행동이라고 믿는다."

짐 도노번Jim Donovan은 《더 나은 삶을 위한 핸드북Handbook to a Happier Life》에서 인생 후반의 목표와 관련해 아주 흥미로운 이야기를 들려준다. 어떤 늙은 목사가 복통 때문에 주치의를 찾아간다. 주치의는 목사에게 죽을병에 걸렸다고 알려주면서 살날이 얼마 남지 않았으니 집으로 돌아가 주변을 정리하는 것이 좋겠다고 말한다. 목사는 의사의 충고를 받아들여 언젠가 꼭 가봐야지 하고 생각하던 멕시코의 한 교회를 방문하기로 마음먹는다. 드디어 교회 앞에 다다랐을 때 헌금함에서 돈을 훔쳐 달아나는 어린 소년이 보였다. 그 소년의 목덜미를 잡은 목사는 교회에서 돈을 훔친 이유를 다그쳤다. 목사는 그 소년이 고아에다가 계속 굶다시피 했다는 사실을 알게 된다. 소년은 자신의 친구들도 대개 비슷한 처지라면서 먹을 것을 사려고 돈을 훔쳤다고 말한다. 소년의 안타까운 사연에 마음이 뭉클해진 목사는 소년이 어떻게 사는지 직접 눈으로 확인하기 위해 함께 소년이 사는 동네로 갔다. 결론적으로 말하면 목사는 자신이 본 비참한 광경에 너무나 마음이 아팠고 결국 그곳에 고아원을 설립했다. 그리고 '25년이 지난' 오늘날에도 여전히 그 고아원을 운영하고 있다.

그 목사는 계속 살아야 할, 달리 말하면 계속 '노래해야 할' 이유를 찾은 셈이다. 대학을 떠나 인생상담가이자 저자로서 새 삶을 시작할 때 나 또한 계속 노래할 길을 찾았다. AGE(성장 · 행동 · 진화) 지침을 실천할 자기만의 '삶의 의미와 목표'를 찾으라. 그리하면 자신만의 '방법'으로 인생 후반기를 멋지게 보낼 수 있을 것이다.

다음 질문에 대한 답을 '두 번째 젊음의 노트'에 기록하자.

- 아침에 침대에서 일어나 하루를 시작하도록 하는 것은 무엇인가?
- 혹은 예전에 아침이면 침대에서 벌떡 일어나고 싶도록 했던 것은 무엇이었나?
- 자신에게 중요한 것은 무엇이고 그 이유는?
- 다른 사람이 자신에 대해 무엇을 기억하기를 바라고 그 이유는?
- 과거에 가졌던 삶의 목표는 무엇인가?
- 미래를 위한 삶의 목표는 있는가?

• 자신이 다른 사람보다 오래 살아야 할 이유가 있는가?

어릴 적 나는 이런 저런 이유로 자주 노래를 불렀다. 다른 사람들을 위해, 박수를 받고 싶어서 등등. 이제 나는 알아주거나 박수를 쳐주는 사람이 없어도 나만의 리듬에 따라 노래한다. 내 남은 생은 어린 시절을 담은 필름을 다시 돌려보는 것과 같을 것이다. 물론 이번에는 경험과 발달, 선택이라는 렌즈를 통해 새롭게 편집된 장면들이 펼쳐지겠지만.

태어날 때 인간은 무한한 가능성을 가진 잠재력 덩어리다. 그것이 우리가 받은 첫 번째 생일선물이다. 우리는 언제라도 새로 태어날 수 있고 또한 아직 만나지 못한 자신과 마주칠 수도 있다. 우리는 완전해질 기회가 있기 때문에 나이를 먹는다. 깊고 풍요롭고 충만한 삶을 살 기회 말이다. 그것이 나이가 주는 가장 놀라운 선물이다. 시인 메리 올리버 Mary Oliver 는 "길든 짧든 삶에는 우리가 마땅히 느껴야 하는 놀라움이 있다."고 노래하지 않았던가.

삶의 각 단계에서 우리는 스스로 적응해야만 한다. 변화하는 주변 세상과 계속해서 관계를 구축하고 그 변화하는 세상에서 버릴 것은 버리고 더할 것은 더하면서 자기를 형성해가야 한다. 또한 개인으로서 진화하려면 우리는 해마다 자신의 새로운 자아를 생성하고 발견하며 발전시켜야 한다. 나이와 더불어 진화한다는 것은 매일매일을 새로 '태어나는' 날, 즉 생일로 만드는 것이다.

⑥ 어릴 적 자아:
예전에 나는 어떤 사람이었나

누구나 자신의 어린 시절을 보여주는 사진과 비디오테이프, 상장, 배지, 트로피, 이런 저런 장신구 등이 있을 것이다. 그런 것들을 꺼내 주변을 꾸민 다음 작은 행사를 마련해보자. 현재의 자아를 예전의 자아에게 소개하는 자리다. 예전에 자신이 어떤 사람이었는지 떠올려보자. 그래야 자신이 되고 싶은 그런 사람이 될 수 있다. 며칠 여유를 가지고 그런 추억거리를 주변에 진열한다. 먼저 좋아하는 물건에 대해 곰곰이 생각해보자. 그런 다음 아래 질문에 대한 답을 '두 번째 젊음의 노트'에 기록한다.

- 아주 어렸을 때 어땠는지 기억나는가?
- 가장 어린 시절의 기억은 무엇인가?
- 그때가 몇 살이었나? 두 살? 세 살? 네 살?
- 좋아하던 장난감은?
- 애완동물을 길렀나?
- 선생님은 기억나는가? 학급친구는?
- 현재의 삶은 어떤 모습인가?
- 웃음을 주는 것은 무엇인가?
- 좋아하는 음식은 무엇인가?

- 나이를 먹으면서도 당신은 늘 한결같은 사람이었나? 예를 들어 항상 수줍음이 많거나 완고했는가?
- 나이 때문에 어떤 상황을 피하는가?
- 내면에서 정말로 변한 것은 무엇인가?
- 어릴 적 자아가 행복하거나 미소 짓거나 즐거워한다고 말할 수 있는가?
- 어릴 적 자아에게 해주고 싶은 말이 있는가? 그런 말이 어릴 적 자아에게 성장에 대한 두려움과 불쾌감을 덜어주고 더욱 안전하다고 느끼게 해줄까?
- 무슨 일이 있었기에 지금 같은 감정을 갖게 되었는가?
- 자신을 어린아이로 생각하기는 힘든가?
- 자신이 너무 많은 것을 잃었고 너무 좁은 틀에 갇혀 살았다고 생각하는가?

위의 질문은 하나하나 일주일 정도 꼬박 생각해볼 가치가 있다. 하지만 가장 급한 것은 자신의 어린 시절 자아와 소통하기 시작하는 일이다. 자기 인생에서 최고의 순간과 도전, 꿈 등을 스스로 되살려보라. 그리하여 젊어지는 데 필요한 구체적이고 확실한 아이디어로 무장하기 바란다.

◎ 다시 태어난다는 것

심리학자 엘리자베스 퀴블러 로스Elisabeth Kubler-Ross는 경고했다. "우리 모두의 마음에는 사랑과 삶, 모험에 대한 꿈이 있다. 하지만 안타깝게도 마음에는 그런 꿈을 추구하지 못하게 하는 갖가지 이유 역시 가득하다. 이런 이유들이 우리를 보호하는 듯 보이지만, 실은 우리를 마음이라는 감옥의 죄수로 만든다. 삶을 우리에게서 멀찍이 떼어놓는다는 이야기다. 삶의 끝은 생각보다 더 빨리 찾아올 것이다. 탈 수 있는 자전거가 있고 사랑할 사람이 있거든 지금 당장 달려가라."

네오테니는 인간에게 '지금이 언제나 기다리던 바로 그 순간'이라는 사실을 일깨워주는 진화의 혜택이다. 여러분은 어떤 자전거를 기다리고 있는가? 여러분의 사랑을 기다리는 사람이 있는가? 소년·소녀 시절이 현재의 자신에게 어떻게 도움을 줄 수 있을까? 여러분의 어린 시절 자아는 오늘날 여러분의 삶에 대해 뭐라고 할 것 같은가?

우리의 어린 시절 자아는 성장하는 것에 대해 어떤 경고나 예상, 결론을 제시할까? 영화 〈키드The Kid〉에서 브루스 윌리스Bruce Willis는 우연히 자신의 소년 시절 자아와 꼭 닮은 소년과 여름 동안 한 집에서 지내게 된다. 한편 성인이 된 자신과 만난 그 소년은 브루스 윌리스가 얼마나 실패자인지에 대해 장광설을 늘어놓는다. 그 소년은 크게 실망하며 투덜거린다. "그러니까 아저씨 말은 내가 자라서 강아지 한 마리조차 키우지 않는 사람이 될 거란 얘기에요? 어떻게 강아지도 키우지 않을 수 있죠? 저는 아저씨처럼 될 바에야 차라리 어른이 되고 싶지 않아요."

예전의 자아를 버리고 빛나는 새로운 자아를 얻으려면 우리는 충분한 이해력과 예민함, 융통성을 지녀야 한다. 또한 뛰어난 유머감각도 필요하다. 작가 서머싯 몸Somerset Maugham은 조카에게 이렇게 말했다. "죽음은 몹시 재미없고 쓸쓸한 일이지. 내가 해줄 수 있는 충고는 죽음에 대해 우리는 아무것도 할 수 없다는 것뿐이란다." 그렇다 해도 우리는 반드시 죽음에 대해 무언가를 해야 한다.

물론 개인의 진화가 쉬운 과정은 아니지만 그렇다고 반드시 쓸쓸하고 음울할 필요도 없다. '그들'은 우리를 가르치거나 변화시킬 수 없다. 오직 우리 자신만이 그렇게 할 수 있다. '그들'은 우리를 기쁘게 할 수도 완전하게 실현시킬 수도 젊어지도록 도울 수도 없다. 오직 우리 자신만이 삶의 경로나 자기실현 과정 혹은 미래에 대한 열정을 바탕으로 결정할 수 있다. 오직 우리만이 자신을 기꺼이 받아들이고 새로 시작할 수 있다.

글쎄, 어디부터 시작할까?

세상은 너무 거대하다.

내가 가장 잘 아는 내 조국에서 시작할까?

하지만 내 조국도 너무 크다.

차라리 내 고향부터 시작하는 게 낫겠다.

그러나 내 고향 역시 너무 크다.

내가 살던 거리부터 시작하는 게 좋겠다.

아니, 내 집부터. 아니, 내 가족부터. 신경쓰지 마라.

나는 내 얘기부터 시작하련다.

엘리 위젤(작가, 아우슈비츠 수용소 생존자)

◎ 젊음을 해방시켜라

나이 듦에 대한 개인의 인식이 진화하기 시작하고 어린 시절의 자아를 기꺼이 받아들이며, 그 아이가 다시 노래하고 춤추고 질문하고 놀도록 한다고 치자. 그럼 어떻게 될까? 우리가 네오테니의 잠재력을 온전히 활용할 때 가족, 친척, 친구 등 사랑하는 주변 사람들의 반응은 어떨까? 당연히 우리에 대한 자신들의 평소 이미지에 우리를 가두어 왜곡하려 들 수 있다. 대개는 사랑이라는 이름으로, 하지만 결국엔 자신들이 편해지기 위해 그렇게 반응할 것이다. "그런 옷을 입다니 어떻게 된 거 아냐?" "세상에, 비행기에서 뛰어내려 고공낙하를 하고 싶다니! 그러기엔 넌 너무 나이가 많아!" 혹은 "제발 입 좀 다물어 줄래? 이런 네 모습이 너무 당황스럽단 말이야."

일단 네오테니를 받아들이기 시작하면 어떻게 될까? 사회가 우리에게 사회적 요구를 따르도록 강요하고 사회의 좁은 틀 안으로 억지로 밀어넣으려 한다는 사실을 깨달을지도 모르겠다. 작가 메이브 빈치Maeve Binchy의 말을 마음에 새겨두자. "다른 사람은 어떨지 몰라도 '지금 현재'가 '좋았던 옛 시절'보다 훨씬 낫다는 말이 적어도 내게는 진실이다."

올리버 웬델 홈스의 말을 들어보자. "한번도 노래를 부르지 못한 사람들은 참으로 불쌍하다. 그들은 자기 안의 음악을 그대로 품은 채 죽는다." 나는 홈스에게 선수를 뺏긴 기분이 든다. 슬픔과 분노와 죄책감이 한꺼번에 밀려드는 기분이랄까? 부정적인 사람들과 규범이 우리 삶의 리듬을 규정하도록 내버려두는 이들이 너무 많다. 한때는 모두 총명하고 빛나는 독특한 존재였던 우리가 이제는 지루하고 케케묵은 똑같은 음악에 맞춰 춤을 추고 똑같은 노래를 부르고 있으니 안타깝기 그지없다. 결국 우리 각자의 내면에는 아직 한번도 연주된 적 없는 교향곡이 있는 셈이다.

애슐리 몬터규는 《젊게 나이 들기》에서 이렇게 말한다. "네오테니의 특징은 무궁무진하다. 열린 마음, 새로운 아이디어를 잘 받아들이기, 유연한 태도, 탐색, 노력, 질문, 탐구, 기존 아이디어뿐만 아니라 새로운 아이디어에 대한 고찰, 새롭고 즐거운 경험에 대한 순수한 호기심과 흥분, 유머와 웃음을 잃지 않고 모든 것을 이해하려고 열심히 노력하는 의지 등등. 사실 이 모든 특징은 성장과 발전의 기회에서 만족을 찾는 욕구이다. 그리고 이것은 모든 사회가 구성원들에게 제공해야 하는 근본 목표다."

　하지만 우리 사회는 그렇지 못하다. 오히려 구성원의 성장과 발전을 짓밟고 억누르며 마지막 한 방울까지 쥐어짠다. 사실 많은 연구결과를 보면, 겨우 열 살 남짓한 초등학교 4학년 때까지 정규교육이 우리의 타고난 창의성을 대부분 고사시킨다고 한다. 더욱 끔찍한 사실은, '무려 90퍼센트의 사람들은 그런 창의성을 결코 회복하지 못한다'는 점이다. 요컨대 우리는 열 살 무렵부터 그나마 아직 남아 있는 네오테니 특징들을 갉아먹으면서 시간을 보낸다. 감정적으로 파산하고 정신이 늙고 시들어 죽을 때까지.

◉ 지금 현재를 사랑하고 즐겨라

예전에 아들이 이듬해에 진학할 중학교를 미리 가본 적이 있다. 지금도 그때의 기억이 생생하다. 사랑스런 금발머리 소년이던 내 아들은 학교로 가는 내내 노래를 흥얼거리고 운동화 끈을 만지작거렸으며 풍선껌을 연신 씹어댔다. 그 모습이 마치 체크무늬 셔츠와 지저분한 청바지를 입은 현대판 톰 소여 같았다. 그런데 정작 학교는 어땠는지 아는가? 도시의 초라한 거리 한 귀퉁이에 있는 어두운 술집에나 어울림직한 진한 화장품 냄새와 헤어스타일, 푸쉬업 브래지어, 문신 등이 학교에 판을 치고 있다. 나는 쉽게 싫증내고 지루해하고 환락적인 아이들이 우글거리는 그 '수렁'에 내 아들을 보낼수도 보내지도 않았다. 대신 우리는 그 학교를 나오자마자 아이들이 아이다울 수 있는 다른 학교를 찾기 시작했다. 그런데 그런 학교를 찾기가 그렇게 어려울 줄이야.

사회와 대중매체, 특히 각자의 역할모델이 되는 대상이나 선생님모두 우리를 빨리 어른으로 만들려고 애쓴다. 문화와 달력이 우리를 서둘러 나이 들게 만들고 단번에 거친 세상으로 내몬다. "신발크기가 아니라 나이에 맞게 행동하라." "우는 소리 좀 그만해라."등등. 사람들은 끊임없이 훈계를 늘어놓는다. 또한 우리에게 신분증을 위조하고 성장단계를 마치라고 종용한다. 우리는 모두 삶에서무언가 '큰일'이 벌어질 중요한 순간이 다가오길 기다린다. 또한그 순간이 멀지 않았다고 언제나 확신한다.

코미디언 시드 시저Sid Caesar는 언젠가 아주 뼈 있는 말을 했다. "사람들이 삶에서 뭔가 큰일이 생기기를 기다리고 또 기다리는 사이'지금'이라는 소중한 시간은 지나가버린다. '지금'이 얼마나 빨리지나가는지 아는가? 놀라지 마시라. 빛의 속도와 같은 대략 초당 30만 킬로미터로 지나간다. 따라서 '지금'을 얼마나 사랑하고 즐기든'지금'은 순식간에 '과거'가 되어버린다. 그래서 나는 더 이상 '만약'이라는 말을 사용하지 않을 것이다. '만약'이란 것은 예전엔 한번도 그런 적이 없었다는 말과 똑같다."

'지금'이 기다리던 그 순간이고 그냥 흘려보내지 않겠다고 마음 먹자. 나이에 신경쓰지 말고 어린아이 같은 마음을 되찾자. 삶에 추가하고 싶은 어떤 새로운 경험이 있는가? 그것을 '두 번째 젊음의 노트'에 기록한 다음 이 질문에 답해보자. "당신은 무엇을 기다리고 있는가?"

인간이라는 존재는 영혼을 가진 육체가 아니라 육체를 가진 영혼이다. 레프 톨스토이_Lev Tolstoy_는 이 아이디어를 아주 재치 있게 표현한다. "우리는 시체를 질질 끌고 다니는 영혼이다." 왜 그런 줄 아는가? 육체의 나이가 얼마든 우리의 진짜 자아는 결코 나이를 먹지 않기 때문이다. 누구나 마음속으로는 자신이 나이보다 더 젊다고 생각한다. 운전 중에 우연히 백미러를 보다가 내 어머니처럼 생긴 사람의 모습이 보일 때면 나는 깜짝 놀라고 만다. "진정해. 거울 속의 저 얼굴이 내 얼굴일 리 없어."

그래서 나는 거울을 보지 않으면 된다는 자가 처방을 내린다. 사실 이런 처방은 누구에게도 그리 나쁜 충고는 아니다. 우리는 이미 어린 시절의 사진을 보았으며 예전에 자신이 어땠는지 잘 안다. 이제는 '지금의 나'에 대한 생각을 점검함으로써 앞으로 나아갈 시간이다. 나이라는 든든한 지원군을 등에 업고 자신이 바라는 사람으로 진화하자. 젊어지고 싶어 하는 사람들은 진화를 이렇게 정의할지도 모르겠다. '진화는 인간다움에 대한 기대와 한계를 행동과 성장을 통해 넘어서는 능력, 더욱 깊은 발달 수준과 젊어지는 상태를

지속적으로 추구하는 능력이다.'

애슐리 몬터규는 "인간이 경험하는 가장 참담한 실패는 이룰 수 있었던 것과 실제로 이룬 것 사이의 차이에서 나온다."고 주장한다. 성장을 멈추지 않는 한 나이는 중요하지 않다. 솔직히 '늙는다는 것'은 류머티즘이나 동맥경화처럼 우리를 괴롭히는 삶의 한 조건일 뿐이다. 호기심, 경이감, 유희성, 학습에 대한 잠재력 등을 잃어버릴 때 우리는 늙는다. '늙는다는 것'은 마음과 영혼이 굳어진다는 뜻이다. 다시 젊어지는 것은 모든 가능성이 언제나 열려 있음을 아는 것이다. 높이 솟을수록 아름다운 경관을 자랑하는 산처럼 우리는 평생 성장을 계속한다.

젊어지는 습관
10

세상에는 모든 연령의 아이들이 필요하다

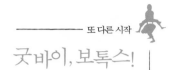

굿바이, 보톡스!

나는 삶이 좋은 책이라고 생각한다.

파고들수록 이해가 잘 된다.

해럴드 커슈너(유대교 랍비, 작가)

프롤로그에서 나는 많은 사람들이 시간을 되돌리기 위해 주름제거, 박피, 보톡스 같은 성형수술에 의지한다고 말했다. 이 책 Part 2에서는 젊어지기 위한 그런 피상적 미봉책을 모조리 네오테니 개념으로 대체하는 방법을 배울 것이다. 네오테니는 시간의 흔적을 지우는 대신에 재미있는 삶의 증거를 되살린다. 또한 미소 짓고 울고 사랑하고 웃었던 흔적을 고스란히 보여주는 주름살을 당당히 드러낼 것이다. 그럼으로써 여러분의 마비된 얼굴 근육을 풀어주고 진짜 자신을 되찾아줄 것이다. 굿바이, 보톡스!

우리의 모습과 목소리는 다 자란 어른처럼 보이겠지만, 미소 짓고 웃고 울고 꿈꾸는 모습은 오히려 어릴 때와 아주 비슷하다. 아이가 더 이상 아이이기를 포기하는 시점은 언제일까? 아마도 그런 순간은 영원히 없을 것이다. 연륜이 주는 선물 가운데 하나는 헨리 데이비드 소로가 말했듯이 우리는 늘 '자신다움'을 추구하게끔 되어 있다는 점이다. 게다가 네오테니는 현재 우리의 모습은 지금까지 살아온 삶의 연장이요 확장이라는 사실을 잘 말해준다. 유전학적으로 볼 때 우리는 평생에 걸쳐 젊음의 특징을 보유할 수 있는 타고난 능력이 있다. 사실 우리는 꿈에서부터 열정까지 모든 젊음의 특징을 평생 간직한다.

예순이건 열여섯이건 인간의 가슴 속에는
저마다 경이로움에의 동경과 아이처럼 미래에의 왕성한
탐구심, 삶의 환희에 대한 열망이 있는 법.
그대와 나의 가슴 한가운데는 이심전심의 무선국이 있어
아름다움과 희망, 기쁨, 용기, 힘의 메시지
이 모든 것을 간직하고 있는 한
언제까지나 그대는 청춘일 수 있는 것.

새뮤얼 울먼(시인)

Part 2에서는 인간이 타고나는 어린아이 같은 특징 열 가지를 다시 소개한다. 이것들은 평생 우리 곁을 든든하게 지켜준다. 젊게 나이 든다는 것은 젊음의 특징에서 벗어나거나 그것을 포기한다는 뜻이 아니다. 오히려 그런 특징들을 더욱 발전시킨다는 뜻이다. 먼저 자신의 현재 나이를 점검해보자.

당신은 '몇 살'인가? 이런 것들을 기억하는가?

- 심부름값 받아서 가장 기분 좋았던 때는?
- 엄마가 집에서 잼과 젤리를 만들었던 때는?
- 구슬치기를 하며 놀았던 때는?
- 종이 냄새를 사랑하던 때는?
- 학생 신문 〈위클리 리더Weekly Reader〉를 좋아하던 때는?

미국의 수필가이자 철학자인 랠프 왈도 에머슨Ralph Waldo Emerson의 말대로 "우리 안에 있는 것에 비하면 우리 뒤나 앞에 있는 것은 아무것도 아니다." 뒤의 OLD 지침에서 소개한 삶의 세 가지 핵심 행동 요인을 토대로 자신의 현재 나이를 가늠해보자.

OLD 지침은 마음과 몸과 정신을 민첩하게 만드는 삶의 세 가지 측면을 고찰한다. 궁극적으로 볼 때, 이 지침은 우리가 젊은 정신을 얼마나 많이 사용하고 타고난 네오테니 특징을 얼마나 활용하는지 분명하게 보여줄 것이다. 또한 다시 젊어지는 데 필요한 밑거름을 제공할 것이다.

관점 · 언어 · 동기유발은 늙을 것인지 아니면 유쾌하고 젊음이 넘치는 80대가 될 것인지 결정할 때 수치상의 나이만큼이나 중요한 역할을 한다. 우리를 쇠약하게 만드는 것은 세월이 아니라 잘못된 삶의 방식이다. 어쩌면 우리는 삶의 각 단계에서 각자의 진짜 자아를 포기하며 살아왔는지 모른다.

주름살을 웃음과 기쁨으로 맞이하라.

윌리엄 셰익스피어(극작가)

이 책 Part 2 그리고 여러분 삶의 2부는, 충만한 삶을 살도록 동기를 부여하는 것은 무엇을 얼마만큼 아는가가 아니라 어떻게 사는가라는 사실을 일깨워줄 것이다. 다시 한 번 시작하자.

OLD
지침

관점Outlook
삶에 대한 관점 : 삶을 바라보는 태도와 시각

언어Language
삶의 언어 : 자신의 인생과 생활에 대해 말하는 방식

동기유발Drives
삶의 동기유발 : 각자의 삶을 움직이는 에너지와 힘, 야망

: 오늘 당신은 몇 살인가?

설문 방법

각 문항을 읽은 다음 맨 앞에 있는 □ 안에 1~5까지 숫자로 점수를 매긴다.

점수

1 언제나 그렇다   2 대개 그렇다
3 가끔 그렇다   4 거의 그렇지 않다
5 절대 그렇지 않다

- □ 나는 내가 원하는 대로 산다.
- □ 나와 많이 다른 친구들이 있다.
- □ 신체 활동을 좋아한다.
- □ 생일을 기쁘게 맞는다.
- □ 나보다 젊은 사람들을 만나 얘기하는 것을 좋아한다.
- □ 사회복지나 문화 · 교육 · 종교 단체 한 곳 이상에서 자원봉사 활동을 한다.
- □ 나이보다 어려보인다는 말을 듣는다.
- □ 명상을 좋아한다.
- □ 다음 주, 심지어 내년에 대한 계획을 세운다.
- □ 자신이 나이보다 아주 젊다고 생각한다.
- □ 다양한 잡지와 책을 규칙적으로 읽는다.
- □ 실수하는 것을 좋아하지 않고 실수도 많이 하지 않는다.
- □ 여행을 좋아하고 낯선 곳에서 온 낯선 사람과의 만남을 즐긴다.
- □ 낱말맞추기 퍼즐 같은 두뇌훈련 게임을 좋아한다.
- □ 음악회, 연극, 영화를 자주 관람한다.
- □ 개와 고양이 같은 동물을 좋아한다.
- □ 취미 활동을 한 가지 이상 즐긴다.
- □ 지난주에 새로운 뭔가를 배웠다.
- □ 사람들이 많은 곳에 있을 때 자신이 어린 축에 속한다고 생각한다.
- □ 단체 활동이나 다른 사람과 어울리기를 좋아한다.
- □ 친구를 쉽게 사귄다.
- □ 웃음과 울음 모두 치유력이 있다고 생각한다.
- □ 거의 매일 친구나 친척에게 전화나 편지를 한다.
- □ 궁금증에 대한 해답을 찾는 것을 좋아한다.
- □ 새롭고 이색적인 음식을 즐겨 먹는다.
- □ 그림을 그리거나 글을 쓰거나 춤추는 것을 좋아한다.
- □ 신문을 읽는다.

- ☐ 도서관 대출카드를 갖고 있다.
- ☐ 컴퓨터나 워드프로세서를 사용한다.
- ☐ 자주 공상을 한다.
- ☐ 남에게 칭찬과 존경을 받는 것이 중요하다고 생각한다.
- ☐ 다양한 장르의 음악을 좋아한다.
- ☐ 뭔가를 조립하기 전에 설명서를 꼼꼼히 확인한다.
- ☐ 실수를 해도 나 자신을 좋아한다.
- ☐ 내 두려움과 감정에 대해 솔직하고 허심탄회하게 말한다고 생각한다.
- ☐ 아무것도 안 할 때보다 뭔가를 할 때 마음이 더 편하다.
- ☐ 낙천적이다.
- ☐ 누구나 저마다 독특하고 중요한 평생의 사명이 있다고 생각한다.
- ☐ 희망을 믿는다.
- ☐ 운이 나쁠 때보다 운이 좋을 때가 더 많다.
- ☐ 무모하지는 않지만 위험을 무릅쓰는 편이다.
- ☐ 젊은 꿈을 꾼다.
- ☐ 삶이란 풍부한 사랑, 열정, 자신감, 유머를 가지고 해야 하는 게임이라고 생각한다.
- ☐ 지금 사랑하고 있다.
- ☐ '좋은 옛 시절'이란 바로 지금 이 순간이라고 생각한다.
- ☐ 늘 기회가 있을 것이라고 생각한다.
- ☐ 노화의 미스터리를 탐구하고 싶다.
- ☐ 별일 아닌 일에도 자주 웃는다.
- ☐ 나와 내 삶이 의미 있다고 생각한다.

점수를 합산해보자. 당신은 몇 살인가?

총합, 즉 당신의 OLD 점수는?

50~75점	아주 젊다. 당신은 나이보다 훨씬 젊다. 또한 나이 드는 것에 대해 낙천적이고 용감하고 상식적이다. 네오테니가 당신의 인생 여행을 더욱 가치 있게 만들어줄 것이다.
76~100점	젊다. 나이 들면서 당신은 매우 조화로운 젊음과 연륜을 내뿜는다. 당신은 젊어질 준비가 되어 있다.
101~150점	보통. 당신의 노화 정도는 평균이지만 속도는 다소 빠른 편이다. 네오테니는 당신이 자기표현과 자신감을 최대한 발휘하는 데 도움을 줄 것이다.
151~200점	늙어가는 중이다. 당신은 타고난 젊음의 특징과 성향을 억누르고 있다. 또한 자신감과 자부심이 부족하고 젊어질 수 있는 자신의 능력과 지능을 과소평가한다.
201~250점	늙었다. 당신은 자신이 불쾌한 모습으로 너무 일찍 늙게 내버려두고 있다.

제4장

젊어지는 생각으로 시작하라

젊게 생각하고 싶다.

그나마 젊음을 고스란히 간직하는 것은 그런 생각뿐이기 때문이다.

리처드 아머(작가, 철인3종경기 선수)

이 세상에서 뜻 깊고 중요한 것을 찾아내 자기 삶의 일부로 받아들이는 능력은 나이가 든다고 줄어들지 않는다. 오히려 이런 능력은 해를 거듭할수록 더욱 분명해지고 뚜렷해진다. 네오테니의 관점을 되찾는 것은 3D 전용극장에서 멋진 3D 안경을 쓰는 것과 같다. 그 안경을 착용하면 세상이 달라보인다. 깊이도 다르고 훨씬 다채롭다. 네오테니의 관점으로 세상을 보는 순간 전에는 보이지 않던 것들이 전혀 다른 느낌의 이미지로 뚜렷하게 보이기 시작한다.

　로널드 블라이스Ronald Blythe 는 《겨울 풍경: 노년에 대한 성찰The View in Winter: Reflections on Old Age》이란 책을 쓰면서 많은 노인들을 인터뷰했다. 그 결과 노인들만 느끼는 특별한 행복이 있다는 것을 밝혀냈다. 블라이스는 이 책에서 "확실한 사실은 나이를 먹으면 생각지도 못했던 새로운 무언가가 나타난다는 점"이라고 말한다. 인생 후반에 접어들면 외모와 자아상이 달라지면서 전반과는 확연히 다른 행복이 찾아온다.

인간에게는 언제 어디서건 만족감을 찾고 그런 감정을 되살리는 능력이 있지만, 우리는 이를 제대로 인식하지도 잘 이해하지도 못한다. 나는 블라이스의 말을 이렇게 해석한다. '우리 모두의 내면에는 영원히 늙지 않는 정신의 본질, 정수가 담겨 있다. 그리고 그런 내면의 빛이 하루하루를 따뜻하게 만들고 밝게 비춰준다.'

나이 듦에 대해 좋지 않은 부정적 편견을 가진 사람이 많다는 것은 누구나 아는 사실이다. 그럴 경우 몸보다 마음이 먼저 나이를 먹는 바람에 젊음을 유지한 채 나이 들 수 있는 기회를 우리 스스로 저버리게 된다. 탄력성, 긍정적 태도, 경이감, 호기심 같은 네오테니의 특징을 새로운 통찰력으로 이해한다면 우리는 나이를 넘어 아이들 같은 핑크빛 세계관을 회복하고 젊음을 되찾을 수 있다. 그러니 네오테니라는 특수 3D 안경을 썼다고 생각하고 주변을 다시 둘러보자.

탄력성

나는 한번도 넘어지거나 비틀거린 적이 없는 사람은

도저히 좋아할 수가 없다.

그런 것도 장점이기는 하지만 생기도 없고 별 가치도 없다.

게다가 그런 사람은 삶의 진정한 아름다움도 알지 못한다.

보리스 파스테르나크(러시아의 시인 · 소설가)

걸음마를 어떻게 배웠는가? 달리기는? 곱셈과 글자는? 분명 여러 차례 시행착오를 거쳤을 것이다. 결코 포기하지 않는다는 것이 어떤 기분인지 기억하는가? 실수에서 교훈을 얻고 다음번에는 조금 더 나아지거나 강해지고 똑똑해지는 기분은? 그것이 바로 우리 내면에 숨 쉬는 탄력성이다. 아이들은 아무리 넘어지고 혼나고 빼앗겨도 오뚝이처럼 벌떡 일어나서 재빨리 원상태로 돌아올 수 있고 또 그렇게 한다.

자동차에 장착된 충격 흡수장치가 그러하듯, 거친 세상에서 충격을 흡수하고 완충 역할을 하는 이런 능력은 나이 들면서 줄어들 수 있다. 나이가 들수록 우리는 두려움과 조심성은 많아지고 모험심과 용기는 줄어든다. 또한 고통과 상실감, 참을 수 없는 슬픔을 알게 되는 까닭에 그런 감정을 피하고 싶어 한다. 그리하여 우리는 뛰기보다는 걷고 찾기보다는 숨는 데 급급하다. 또한 신속하게 원상태를 회복하는 능력을 잃어버린다. 그러나 걱정할 것 없다. 네오테니 특징들이 다 그렇듯이 탄력성도 재충전하고 수정하며 심지어 강화할 수 있다. 사실 인간이 노화의 역경을 극복할 수 있느냐는 이런 내면의 탄력성이 좌우한다.

하지만 인간은 고무공이 아니다. 인간 진화의 연료인 탄력성은 단순히 어려움을 이겨내고 다시 일어서는 능력이 아니다. 오히려 그런 어려움을 통해 더 힘을 키우고 발전하는 능력을 말한다. 이렇게 볼 때, 부침이 있는 삶의 과정 자체가 젊게 나이 들 수 있는 능력에서 아주 중요한 역할을 한다. 또한 탄력성은 다른 모든 네오테니 특징의 밑바탕이기도 하다. 달리 말하면 늙어서까지 여러 네오테니 특징들을 유지하고 발전시킬 수 있는 능력은 탄력성에서 비롯한다는 이야기다.

나는 얼마 전까지 산등성이에 있는 집에서 살았다. 지대가 높은 만큼 경탄을 자아내는 아름다운 전망을 마음껏 즐길 수 있었지만 사나운 바람 또한 각오해야 했다. 때로는 허리케인에 버금가는 매서운 바람이 불기도 했는데, 그럴 때면 나무며 꽃, 풀 할 것 없이 거의 모든 식물이 뿌리째 뽑혀지고 쓰러지곤 했다. 언젠가 그런 바람이 나만의 에덴동산을 휩쓸고 간 다음이었다. 나는 다시 집 주변을 단장하려고 이웃에 사는 조경 전문가에게 조언을 구했다. 바람이 휩쓸고 간 산등성이를 이리저리 살피며 돌아다니는 그의 모습은 마치 낱말맞추기 퍼즐을 하는 아이마냥 자신만의 세계에 흠뻑 빠진 듯 보였다. 마침내 그는 무슨 식물을 심을지 결정했다고 말했다. "여기에 저 식물들을 조금 옮겨 심죠." 그는 매서운 바람을 이겨내고 당당하게 군락을 이룬 멕시칸세이지와 채송화, 덩굴장미를 가리키며 말했다. "그보다는 차라리 화원에서 사와서 심는 게 낫지 않을까요?" 나는 행여 불필요한 비용이 들지 않을까 의심하며 물었다. 하지만 그의 대답을 듣자 모든 의심은 사라졌다. "이곳 토양에 익숙지 않은 새로운 식물들은 바람이 불면 금방 쓰러질 게 분명합니다. 하지만 저 식물들을 보세요. 탄력성이 있다는 걸 몸소 증명하고 있잖아요. 모진 바람을 이겨내고 꿋꿋하게 살아 있으니 말입니다. 그러니 저 식물들을 심는 게 최상입니다." 그는 힘차게 고개를 끄덕였다.

그 식물들처럼 우리도 역경을 만나 잘 견디고 번성할 수 있을까? 살아오면서 자신이 맞닥뜨렸던 여러 도전들, 날마다 씨름했던 어려운 상황 등을 생각해보라. 우리가 결국 얼마만큼 회복했는가는 중요하지 않다. 비록 역경을 겪으면서 소중한 경험을 얻었다 해도 말이다. 문제는 시간이 흐를수록 삶의 역경들이 우리에게 어떤 영향을 미치는가이다.

살면서 어려움을 계속 겪은 사람은 대부분 좋지 않은 결과를 남긴다. 점점 지치고 냉소적으로 변하며 삶에 대한 의욕을 잃어버리는 것이다. 계곡 주변에 뿌리 내린 많은 식물들처럼 열악한 조건에 조금씩 지쳐가는 사람들이 많다. 결국에 그들은 쓸데없이 불행하게 나이를 먹는다. 심장이 사랑과 경이로움, 기쁨, 놀이 등에 아무런 반응을 보이지 않을 때 혹은 심장박동에 힘이 없을 때 강력한 심전도가 어떤 결과를 낳는지 생각해보라.

역경을 거듭 겪다 보면 사람들은 네오테니 특징을 마냥 행복한 어린 시절에나 어울리는 여린 봄꽃 정도로 치부한다. 노년의 가혹한 겨울 날씨에는 살아남을 수 없다고 말이다. 하지만 앞에서 우리는 이런 봄꽃들이 시들고 죽도록 내버려두는 것은 자신의 생물학적 잠재력에 위배된다는 점을 배웠다. 그렇다면 단순히 생존이 아니라 풍요로운 삶을 위해 탄력성을 키우려면 어떻게 해야 할까?

다행히도 탄력성은 유전되지 않는다. 과학자들은 아주 이례적으로 이점에 대해서는 모두 수긍한다. 폴 스톨츠 박사가 이끄는 글로벌 탄력성 프로젝트Global Resilience Project의 보고서를 보면, 탄력성도 학습이 가능하다. 나이와는 상관없이 누구라도 탄력성을 강화할 수 있다. 탄력성을 강화한다면 희망, 낙천성, 에너지, 건강, 자신감 등이 저절로 향상될 것이다.

◉ 탄력성을 키워라

평생 젊음을 유지하는 원천인 탄력성을 키우는 문제에 관해서는 자연계에서 많은 교훈을 얻을 수 있다. 탄력성이 우리의 삶에 아주 중요한 역할을 하기 때문에 지금부터 탄력성을 강화하는 몇 가지 전략을 소개하려 한다.

뿌리는 깊이 내리고 바람에 몸을 맡겨라

탄력적인 사람일수록 자신에게 가장 중요한 사안이 무엇인지 명확하게 알고 있다. 자신이 누군지, 무엇을 믿는지, 자신이 결코 타협하지 않을 문제는 무엇인지 등을 정확하게 안다는 말이다. 그들의 내면에는 흔들리지 않는 중심핵이 있고, 이런 핵은 가끔 자신보다 더 큰 무언가에 대한 믿음으로 강화된다. 그들은 자신만의 긍정적인 가치관에 한 치의 어긋남도 없이 산다.

무엇보다 탄력적인 태도를 유지하려면 명확한 시야가 확보되어야 한다. 해안가에 참나무보다 야자수가 더 많은 이유는 야자수가 바람에 더 잘 휘어지기 때문이다. 하지만 각각의 토양에 뿌리를 깊이 내린다면 두 나무 다 잘 자란다. 이처럼 자신이 도저히 양보할 수 없는 문제를 잘 안다면 우리는 다른 모든 일에도 융통성을 발휘할 수 있다. 따라서 다음에 자신의 생각을 굽히고 싶지 않은 상황이 생기거든 스스로에게 물어보자. "이것은 뿌리 문제인가, 아니면 가지가 바람에 좀더 휘어져도 괜찮은가?"

사랑을 주고받을 대상을 곁에 두자

탄력성을 강화하는 데는 다양한 방법이 있다. 그 가운데 가장 강력하고 보편적인 방법 하나는 사랑을 활용하는 것이다. 사람이든 물건이든 당신이 사랑할 수 있고 사랑을 베풀어줄 대상이 있다면 행복과 건강은 물론이고 탄력성 또한 크게 향상될 것이다. 그렇다고 마음을 나누는 친구들이 꼭 함께해야 한다는 것은 아니다. 요양원 입주자들을 대상으로 진행된 다양한 연구결과를 보면, 식물을 키우는 노인이 그렇지 않은 노인보다 보통 2~3년을 더 산다고 한다. 애완동물, 친구, 공동체, 이웃 등은 말할 것도 없고 심지어 식물을 키우는 것조차 사랑하는 관계를 제공하고 내면의 탄력성을 증강시켜 삶의 가혹한 바람으로부터 보호해줄 수 있다.

어려움을 피하지 말고 용기 있게 부딪쳐라

나이 들면서 나타나는 가장 해로우면서도 일반적인 성향은, 역경은 피하면서 점점 편안함만을 찾는다는 점이다. 삶에서 온갖 역경과 고통을 피하려고만 하면, 오히려 그런 어려움을 다루는 능력이 약화되는 결과를 낳는다. 결국 살면서 필히 겪게 될 커다란 도전에 맞닥뜨렸을 때 제대로 대처하지 못하고 움츠러들 것이다. 차라리 스스로 역경을 찾아가서 하루하루 작은 시련들에 부딪쳐보는 편이 낫다. 조금 멀리 돌아가더라도 그런 역경을 자신의 삶 속으로 끌어안아라. 뒤죽박죽 뒤엉킨 삶 아래 몸을 숨기기보다는 그런 삶을 깊이 탐구하

자. 차가움, 뜨거움, 시끄러움, 축축함과 메마름, 분주함, 미칠 것 같
은 흥분 등을 적절히 경험할 필요가 있다. 또한 어렵거나 곤란하거
나 위압적인 일들은 바로 그렇기 때문에 해볼 가치가 있다. 삶의 시
련을 흔쾌히 받아들인다면 우리는 어려운 일이라도 거뜬히 해내고
불행의 싹을 없앨 수 있다. 그러고 나면 더욱 강력한 탄력성이 생기
게 마련이다.

자신의 세계를 구축하라

나이가 들수록 더욱 혼란스러운 생각 가운데 하나는 갈수록 피해자
라는 인식이 강해진다는 점이다. '세상'에 아무 짓도 안했는데도 세
상이 자신을 가만히 내버려두지 않는다고 생각하는 것이다. 이런 인
식은 암과 같다. 여과되지 않은 텔레비전은 아주 은밀하게 이 암을
키우는 요인의 하나다. 나이가 들어 행동이 굼떠지면 대부분의 사람
들은 자기 통제력을 버리고 대신에 'TV 리모컨'에 의지한다. 최근
애넌버그 커뮤니케이션 대학원에서 실시한 조사를 보면, 저녁 시간
대 뉴스에서 보도하는 기사 가운데 "무력감을 야기하거나 우리가
전혀 통제할 수 없는 큰 불행"에 관한 것이 무려 77퍼센트에 달한다
고 한다. 자기도 모르는 사이에 누군가가 심어놓은 이런 불행의 씨
앗에 주의하자. 그 씨앗은 하루가 다르게 자랄수 있다.

대중매체가 자신의 마음을 오염시키도록 내버려두지 말고 자신
의 세계는 스스로 지켜야 한다. 사람으로 치자면 고상한 축에 속하

는 참나무는 자신의 위풍당당한 그늘 아래에 유익한 식물만 자라도록 주변 토양을 화학적으로 변화시킨다. 참나무의 성장에 해가 되는 식물은 그곳에 뿌리를 내릴 수 없다. 외부의 힘이 자신의 세계관에 영향을 미치도록 하지 말자. 우리 자신은 삶의 대처법을 이미 알고 있다. 현명한 참나무처럼 우리는 자신만의 생태계를 창조할 수 있다.

겨울이 지나면 꽃이 핀다는 불변의 진리

우리가 자신의 탄력성을 제대로 활용하지 못하는 까닭은 탄력성과 긍정적 사고를 혼동하기 때문일 수 있다. 행복한 생각을 하면 즐겁기는 하지만 탄력적으로 만들어주지는 않는다. 가지치기를 생각해보자. 가지를 쳐내야 뿌리가 강해지지 않는가. 하지만 탄력성을 강화한다고 더욱 긍정적이고 낙천적인 사람이 되는 것은 아니다.

> 겨울의 한가운데서 나는 마침내 내 안에 저항할 수 없는
> 여름이 존재한다는 사실을 알게 되었다.
>
> 알베르 카뮈(작가, 철학자)

　사실 충만한 삶에는 으레 많은 역경이 따르는 법이다. 역경은 우리를 쓰러뜨릴 수도 있고 더욱 강하게 만들 수도 있다. 우리는 삶이 계속된다고 배웠지만, 그러기 위해 어떤 대가를 치러야 할까? 역경

은 가끔 잔인하리만치 힘겹고 암울하고 거대하고 쉽게 끝나지 않는다. 삶은 무엇을 심어도 살 수 없을 것 같은 길고 지루한 겨울로 우리를 내몰지도 모른다.

하지만 탄력적인 사람은 아무리 암울한 역경을 만나도 그 너머를 내다보는 능력이 있다. 그들은 봄이 다시 찬란한 빛을 발하고 삶이 꽃을 피우리라는 사실을 본능적으로 믿는다. 비관적인 사람들에 대한 연구를 보면, 말로 표현하기 어려운 곤경 '너머'의 삶에 대해 설명하거나 그림으로 그리고 상상하는 것 같은 간단한 훈련만으로도 에너지와 활력, 희망을 되찾는 등 긍정적인 영향을 미친다고 한다.

◉ 젊고 탄력적인 삶

탄력적인 시각은 학습이 가능하다. 어린 시절에 탄력성을 배우지 못했다면 이제라도 늦지 않다. 자연계를 교훈 삼아 우리는 정신적 예민함과 유연성, 통제력, 강건함을 되찾을 수 있다. 이런 젊음의 특징을 바탕으로 바람에 휘어지고 계속해서 젊음을 잃지 않고 성장해야 한다.

거센 바람을
피하지 말고 즐겨라

'젊어지는 습관'은 두 번째 기회이자 당면 과제다. 이 책에서 소개하는 모든 '젊어지는 습관'의 목적은 크게 두 가지다. 첫째는 우리가 가진 삶에 대한 관점과 언어, 원동력에 새로운 활력을 불어넣는 것이고, 둘째는 젊어지는 방법을 알려주는 것이다. 여기서 제시하는 방법을 실천하고 정신과 마음에 새로운 습관을 심어라. 그리하면 네오테니 특징을 되살릴 수 있는 토양이 마련될 것이다.

탄력성에 관한 연구결과를 보면, 탄력적인 사람은 역경을 만났을 때 우선 '긍정적이고 현실적으로' 상황을 받아들인다. 삶의 어려운 순간들을 대하는 자신의 관점과 대응방식에 변화를 줌으로써 우리는 어떠한 역경에도 탄력적으로 대처할 수 있다.

여든 살이라니!

눈도 귀도 이도 심지어 두 발로 설 수도 숨을 쉴 수도 없다.

아닌 게 아니라 그것들이 없어도

잘 살 수 있다는 게 놀라울 따름이다.

폴 클로델(시인, 극작가)

늘게 되면 어쩔 수 없이 평생토록 지켜오던 생활습관을 어느 정도 바꿔야 한다. 신체 일부가 고장날 수도 있고 걷는 법을 다시 배워야 할지도 모른다. 이번에는 지팡이를 짚고서 말이다. 또한 '크고 굵은 글자만' 읽을 수 있을지도 모른다. 크건 작건 모든 손실과 불행한 상황, 자신이 변화시킬 수 없는 일들을 받아들이는 법을 배우자. 이는 누구에게나 도움이 된다. 우리는 나이에 따른 제약에 흔들리지 않겠다고 마음을 다잡아야 한다. 네오테니의 특징을 간직한 채 탄력성을 되살리기로 선택할 수 있다는 이야기다. 나 역시 살면서 의욕과 기운을 빼앗긴 일이 많았고 여러분도 별반 다르지 않을 것이다. 사실 사람 사는 일이 다 그렇다. 탄력성에 부정적 영향을 미치는 일이 생길 때 우리는 곧바로 이렇게 생각해야 한다. "이 나이 먹도록 잘 살아왔으니 이 일도 잘 극복할 수 있어." 여기서 탄력성을 기르는 네 가지 지침(직시하라, 질문하라, 감정을 발산하라, 즐겨라)을 소개하겠다.

역경을 이겨내고 이 지침을 따를 때, 여러분은 지난 세월 동안 알게 모르게 내면에 스며든 부정적이고 비생산적인 대응방식을 극복할 수 있다. 또한 우리의 삶을 움직이는 힘에 대한 새로운 관점을 획득할 수 있다. 감당하기 힘든 어려움을 맞았을 때 우리는 곧잘 내면 깊은 곳의 힘을 발견하게 된다. 이제 우리는 다시 젊어질 수 있다는 것을 알았으니 탄력성을 강화하고 낙천적인 사고방식을 되살릴 수 있다.

탄력성 기르기(네 가지 지침)

직시하라 Look :

어떠한 어려움에 처했어도 현실을 직시하라. 자신의 생각과 감정, 행동을 이상적으로 보지 말고 현실적으로 바라보라는 말이다. 이제 효과도 없는 일, 옳지 않은 일, 더 나은 무언가를 찾는 일에 매달리지 말자. 대신에 새로운 관점으로 세상을 보라. '효과적이고 옳은 것은 무엇일까?' 그리고 무엇보다 '더 나쁜 일이 생길 수도 있었잖아?'라고 생각하자. 뭔가 나쁜 일이 생기면 대부분의 사람들은 "왜 하필 나야?"라고 묻는다. 하지만 좋은 일이 생길 때도 "왜 내게 이런 일이 생겼을까?"라고 생각하는가? 모든 것은 스쳐지나갈 뿐더러 자세히 들여다보면 분명 밝은 면도 찾을 수 있다. 그리고 그렇게 하려면 반드시 '질문'을 해야 한다.

질문하라 Inquire :

어째서 지금의 어려움에 처한 것일까? 이 어려움은 언제까지 계속될까? 무엇을 어떻게 하면 상황이 나아질까? 이 일이 삶의 다른 영역에도 악영향을 미칠까? 참호를 파고 그곳을 지키는 데 소중한 시간과 에너지를 낭비하지 말자.

불리한 상황을 있는 그대로 바라보고 지금 무엇을 할 수 있는지 자문하라. 그러면 자포자기, 분노, 공포, 눈물로 반응하던 옛날보다 두 배는 탄력적인 사람이 될 수 있다.

감정을 발산하라 Vent :

솔직하게 반응하라. 소리를 지르고 울음을 터뜨려라. 필요한 순간 자신의 기분을 좋게 하는 것이라면 무엇이든 상관없다. 하지만 시간을 너무 오래

끌지는 말자. 진정으로 어려운 역경을 맞았다고 해도 그것이 세상의 끝은 아니다. 절대 그렇지 않다. 그러니 자신을 속일 필요도, 예전의 능력이나 관심 혹은 직업을 기꺼이 포기한다고 애써 자신을 위로할 필요도 없다. 자신의 상실이나 쇠퇴를 드러내놓고 '싫어' 해도 된다. 그러나 거짓으로 꾸며서는 안 된다. 오히려 모든 감정을 분별력 있게 발산해야 한다. 그래야 역경을 극복하고 자신이 할 수 있는, 또한 하게 될 무언가를 다시 일굴 수 있다. 먼저 어려움을 인정한 다음 우리 모두가 지닌 아이 같은 탄력성을 이용하여 '즐길' 방법을 찾아야 한다.

즐겨라 Enjoy :

살면서 마주치는 어려움을 즐기자. 그런 어려움을 이겨내는 과정에서 우리는 삶의 의미와 목적을 찾을 수 있다. 정신적 변화와 성장은 바로 그런 식으로 이루어진다. 단순히 역경을 참고 견디는 것이 아니라 그런 역경을 통해 성장을 도모하라는 뜻이다. 또한 피할 수 없는 역경을 만났을 때는 절대 불평하지 말자. 우리가 바라는 만큼 이루어지지 않더라도 투덜거리거나 불평하지 않는 자신을 자랑스럽게 생각하라. 지나가는 세월이 무엇을 앗아가더라도 우리에게는 새로운 무언가가 기다리고 있다. 새롭게 시작할 수 있는 일을 찾자. 달리기 대신에 경보를 하고 격렬한 스포츠를 즐기는 대신에 그림을 그리거나 악기를 연주할 수도 있다. 기존의 것을 대신할 수 있는 새로운 취미와 관심거리에 대해 신중하게 생각해보라. 평소 관심이 많았고 자신에게 큰 의미가 있을 관심거리를 찾아라. 어떤 의미 있는 대의명분에 대해 찬성이나 반대의 뜻을 분명히 하라. 자신이 몰두하고 즐길 수 있다면 무엇이건 하라.

낙천성

삶이 살 만한 가치가 있다고 믿어라.
그러면 당신의 믿음대로 될 것이다."

윌리엄 제임스(19세기 철학자)

"아직도 달리세요?" "그러니까 아직도 글을 쓰시는군요." "아직도
가르치세요?" "아직도 삶을 즐기세요?" '아직도 증후군'은 나이
듦에 대한 또 하나의 부정적 태도이며, 우리가 낙천성을 되살려야
하는 강력한 이유이기도 하다. 그렇게만 한다면 우리는 "예, 나는
'아직도' 행복하답니다." "예, 나는 '아직도' 사랑합니다." "예, 나
는 '아직도' 팔팔하답니다."라고 솔직하고 단호하게 대답할 수 있
다. 다양한 연구결과들이 나이가 들어서도 누구에게나 발전 가능성
이 있다고 밝히고 있다.

애슐리 몬터규는 네오테니의 특징 가운데 하나인 낙천성은 실제
생물학적 · 사회적 기능이 있다고 믿는다. "대개 아이들은 현재 상
황이 어떻든 시간만 지나면 나아지리라는 믿음을 한순간도 잃지 않
는다. 갈수록 기대가 높아지는 세상에 살다 보니 아이들은 늘 자기
실현의 바람을 예언처럼 되뇌는 셈이다." 라이오넬 타이거Lionel Tiger는
《낙천성Optimism》이라는 책에서 낙천성은 우리가 선택하는 것이 아니

라 눈이나 귀처럼 타고나며, 공기처럼 다른 것으로 대체할 수 없는 인간의 특징이라고 주장한다. 하지만 불행하게도 점점 나이를 먹고 세상사에 시달려 지치고 경계심이 생긴 나머지 우리는 낙천성을 마치 눈에 콩깍지가 씌거나 장밋빛 안경을 쓰는 것 같은 태도라고 생각하는 버릇이 있다. 말하자면 낙천성을 현실과 동떨어진 것으로 생각한다. 실제로 '맹목적 낙관론'이니 '비현실적 낙천주의자'니 하는 말은 누구나 한번쯤 들어봤을 것이다.

하지만 우리는 낙천적인 사람들이 더 행복하다는 것을 안다. 그래서 낙천주의자들은 자신의 '진짜' 감정과는 상관없이 언제나 행복한 표정으로 행복한 말만 한다고 생각한다. 많은 사람들은 낙천적인 사고방식이 좋은 면만 보고, 아니 적어도 좋은 면만 이야기하고 조금이라도 안 좋은 길은 빙 둘러가는 태도라고 생각한다. 요컨대 낙천성은 햇볕이 가장 화창한 날 안전하고 살기 좋은 동네만을 통과하는 것과 같다는 이야기다.

아마 여러분은 나를 못 말리는 낙천주의자라고 여길지도 모르겠다. 하지만 나는 이렇게 말하고 싶다. 누구라도 세상의 어두운 면을 볼 수 있다고. 또한 세상의 불공평함에 대해 불평하고 사랑하는 사람이나 목숨을 잃을지도 모른다는 두려움 속에서 살 수 있다고 말이다. 비판적인 사람이 되기는 쉬운 법이다. 하지만 잘못된 것을 바라보고 불공평함에 대해 아파하며, 상황을 변화시키고 더 나은 삶을 만들 수 있다는 확고한 믿음을 간직한 채 두려움에 당당히 맞서는 데는 힘과 탄력성, 지성 그리고 낙천성이 필요하다.

사실 종류와 깊이를 떠나 관계를 구축하는 일은 낙천적인 행위이다. 변화시키고 배우고 바라고 꿈꾸는 모든 행동에는 희망이라는 두 글자가 필요하다. 젊어지는 것은 낙천성에 대한 매우 어려운 시험대가 되겠지만, 앞서도 말했듯이 다른 대안이 있는가? 하늘이 무너지고 집세가 천정부지로 뛰어오르기를 기다리거나 사람들에게 실망하게 되리라고 미리 예상하고 "절대 잘 되지 않을 거야."라고 생각하며 비관론자로 사는 것? 그렇게 사는 것이 재미있을 것 같은가? 아마 그렇게 산다면 사람들은 당신을 전염병이라도 되는 양 피해다닐 것이다.

《낙천적인 사람들이 인생에서 성공하는 이유Learned Optimism》의 저자 마틴 셀리그먼Martin Seligman을 비롯해 지난 수십 년 동안 많은 사람들의 뛰어난 연구에 따르면, 낙천성은 우리가 생각하는 것보다 훨씬 더 깊은 의미가 있고 중요하며 강력하다고 한다. 낙천성은 그저 취미로 그림을 그리거나 한가로이 꽃밭을 거니는 차원이 아니다. 앞서도 말했듯이 낙천성은 건강과 활력, 자발성, 희망, 긍정적인 사고에 도움이 된다. 또한 낙천적인 사람들은 더 오래 사는 경향이 있다. 하지만 무엇보다 중요한 것은, 그런 사람들은 '더 나은' 삶을 살 뿐만 아니라 나이 들면서 신체 능력은 떨어져도 행복 지수는 증가한다는 점이다. 셀리그먼은 인간의 낙천성과 관련하여 아주 고무적인 사실을 밝혀냈다. 그에 따르면, 낙천성은 유전적 성질과 별 관계가 없고 오히려 개발하고 학습할 수 있다고 한다.

◉ 낙천적인 사람이 건강하다

낙천성에 대한 다양한 연구결과 가운데 가장 인상적인 두 가지에 대해 알아보자.

1. 삶에 비관적인 사람들에 비해 낙천적인 사람들은 큰 병에 걸릴 확률이 훨씬 낮다. 또한 수술을 받은 뒤에도 더 빨리 회복한다.
2. 나이 듦에 대해 긍정적인 태도를 갖는다면 길게는 10년까지 더 살 수 있다. 이는 담배를 피우지 않고 규칙적으로 운동할 때의 수명연장 효과보다 더 크다.

이 책에서 계속 설명하듯이, 때로는 나이 듦을 어떻게 인식하고 관리하느냐가 삶의 질과 장수에 가장 큰 영향을 미친다.

◉ 낙천성의 날개를 달아라

이스라엘 총리를 지낸 골다 마이어Golda Meier는 "나이가 든다는 것은 마치 비행기를 타고 폭풍우 속으로 휩쓸려 들어가는 것과 같다. 일단 비행기에 오르면 내가 아무것도 제어할 수 없지 않은가."라고 말했다. 예정시간이 지났는데도 비행기가 이륙하지 못하고 활주로에 서 있는 때를 떠올려보라. 여러분은 스트레스를 받을지 모르겠다. 솔직히 그런 상황에서는 그것이 자연스러운 반응이기도 하지만, 다른 선택을 할 수도 있다. 화를 내지 않고 이 새로운 상황에 잘 대처할 방법을 고민하며 시간을 보낼 수도 있다. 낙천성은 삶에 활력을 주는 긍정적인 추진력이다. 낙천적일수록 삶을 더 활기차게 즐길수 있고, 삶을 즐길수록 더욱 낙천적인 사람이 된다. 이런 낙천성은 비행기 프로펠러에 강력한 힘을 실어주고 삶에서 겪는 온갖 질병과 불편함을 이겨낼 수 있는 면역력을 길러준다. 그리하여 우리는 폭풍우를 뚫고 비상하여 노을 속으로 사라질 수 있다.

낙천성은 나쁜 상황에서 좋은 측면을, 곤경 속에서 교훈을, 심지어 가장 깊은 곳에 숨은 희망까지도 찾아내는 능력이다. 또한 가능성과 기회, 장점 등을 발견하는 능력이기도 하다. 똑같이 전쟁포로가 되더라도 자포자기 상태에서 죽음을 맞는 이들도 있지만, 낙천적인 사고방식을 가진 이들은 끝까지 살아남는다. 또한 낙천성은 예측할 수 없는 미래에 당당히 맞설 수 있는 비장의 무기이기도 하다.

◉ 나쁜 일은 마음에 두지 말라

자신의 낙천성을 가늠해보는 한 가지 방법은 어떤 특정 사건이 얼마나 중대하고 나쁘며 오래 지속하리라고 생각하는지 확인하는 것이다. 비관적인 사람일수록 주어진 상황이 중대하고 나쁘며 점점 더 악화될 것이라고 예상할 가능성이 높다. 그런 사람들은 나쁜 일은 오래가고 좋은 일은 잠깐일 뿐이라고 생각한다. 끔찍한 결과가 생기리라는 예상이 빗나간다면 비관적인 사람들은 다음번에는 분명 자신의 불길한 예감이 적중할 것이라고 확신한다. 흔히 비관론자들은 어떤 부정적인 결과를 예상한 다음 그것이 적중했을 때 "거봐, 내가 뭐랬어?"라고 말하는 데서 만족감을 느낀다고 한다.

반면 낙천적인 사람들은 같은 사건을 두고도 훨씬 가볍고 일시적이라고 보는 편이다. 그들에게 재앙은 아주 드물고 새로운 도전거리는 풍부할 수 있다. 또한 어떠한 불행이라도 금방 지나가리라고 보기 때문에 열심히 노력한다면 좋은 때가 온다고 생각한다. 삶은 개선될 수 있고 또 그렇게 될 것이다. 사실 낙천적인 사람들은 인간이 착한 성품을 타고난다고 믿는다. 또한 아무리 가혹한 측면이 있다고는 해도 삶이란 본래 선하다고 믿는다.

비관론자들은 악천후, 난기류, 급정거 따위에만 주목한다. 반면 낙천적인 사람들은 방법이야 어떻든 무사히 착륙했다는 사실에 기뻐한다.

⊚ 나이 듦을 긍정하라

바보 소리 듣지 않으면서도 건강과 삶을 더 나아지게 하는 낙천성의 혜택을 마음껏 즐길 방법은 없을까? 있다. '현실적'인 낙천주의자가 되는 것. 삶은 고달프고 힘들어도 행복할 수 있다. 대부분의 사람은 좋은 의도에서 행동한다. 좋은 사람이라도 나쁜 일을 할 때가 있지만, 그런 일로 그들이 나쁜 사람이 되지는 않는다. 가장 친한 친구가 조종하는 비행기라 해도 좌석벨트는 반드시 매야 한다. 최악의 상황에 대비하면서도 최상의 것을 추구하고 그것을 믿어라.

네오테니 특징을 간직한 낙천적인 사람들은 나이를 먹어도 아무런 어려움이 없다고는 절대 말하지 않는다. 이런 사람들은 켜켜이 쌓여가는 세월을 긍정적이고 현실적인 관점으로 바라보면서 다음의 사실들을 믿는다.

- 정신적으로 풍요롭게 살수록 뇌세포는 계속 성장한다.
- 나이 들수록 대처 능력은 좋아지고 스트레스는 줄어든다.
- 나이 들수록 자신의 건강에 대한 책임감이 커진다.
- 자신을 더 잘 이해하게 된다.
- 자신감은 커지고 다른 사람의 생각에 덜 신경쓴다.
- 성적으로 더욱 느긋해진다.
- 나이 들수록 더 많이 사랑하게 된다.

- 감사하는 마음은 더욱 깊어진다.
- 호기심과 이타심이 커진다.

이 책이 담고 있는 생각은 순전히 경험에서 나온 일종의 생활철학이다. 이 책은 나이 듦에 대해 현실적이고도 낙천적으로 접근하도록 돕는다. 그렇다면 현실적이고 낙천적인 접근법은 과연 무엇일까? 어려운 상황에 처할수록 우리는 자신을 더욱 열심히 보호한다. 자신을 부정적인 측면으로부터 보호하는 동시에 긍정적인 측면에 계속 집중하고 상황이 나아지리라 믿어보라. 무일푼으로 은퇴하기가 두렵다면, 그런 일이 발생하지 않도록 안전장치를 마련하면 된다. 또한 별도로 제2의 안전장치도 마련해두어야 한다. "비관적인 사람들은 어떻게 할까?"라고 스스에게 물어보자. 힘든 상황을 확실하게 대비해야만 긍정적인 측면을 믿고 거기서 시작할 수 있다. 이런 태도가 행복하고 젊고 건강한 삶으로 이끈다.

◉ 이젠 행복의 날개를 달고 날아오를 시간

낙천성을 타고나는 사람이 있긴 하지만, 우리 대부분은 낙천적인 사람이 되려고 일부러 노력해야 한다. 최근 심리학 · 신경학 · 화학

분야에서 새로 밝혀진 놀라운 연구결과를 보면, 낙천적인 사고방식은 학습할 수 있다고 한다. 명상 같은 동양의 심신수련법이 이를 증명한다. 뇌는 변한다. 그것도 평생에 걸쳐서. 하지만 조상이 자신의 유전자에 전해준 것보다 더 행복하고 싶은가? 그렇다면 우리의 삶이 성공적으로 이륙하고 비행하도록 하기 위해 무엇을 해야 할지 알아야 한다.

1978년 각각 복권 당첨자와 척수 환자로 이루어진 두 집단을 대상으로 한 연구가 있었다. 결과는 어땠을까? 복권 당첨도 척수 손상도 연구자들의 기대만큼 사람들의 삶을 변화시키지 못했다. 사실 다른 연구결과를 봐도 행복한 쪽이든 불행한 쪽이든 중요한 사건들이 낙천성에 미치는 영향력은 채 석 달을 넘기지 못한다고 한다. 여기서 어떤 교훈을 얻을 수 있을까? 행복해지려고 장기적인 계획을 세우기보다는 매 순간 행복을 추구할 때 삶이 한결 풍요로워진다는 것이다. 복권에 당첨되는 것은 우리의 능력을 벗어나는 일이지만, 친구와 가족, 건강을 돌보고 다양한 경험을 해보면서 삶을 풍요롭게 가꾸는 일은 우리의 능력으로 충분히 가능하다. 이런 것들이야말로 우리의 인생 여정을 더욱 가치 있게 만들어줄 궁극적인 목적지가 아닐까?

젊어지는 습관 02 미소마일리지를 쌓자

늙어가는 비관론자만큼 불쌍한 사람도 없다. 그들은 점점 늙어가는 것에 불평불만을 늘어놓고 모든 것을 잃고 무의미한 존재가 되리란 두려움 속에서 살지만, 정작 그것에 대해 아무런 행동도 취하지 않는다. 이들은 괜히 나이에 억울한 누명을 씌워 비난할 뿐만 아니라 유년시절이나 결혼에도 곱지 않은 시선을 보낼 가능성이 크다. 그러느라 낭비했을 시간을 한번 생각해보라.

이번 '젊어지는 습관'은 살면서 자신의 계획이나 꿈을 접어야 했던 때를 돌아보라고 권한다. 하지만 하나의 기회가 사라지면 거의 언제나 새로운 계획이 시작된다. 다음 여러 상황에 대해 생각한 다음 그 답을 '두 번째 젊음의 노트'에 기록하라.

- 최근 자신의 계획에 특별한 변화가 있었는지 생각해보자. 그런 변화로 말미암아 새로 벌어지거나 '비상'한 일이 있는가?
- 살면서 꿈을 포기하거나 계획이 바뀐 것 가운데 무엇이 가장 중요했는가? 그런 변화 때문에 오히려 잘된 일은 무엇인가?
- 운이 나빴거나 기회를 놓쳐 접어야 했던 계획이나 꿈을 나열해보자. 대신에 어떤 기회가 생겼는가?
- 무언가를 잃어버리거나 누군가 거부해서 혹은 누군가 세상을 떠나서 포기

한 일들을 나열해보자. 대신에 어떤 일이 생겼는가?

- 위의 모든 경우에서 당신은 '비상'할 수 있는 기회를 '즉각' 알아보았는가?

- 당신은 꿈과 계획을 접거나 바꾸어야 하는 상황을 이겨내는 데 다소 시간이 걸리는 편인가?

- 꿈과 계획을 잃거나 취소하거나 거부당했을 때 당신의 비상 능력에 어떤 영향을 미치는가?

- 어떤 계획을 접어야 할 때 좀더 쉽게 '이륙'하기 위해 당신은 무엇을 할 것인가?

이제부터 계획이 바뀌고 기회가 사라지며, 목표가 달라지는 상황이 생기면 그런 변화 덕분에 새로 시작할 수 있는 일은 없는지 찾아보자. 서둘러 멀리 떠나고 싶다면 일단 가벼운 마음으로 여행을 시작한다. 시기심과 질투, 이기심과 두려움을 몰아내자. 이런 감정은 우리의 미래에 전혀 도움이 되지 않는 짐일 뿐이다. 긍정적인 순간을 찾고 우리의 삶과 꿈과 희망에 날개를 달아주자. 낙천적인 사람이 되려면 계획과 연습이 필요하다. 낙천성은 자책감보다 훨씬 가볍고 지나친 부담감도 없으며 비행기로 치자면 '일등석'으로 여행하는 것이다. 일단 낙천성을 일상적인 삶의 여정에 받아들인다면 그동안 이것 없이 어떻게 살아왔는지 의아할 것이다.

경이감

이 세상에 부족한 것은 기적이 아니라 감탄이다.

길버트 키스 체스터턴(작가)

경이감은 삶의 수많은 신비와의 우연한 만남을 의미한다. 특히 아름답거나 새로운 무언가에 대한 놀라움 섞인 경탄이나 경외심이다. 젊어지고 싶다면 하루하루를 아름답고 새로운 시간으로 받아들여야 한다. 다행스런 점은 우리가 나이를 먹어도 경이감의 '질'이 떨어지지 않는다는 것이고, 안타까운 점은 우리네 세상에서 경이감의 '양'은 줄어든다는 것이다.

어느 날 아침 나는 잠시 글쓰기를 멈추고 동네 개울가를 산책하기로 했다. 그러면서 기왕 걷는 김에 45분 동안 얼마나 멀리 그리고 빠르게 걸을 수 있는지 알아보기로 했다. 헤드폰도 준비하고 야구모자도 챙겼으며 선크림도 잊지 않고 발랐다. 거의 집으로 되돌아왔을 무렵이었다. 끝까지 속도를 유지하려고 발걸음을 약간 재촉하면서 땅을 내려다보니 보송보송한 털로 뒤덮인 새까만 애벌레가 보였다. 아니 솔직히 말하면 지금 내가 말하고자 하는 부분, 그러니까 경이감을 되살리는 것에 대해 생각하고 있던 터라 내 눈에는 이 벌레밖에 보이지 않았다. "사람들은 누구보다 자신이 배워야 할 것을 남에게 가르친다."는 속담을 들어보았을 것이다. 나는 그 애벌레를 못 본 척 급히 지나갈 수 없어 발걸음을 멈추었다. 그러고는 땅에 손을 짚고 무릎을 꿇은 채 이 경이로운 생명체와 그 놀라운 움직임을 자세히 관찰했다. 마치 기적을 보는 듯했다. 그때 지난 수십 년 동안 잊고 있던 어떤 기억이 섬광처럼 떠올랐다.

나는 어린 시절 여름이면 오리건 주 포틀랜드에서 할머니, 할아버지와 지내곤 했다. 그곳 풀밭에서 나는 눈에 보이는 족족 애벌레를 잡아왔다. 나는 할머니가 주신 제법 큼지막한 커피 깡통으로 애벌레를 위해 멋진 성을 꾸며주었다. 그 바깥에는 색도 칠했고 애벌레가 기어오를 수 있게 긴 나뭇가지도 넣어주었으며, 싱싱한 나뭇잎과 양상추 그리고 물이 가득 든 병뚜껑도 두어 개 넣어주었다. 시간이 흐를수록 애벌레들의 몸집은 눈에 띄게 커졌다. 당시 '변태^{變態}'라는 단어를 몰랐던 나는 어째서 이런 변화가 일어나는지 설명할 수 없었지만, 자그마한 털북숭이가 실을 자아내고 잠을 자다가 마침내 나비가 되는 과정을 놀라움 속에 지켜보았다. 나비의 모습으로 변한 그 곤충은 우리가 만들어준 성 안을 이리저리 날아다녔다. 애벌레의 '엄마'로서 나는 잠시나마 그 날갯짓이 자그마한 곤충이 내게 작별인사를 하고 아름다운 집을 지어준 데 대해 감사하는 것이라고 확신했다.

경이감은 어린 시절 주변 세상에 대해 느꼈던 자연스럽고 순수한 경탄을 의미한다. 하지만 성인이 된 우리는 뻣뻣해져서 좀처럼 놀라지 않는다. 우리에게는 정해진 시한이 있고 걷는 속도를 일정하게 유지해야 하며 이제는 곤충의 변태를 이해한다. 네오테니를 신봉하는 인류학자 애슐리 몬터규는 이렇게 말한다. "경이감은 모든 지식과 철학의 시작이고, 관심이 고조되어 열띤 흥분을 유발하는 상태이다."

누구나 한번쯤은 풀밭 위에 누워 별이 반짝이는 밤하늘을 바라보며 "우주의 끝이 어디일까?" 궁금했던 적이 있을 것이다. 경이감에 해당하는 영어 단어 wonder는 동사로도 쓰이는데, 보통은 '궁금하다'는 뜻이다. "그것이 얼마나 멀리 갈지 궁금해." 또한 경이감은 "와우! 끝이 없어." 같은 감정 표현에서도 나타난다. 이렇듯 경이감은 우리 마음의 깊이를 드러내고 특정 사건을 더욱 뜻 깊게 만드는 네오테니적 특징이다.

다른 사람들과 마찬가지로 나의 경이감도 길을 잃고 헤매기 일쑤다. 어릴 적에는 일부러 찾지 않아도 애벌레가 눈에 들어왔지만, 이제는 애써 찾아야 발견한다. 나는 평범한 일상의 늪에 빠졌고 더 이상 궁금한 것이 없다. 이미 모든 것을 안다고 생각하거나 모든 해답을 찾았다고 믿는 사람들이 너무 많다. 우리는 순수하게 놀라워하는 기쁨을 잃어버렸다. 또한 나이 들면서는 뜻밖의 놀라움을 삶에서 내쫓아버렸다.

천천히 늙을 수 있는 가장 확실한 방법은

놀라움을 간직하는 것이다.

콜레트(작가, 무용가, 마임 배우)

놀라워하는 태도는 마음으로 하여금 정처 없이 떠돌라고 내버려 두는 것이다. 경이감을 되찾음으로써 우리는 세상을 새로운 눈으로 바라보고 시야를 더욱 넓힐 수 있다.

◉ 눈을 들면 세계는 놀라움으로 가득 차 있다

경이감이 주는 첫 번째 선물은 무언가를 처음 볼 때의 경외심과 놀라움이다. 나이를 먹으면서 우리는 '나도 예전에 그랬어!' 증후군에 시달릴 수 있다.

삶은 '신비'로 가득해야 한다. 세상은 무한한 가능성으로 열려 있다. 우리는 얼마든지 탐구하고 꿈꾸고 실행할 수 있다. 그러니 삶에 대한 경이감을 평생 간직해야 한다. 언젠가 나는 샌프란시스코의 '과학체험관'에 두 아들을 데려갔다. 그곳은 온갖 기계와 발명품이 가득했고, 마음만 먹으면 얼마든 새롭고 낯선 것을 체험할 수 있는 별천지였다. 과학체험관을 가득 채운 전시품들의 목적은 관람

객에게 놀라움을 주는 것이다. 하지만 뒷마당이나 도서관, 신문, 심지어 자신의 몸까지 우리 주변에서 발견할 수 있는 모든 것이 다 그렇지 않을까? 일부러라도 경이감을 느껴보라. 익숙한 것에서 새롭고 신기한 면을 찾아내고 새로운 아이디어와 모험에 마음을 열며 무언가 특별한 일을 추구하라. 세상만큼 신기한 체험관은 없다. 아직도 그 사실을 모르겠는가?

◉ 세계 7대 불가사의

많은 독자를 감동시킨 책 《영혼을 위한 닭고기 수프 Chicken Soup for The Soul》에서 잭 캔필드 Jack Canfield 와 마크 빅터 한센 Mark Victor Hansen 은 중학생들에게 현존하는 세계 7대 불가사의가 무엇인지 물어본 이야기를 들려준다. 약간의 논쟁이 있기도 했지만, 어쨌든 다음 건축물들이 가장 많은 표를 얻었다.

1. 이집트의 피라미드
2. 인도 타지마할
3. 그랜드캐니언
4. 파나마 운하
5. 엠파이어스테이트 빌딩

6. 로마의 성 베드로 대성당

7. 중국의 만리장성

투표에 참여하지 않은 한 여학생만 **빼면** 다들 이 목록에 만족해 했다. 선생님은 그 여학생에게 무슨 문제가 있냐고 물었다. "예, 선생님, 약간요. 불가사의한 게 너무 많아서 도무지 결정할 수가 없어요." "네가 불가사의하다고 생각하는 것들을 전부 말해보렴."

그 학생은 잠시 머뭇거리다 이렇게 이야기했다. "저는 세계 7대 불가사의는 보고 듣고 만지고 맛보며 느끼고 웃고 사랑하는 거라고 생각해요."

순간 교실은 쥐죽은 듯 조용해졌다. 분명 그 소녀는 우리가 단순하고 평범하다고 해서 그냥 지나쳤던 것들, 가끔은 너무 당연하게만 여기는 그런 것들이 정말로 가장 위대한 불가사의라는 사실을 알고 있었다.

월트 디즈니Walt Disney는 "나는 지금도 때 묻지 않은 경이감을 가지고 세상을 바라본다."고 말했다. 경이감을 내면에 있는 네 살짜리 꼬마를 기르는 일과 같다고 생각하자. 열린 마음과 대담한 용기 그리고 경이감을 지니고 있다면 우리는 나이 때문에 '어쩌고저쩌고' 하며 푸념할 시간도 없을 것이다. 이렇게 세상과 완전히 교감할 때의 느낌은 어린 꼬마만큼이나 여든 살 노인에게도 아주 매혹적이다.

경이로움을 만끽하는
유랑을 시작하자

경이감은 수치로 측정할 수 있는 능력이 아니다. 놀라워하는 느낌에는 순수함, 솔직함, 신선함, 더할 수 없는 즐거움, 감탄 등이 담겨 있다. 또한 가끔은 모험심, 미지에 대한 탐구심, 삶에 대한 사랑, 창조에 대한 깊은 감사 등에서 경이감이 생기기도 한다. 어린 시절 시간 가는 줄 모르고 뭔가에 푹 빠졌던 적이 있지 않은가? 우리를 두 번째 젊음으로 이끄는 '경이로운' 신비는 바로 그런 순간에 있다.

열한 살 무렵 해변에 놀러가면 조개껍질 안의 다채로운 색깔, 구름의 다양한 모양과 크기, 넘실대는 파도의 모습 등등 내게는 온통 궁금한 것 천지였다. 하지만 해안가에 사는 요즘은 자연에 대해 놀라워하고 경탄하기보다는 그 많은 관광객들이 도대체 어디에서 오는지 궁금할 뿐이다. 분명 나는 외경심과 감탄하는 마음을 재충전할 필요가 있다. 어린 시절 자신에게 놀라움을 안겨주었던 일들을 생각한 다음 '두 번째 젊음의 노트'에 기록하자.

나는 주위를 둘러보지 않고 지나간 평범한 날보다 산책하다가 애벌레를 발견했던 그날이 훨씬 더 즐거웠다. 이 작은 사건은 어린 시절의 유쾌한 기억을 되살리고 경탄과 사색으로 이끌었으며 무엇보다 그 자체로 즐거웠다. 이번에는 '두 번째 젊음의 노트'에 현재의 자신에 대해 기록해보자. 오늘 당신은 무엇에 대해 궁금했나? 당신의 이목을 사로잡은 것은?

이제 과거와 현재에 놀라움을 불러일으킨 일들의 목록을 비교해볼 차례다. 두 목록에 비슷한 점이 있는가? 경이감을 느끼는 능력이 어째서 줄거나 낭비되었는지 이해할 수 있는가? 무엇을 어떻게 하면 그런 능력을 되살릴 수 있을까?

경이감을 느끼는 사람은 지치지 않는다. 작가 모리스 고우데켓 Maurice Goudeket 의 말을 들어보자. "질병과 세균, 사고, 재앙, 전쟁 등의 위협 속에서도 일흔다섯 해를 산다는 것은 진정 위대한 일이다. 이제 하루하루가 내게는 모두 신선하고 경이로움으로 가득하다. 나는 그 경이로움이 안겨주는 기쁨을 마지막 한 방울까지 음미하련다."

우리는 낯설고 색다른 무언가에 촉각을 곤두세우고 경이로움을 만끽하는 유랑을 시작해야 한다. 또한 일상에서 경이로움을 찾고 그것을 '두 번째 젊음의 노트'에 계속 추가하자. 눈을 사로잡거나 잠시 발걸음을 멈추게 하거나 말로써 표현할 길 없는 것들에 주목하자. 눈을 번쩍 뜨이게 하는 무언가를 찾고, 거리의 아름다운 나무와 정원에 핀 꽃들을 외경심 어린 눈빛으로 바라보고 감탄하자. 사랑하는 사람의 얼굴을 마음의 눈으로 쳐다보자. 가까운 병원의 산부인과 병동을 거닐다가 모든 사람들이 기뻐하는 순간, 바로 새 생명이 태어나는 순간에는 숨을 죽인 채 가만히 서 있어보자.

현미경이나 망원경 대신에 내가 앞서 전해준 3D 안경을 쓰고 머리 위와 주변 세상을 자세히 살펴보라. 우리 스스로 눈을 떠야 한다. 낯선 무언가를 맛보고 새로운 음악에 귀를 열고 새로운 땅을 탐구하자. 자신만의 '7대 불가사의'를 십분 활용하자. 그런다면 이상한 나라의 앨리스처럼 주변 세상은 물론이고 '당신'도 젊어질 뿐 아니라 '호기심'이 더욱 커질 것이다.

호기심

오래 살더라도 늙지는 마라.

우리에게 생명을 준 '위대한 신비' 앞에서

호기심 가득한 아이들처럼 계속 살아가라.

엘버트 아인슈타인(노벨 물리학상 수상자)

경이감에는 호기심이 뒤따른다. 놀라운 무언가를 발견하면 호기심이 생기는 법이다. 호기심은 무언가에 대해 알려는 열망이다. 지친 정신이나 늙은 영혼에게 호기심은 신선한 공기를 들이마시는 것과 같다. 이런 호기심은 연속된 감정의 흐름에서 나타난다. 먼저 놀라움이나 경외심을 느끼면 그 대상에 대한 지칠 줄 모르는 탐구심이나 호기심이 생긴다. 이는 질문과 발견으로 이어지고 여기서 또다시 경이로움을 낳는다. 때로는 경이감과 호기심이 동시에 작용하기도 하지만, 그 둘은 확연히 구분되는 네오테니 특징이다.

호기심은 젊음을 유지하는 데 결정적 역할을 하는 마음의 욕구다. 새로운 관심은 우리에게 새로운 삶을 선물하고 생명의 혼을 불러일으키며 지루하지 않게 해준다. 애슐리 몬터규는 경고한다. "호기심은 네오테니의 특징 가운데서도 반드시 마음에 간직하고 끊임없이 실천해야 하는 것으로 다른 무엇보다 중요하다." 아이들에게 호기심은 지능 및 정서 발달로 이어진다. 이는 어른이 되어도 마찬가지며 수명에도 영향을 미친다.

최근 스탠퍼드연구소는 노인의 호기심이 건강과 직접 관련이 있다는 조사결과를 내놓았다. 예컨대 호기심 항목에서 높은 점수를 받은 노인은 그렇지 않은 노인보다 수명이 30퍼센트 정도 길었다. 장장 5년에 걸친 이 연구는 또한 호기심이 왕성할수록 상황에 대한 대처 능력도 나아진다는 점을 밝혀냈다. 호기심이 많은 노인들은 새로운 경험과 새로운 친구, 새로운 문제 해결 방법을 찾으려 했다. 연구팀장 게리 스웨인Gary Swain 박사의 말을 들어보자. "호기심이 줄어드는 것은 중추신경계의 비정상적 노화나 또 다른 건강상의 위험 혹은 수명단축의 잠재적 요인 등을 경고하는 초기 징후일 수도 있다."

호기심은 우리에게 과거가 아니라 미래를 보라고 다독인다. 강렬한 호기심을 발휘한다면 뇌의 활동을 자극할 뿐만 아니라 새로운 낯선 대상과 마주할 때 더욱 짜릿한 놀라움을 선사한다.

노인생활지원 주거시설에서 사는 쳇Chet이라는 친구가 있다. 나는 예전에 발표력 수업 실습차 학생들을 데리고 그곳을 방문했다가 그를 처음 만났다. 한번은 학생들이 과거와 현재의 섹스심벌을 주제로 발표를 했다. 학생들이 "〈신사는 금발을 좋아한다〉, 〈뜨거운 것이 좋아〉 같은 영화에 출연했고 유명한 야구선수와 결혼한 배우는?"이라고 묻자 노인들은 이구동성으로 대답했다. "마릴린 먼로!" 학생들은 말이 끝나기가 무섭게 터져나온 그 이름에 전혀 놀라지 않았다.

하지만 학생들이 뒤이어 "그녀는 〈미키마우스 클럽〉에 출연했고 펩시 광고에도 나왔으며…"라고 말했을 때는 반응이 180도 달랐다. 오직 쳇만이 큰 목소리로 대답했다. "브리트니 스피어스!" 그곳 노인들이 더 놀랐는지 아니면 내 학생들이 더 놀랐는지는 잘 모르겠다. 여하튼 모두가 쳇을 쳐다보며 물었다. "그걸 어떻게 아세요?" 쳇은 차분하게 대답했다. "어젯밤 그녀가 '제이 르노 쇼'에 푸 파이터스 밴드와 함께 출연한 걸 봤는데, 호기심이 생겨서 인터넷을 뒤져 그녀에 대한 정보를 좀 찾아보았지." 노인이고 학생이고 할 것 없이 여든 살 노인 입에서 브리트니 스피어스나 푸 파이터스라는 말을 듣는 것이 그렇게 이상해야 할까? 인터넷을 뒤져 정보를 검색했다는 말은 또 어떻고? 좀더 대화를 나눈 뒤에 우리는 쳇이 〈뉴욕타임스〉 일요판을 샅샅이 다 읽고 전 세계 사람들과 연락을 주고받으며, 최근에는 디지털카메라 사용법을 익히고 있다는 사실도 알았다.

학생들과 나는 깊은 감명을 받았고 그곳의 다른 노인들도 마찬가지였다. 하지만 어떤 노인들은 위화감을 느낀 듯했다. 쳇에게는 그들이 오래전에 포기한 무언가가 있었으니 그럴 만도 했다. 바로 호기심이다. 쳇은 호기심이라는 네오테니의 특징을 제대로 활용한 모범 사례다. 쳇은 이 세상이 어떻게 돌아가는지 알고 싶어 했다. 그는 정치 · 과학기술 · 영화 · 음악 등에 대해 늘 궁금해 했다. 내 학생들 가운데는 지금까지도 쳇을 찾아가는 이들이 많다. 이유는 하나다.

그들은 쳇에게서 그리고 그와 함께 배우고 싶은 것이 있기 때문이다. 쳇은 자신의 호기심을 통해 새로운 공동체를 일궈냈다. 그는 배우 에텔 배리모어Ethel Barrymore의 말을 정확하게 이해한 몇 안 되는 사람 가운데 하나다. "시야를 넓히려면 날마다, 해마다 배워야 한다. 더 많이 사랑할수록, 호기심이 더 많을수록, 더 많이 즐길수록, 분한 일이 많을수록, 무슨 일이 벌어졌을 때 얻는 것이 많은 법이다."

◉ 쉬지 않고 머리를 쓰자

신경외과의사 에메트 폭스Emmett Fox는 인간 뇌의 특정 부위가 사용되지 않을 때 융통성 · 반응 · 능력 등이 소멸하는 현상을 '아포토시스Apoptosis'라는 용어로 설명한다. 가령 공상을 하지 않는다면 우리의 뇌는 공상을 '할 수 없는' 뇌처럼 기능한다는 것이다. 최악의 자기실현적 예언이랄 수 있는 아포토시스는 나이를 먹으면서 네오테니 특징들을 포기할 때 우리를 급습하는 질병이다. 젊게 생각하는 데 많은 시간을 투자하지 않는다면 우리는 얼마 지나지 않아 젊게 생각할 능력 자체를 잃어버린다.

하지만 너무 걱정은 말자. 젊음을 되살릴 방법은 있다. 지적인 호기심은 우리를 재미있는 사람으로 만들고 즐거운 삶을 보장한다. 영국문학의 거장 새뮤얼 존슨Samuel Johnson은 이렇게 말했다. "호기심은 건강한 정신의 영속적이고 확실한 특징 가운데 하나다." 아울러 호기심은 아포토시스를 막아줄 가장 확실한 해결책이다.

　아주 평범한 일상과 주변 환경에 관심을 갖고 거기에서 새로움과 잠재력을 이끌어내자. 매주 한 번은 도서관이나 서점에 가서 언젠가 꼭 읽겠다고 마음먹었던 책을 보자. 정신에 활력을 불어넣을 강연회나 모임에 참석하고 영화도 보자. 친구들과 게임도 하고 퀴즈도 풀고 잡지를 읽으면서 시사용어도 익혀두자. '정신의 피트니스' 전문가로서 나는 두뇌를 계속해서 활용하라고 간곡히 권하는 바다.

◉ 자신만의 울타리에서 벗어나자

호기심에는 두 가지 종류가 있다. 하지만 어느 쪽이건 호기심은 자신이 늘 가던 길에서 벗어나 무언가에 빠져들어 점점 더 재미있고 생기 있고 활기차게 만든다.

외향적 호기심

세상의 온갖 것들에 대한 호기심. 외향적 호기심은 말 그대로 바깥에 대한 호기심이다. 이런 사람들은 시계를 분해하고 자동차 보닛을 열고 그 안을 들여다보기를 좋아하며, 조립방법을 묻고 사용설명서를 읽는다.

내향적 호기심

자신을 포함한 사람들에 대한 호기심. 사람들은 무엇 때문에 살아갈까? 그들은 도대체 누구일까? 어째서 무언가를 좋아하거나 싫어할까? 내향적 호기심을 가진 사람들은 연애주간지 〈피플^{People}〉을 즐겨 읽고 아카데미시상식에 참석한 배우들의 의상에 관심이 많으며, 사람들의 과거를 알고 싶어 하고 사용법을 왜 읽어야 하는지 의아해한다.

무엇이 호기심을 자극하는가는 문제가 되지 않는다. 무엇에 대해서건 자신의 호기심을 깨우는 것이 중요하다.

자신의 성향과는 상관없이, 즉 외향적이든 내향적이든, 그럴듯한 무언가에 관심을 가져야 한다. 자신에게만 관심을 가진다면 늙어서 슬프고 외로운 사람이 되고 말 것이다. 그런 사람은 자기만의 작은 세상을 만들어 고립과 두려움에 갇히고 만다. 이는 호기심을 억누르고 피상적인 데에만 관심을 두기 때문이다.

호기심이 많은 사람은 모임에 가입하거나 다른 사람의 생각에 귀를 기울이고 새로운 장소를 찾아다닌다. 옛 학교 친구들을 찾아서 연락해보자. 크건 작건 매일 새로운 것을 발견해서 '두 번째 젊음의 노트'에 기록하자. 뒷마당에 어떤 새들이 날아드는지 눈여겨보자. 이렇게 한다면 당신은 자신만의 울타리에서 벗어나 외향적, 내향적 호기심이 선사하는 젊은 경험의 세계로 들어갈 수 있다.

◉ 어려운 때일수록
새로운 흥밋거리를 찾아라

대부분의 사람들은 피로해지기 시작하자마자 이내 포기한다. 《톰 아저씨의 오두막 Uncle Tom's Cabin 》을 쓴 작가 해리엇 비처 스토 Harriet Beecher Stowe 의 말을 들어보자. "궁지에 몰려 더는 1분도 버티지 못할 것 같은 때라도 절대 포기하지 마라. 그런 순간이 바로 형세가 뒤바뀌는 지점이다." 세컨드윈드 Second Wind, 운동 중에 고통이 최고조에 달하는 시점을 지나 몸이 안정을 되찾는 상태-옮긴이 현상은 우리가 포기하지 않고 끝까지 어려움을 견뎌낸다면 형세가 바뀌는 순간이 찾아온다고 알려준다. 호기심이 바로 그런 자극제 역할을 한다. 삶은 우리를 지치게 할 수 있고 나이를 먹는 데는 상실과 이득이 공존한다. 하지만 새로운 흥밋거리를 찾고 모험을 시도하며 불가능할 것 같던 답을 발견하는 과정에서 호기심을 자극하는 것이 나타난다. 그런 호기심은 우리를 더욱 생기 있게 해준다.

그만 물러나고 싶은 욕구를 이겨내고 앞으로 나아가며, 가르치기보다는 질문하는 법을 배우는 것이 무엇보다 중요하다. 인생 후반기에 우리를 기다리는 삶의 깊이와 의미, 지식을 추구하는 데서 힘을 얻어 앞으로 나아가자. 윈스턴 처칠 Winston Churchill 은 "절대로, 절대로, 절대로 무릎 꿇지 마라."고 했다. 호기심만 있다면 마지막 결승선을 통과하는 시점까지 출발할 때 가졌던 에너지와 위엄과 생명력을 유지할 수 있다.

호기심은 아이들의 타고난 특징인 듯 보이지만, 성인들 가운데도 왕성한 호기심을 가진 사람들이 있다. 과학자, 작가, 예술가가 그렇지 않은가? 하지만 그런 행운이 비껴간 우리네 같은 보통 사람들은 이 중요한 네오테니 특징을 계속 간직하기 위해 노력을 기울여야 한다.

스탠퍼드 대학의 제임스 애덤스 James Adams 교수는 《개념 장벽 Conceptual Block》이란 책에서 이렇게 주장한다. "누구나 어릴 적에는 탐구열에 불탄다. 몇 년 만에 엄청난 양의 정보를 받아들여야 하니 그럴 만도 하다. 가령 여섯 살 때까지 획득한 지식의 양은 그 뒤 교육을 통해 얻은 지식을 훨씬 능가한다. 관찰과 질문을 통해 받아들인 지식은 실로 어마어마하다. 불행히도 나이를 먹을수록 대개는 내면의 탐구심을 잃어버린다."

어릴 적 탐구심을 되살리고 호기심을 다시 유발할 수는 없을까? 애덤스 교수는 능히 그럴 수 있다고 자신 있게 말한다. "그저 질문을 시작하기만 하면 된다. 하지만 질문함으로써 자신의 무지를 만천하에 드러내는 것 같다는 정서적 장벽이 있는 경우가 많다. 이런 장애물은 일단 인류의 지식이 얼마나 얕은지 알기만 하면 순식간에 사라질 것이다. 누구도 모든 대답을 다 알 수 없는 법이며, 질문하는 사람은 바보 같기는커녕 오히려 자신의 깊은 통찰력을 드러내는 셈이다."

모르는 것에 대한 호기심은 보편적 질서나 규칙에서 벗어나는 예외적인 것에서 나타날 수 있다. 예를 들어보자. 전체 그림에서 잘못된 부분이 몇 개인지 찾는 어린이용 퍼즐을 본 적이 있을 것이다. 아이들은 큰 소리로 환호하며 거꾸로 서 있는 소, 옷을 입고 있는 돼지 등등을 찾아내기 시작한다. 이것이 예외를 찾아내는 아주 간단한 사례다. 로버트 생크Robert Shank 는 《옳은 태도: 묻고 답하는 법 배우기The Right Attitude: Learning to Ask and Answer Questions》에서 "우리가 보기에 따라 거의 모든 것이 이상하게 생각될 수 있다."고 주장한다. 매일 똑같이 되풀이되는 일상이라고 여기지 말고 모든 것에서 색다른 점을 찾을 수 있다면, 우리는 더욱 활발하게 호기심을 작동시켜 인생을 풍요롭고 보람 있게 살아갈 수 있다.

생크는 일상의 사건에서 특이점을 찾아내는 데 도움이 되는 네 가지 방법을 알려준다. 먼저 오늘 하루 일어난 사건 세 가지를 선택한다. 아주 일상적이고 평범한 일이라도 상관없다. 앞의 상자에서 소개하는 네 가지 방법을 참고하여 각각의 사례를 예외적인 경우처럼 설명해보자.

우리의 평소 생각과는 달리 나이를 먹는다고 뇌세포 수가 줄지는 않는다. 오히려 새로운 모험을 감행하면 새로운 세포와 수상돌기, 신경망이 만들어진다. 이번 '젊어지는 습관'은 우리의 마음을 흥미진진한 곳으로 데려가 호기심을 유발한다. 가끔씩이라도 자유로이 풀어놓지 않으면 마음은 더 이상 아무 데도 가려 하지 않는다. 네오테니는 우리에게 언제 어디서든 호기심을 가지라고 말한다. 날마다 일상에서 색다른 것을 찾고 계속해서 질문을 던지자. 더욱 오래 살고 머리가 잘 돌아가며 아이 같은 탐구심을 갖는 것은 호기심이 우리에게 주는 선물이다.

특이점 찾아내기

1. 확실하게 증명될 때까지는 전부 특이하다고 생각한다.
   - "매운 멕시코 요리와 매운 태국 요리는 무엇이 다를까?"
   - "저 모퉁이에 식당을 개업하려는 이유가 뭘까?"
   - "저 텔레비전 광고는 내가 이 제품을 사도록 어떻게 설득할까?"

2. 모든 것에 대안을 제시한다.
   - "멕시코 요리의 소스에 아시아산 고추를 곁들이면 어떨까?"
   - "저 모퉁이 말고 이 근방 어디에 식당을 개업하면 어떨까?"
   - "광고의 어떤 정보가 제품을 사게 만들까?"

3. 표준적인 설명을 거부하자. 이는 모든 것을 무작정 비판하자는 것이 아니라 새로운 대안을 찾기 위해서다. '누구나 아는' 사실이 호기심에게는 훌륭한 표적이다.

4. 다른 나라나 다른 행성에서 온 사람에게 이야기한다고 생각하자. 그렇다면 가령 교통체증이나 TV 연속극을 어떻게 설명할 수 있을까?

◉ 젊은 생각이 몸까지 젊게 만든다

뮤지컬 〈카멜롯Camelot〉에서 아서 왕은 "멀린은 나이를 먹지 않고 오히려 젊어진다. 그는 내일을 기억하기에 오늘 그대를 도울 수 있다."고 말한다.

다시 강조하지만, 다시 젊어진다 함은 나이를 먹는 것과 노인이 되는 것의 차이를 아는 일이다. 계속해서 행동하고 성장하고 진화한다면 누구라도 멀린처럼 젊어질 수 있다. 여러분의 OLD 설문 결과는 몇 점인가? 지금까지 우리는 삶을 바라보는 관점을 바꿈으로써 나이 듦에 대한 잘못된 태도와 고정관념에서 벗어나는 길을 알아보았다. 나는 탄력성, 낙천성, 경이감, 호기심이 나이를 바라보는 우리의 관점을 젊게 만들어줄 것으로 믿는다.

제5장

젊어지는 언어에 빠져라

나이를 가지고 입씨름하다니 지루함의 신전을 세우려는가.

루스 고든(극작가, 배우, 아카데미 여우조연상 수상자)

지금부터 소개할 내용은 실제 사례다. 우리 부부의 가장 절친한 친구 하나는 자신보다 한참 어린 여성과 데이트를 했는데, 우리에게 그녀를 처음 소개하는 자리를 만들었다. 나는 그날 식당으로 가면서 남편이 했던 말을 그대로 옮기려 한다. "오늘밤 우리는 필히 젊은 대화를 해야 할 것 같군."

내가 곧바로 어떤 반응을 보였는지는 굳이 이 자리에서 밝히지 않겠다. 나는 마음을 좀 진정시킨 다음 물었다. "여보, '젊은 대화'라는 게 정확히 무슨 의미죠?" 남편이 대답했다. "우리가 친구들을 만날 때면 으레 나오는 그런 주제는 피하는 편이 좋지 않겠소? 부동

산 담보 대출이며 국세청, 최신 의약품, 성형수술, 음식 알레르기 등등. 당신도 나이 많은 사람들의 레퍼토리를 훤히 꿰고 있잖소? 대신에 친구의 여자친구가 우리와 함께 있어도 세대 차이를 못 느낄 만한 얘기에 집중하자는 말이오." 나는 아주 삐딱하게 대답했다. "그녀가 어떤 사탕을 좋아하는지 혹은 땅콩버터 샌드위치에 어떤 와인이 어울리는지 그런 거 말이죠?"

나는 그날 밤 만남에서 내가 '젊은 대화'를 했다고 생각하지 않는다. 나는 남편의 말에 너무나 놀랐고 화가 나 있었다. 어쨌든 내가 명색이 네오테니 전문가 아닌가. 나는 본래 '늙은 대화'를 하지 않는다. 그로부터 몇 주가 흐른 뒤 나는 그날의 대화에 대해 곰곰이 생각해보았고, 타이밍이 안 좋았을 뿐 남편의 말에도 일리가 있다는 것을 깨달았다.

오늘날 나이 듦에 대한 말들은 바이러스처럼 우리의 삶 속에 침투해 있다. 그것은 전염성이 있어 남녀노소 모든 연령층으로 퍼져나가며 가장 약해진 순간에 우리를 공격한다. '젊은 주제'를 토론하는 대신에 우리는 '늙은 주제'에 대한 변명과 설명에 급급하다. 그러면서 나이 듦의 부정적인 측면에는 익숙해지고 긍정적인 측면에는 무심해진다. 나이 들면서 가능성, 자발성, 새로운 꿈, 새로운 시작 등에 대한 이야기를 얼마나 자주 들어보았는가? 모르긴 몰라도 장례식에 대한 이야기보다 적을 것이다. 걱정스러운 노릇이다.

나이 든 사람들 사이에는 결코 내일의 가능성에 대해 큰 소리로 떠들지 않는다는 암묵적인 약속이 있다. 반면 어디가 아프다든가 젊은 사람들은 무엇이 잘못되었으며 우리의 한계가 무엇인지 등에 대해서는 당당히 이야기할 권리가 있다고 생각한다. 심지어 매사 불평을 늘어놓을 권리도 있다고 생각한다. 무엇이 너무 뜨겁고 너무 차갑다는 둥, 너무 시끄럽고 너무 맵고 너무 많다는 식이다. 이런 부정적인 태도는 다른 사람에게도 전해지지만 자기 자신에게 가장 나쁜 영향을 미친다.

하루 동안 자신에게 귀를 기울여보자. 혹시 이런 말을 하지는 않았는가? "아이고, 오늘은 정말 내가 폭삭 늙은 것 같은 기분이야." "글쎄, 마흔이 넘으면 뭘 기대할 수 있을까?" "그러기엔 내가 너무 늙었어." 이런 말을 비롯해 갖가지 부정적인 표현과 믿음이 면역체계의 힘을 감퇴시키고 노화를 촉진하는 이른바 '나이의 언어'를 만들어낸다. 이를테면 마음속의 무언가가 계속 우리 몸 전체에 나쁜 영향을 미치는 셈이다. 뇌는 자극을 받으면 기저부에 있는 변연계를 통해 모든 근육과 장기 그리고 분비기관으로 전달한다. 또한 우리의 활력은 운동, 음식, 공기, 마음 상태 등에 좌우된다.

언어는 정신 건강에 영향을 미치는 온갖 요인에 긍정적이든 부정적이든 영향을 미칠 수 있다. 또한 우리가 어떤 단어를 선택해서 쓰느냐 하는 것도 경험에 영향을 미친다.

언어는 상황을 바꾸는 역할도 한다. 가령 특정 상황에서 즐겨 쓰는 단어만 바꿔도 효과가 전혀 달라진다는 뜻이다. 내 말이 미심쩍다면 이렇게 해보자. 다음번에 누군가가 당신에게 안부를 물으면 "잘 지내요."라고 말하지 말고 열정을 담아 "젊음이 넘칩니다!"라고 대답해보자. "꾸며대다 보면 진짜가 된다."는 속담도 있다. 유쾌하고 재미있고 사랑스런 대답이 당신과 상대방을 얼마나 기분 좋게 만드는지 알면 깜짝 놀랄 것이다.

우리가 즐겨 쓰는 말들은 흔히 나이에 대해 좋지 않은 느낌을 갖게 한다. 얼마 전에 오십을 넘긴 친구와 저녁식사를 한 적이 있는데, 그 친구는 여동생이 보내준 책 때문에 기분이 몹시 상해 있었다. "그 책은 쪼그랑할멈이 되는 것을 무시무시하게 표현했더라고." 그녀는 아직도 마음이 덜 풀렸는지 퉁퉁거리며 말했다. "쪼그랑할멈이라니! 왝, 누군들 그런 말을 듣고 싶겠어?" 나도 이 말에 동의한다. 여자의 일생에서 진정으로 아름답고 중요한 시기에 대한 표현치고는 너무 심술궂은 말이다. 이 말도 썩 기분 좋지는 않지만 그래도 '재밌는 괴짜 노인'이라고 했으면 차라리 낫지 않은가?

이번 장에서는 재미있고 유머러스하게 말할 때의 막강한 효과에 대해 탐구한다. 이는 긍정적인 사고로 이어지고 결국 웃음과 학습 같은 긍정적인 행동으로 나타난다. 일상 언어를 새로 배운다는 것은 나이 들어가는 자신을 능동적인 존재로 다시 태어나게 한다는 뜻이다. 앞서 4장에서 우리는 탄력적이고 낙천적이며 감탄할 줄 알고 호기심 많은 자아의 씨앗을 뿌렸다. 5장에서는 말하는 방식을 바꿈으로써 그 씨앗이 뿌리를 내리게 돕는 길을 알려주려 한다.

❂ 나이 듦에 대한 태도와 밈Meme

나이 들었다고 불평하지 마라.

나이는 내게 정말 좋은 선물이었다.

너무나 뜻밖이었고 아름다웠다.

그래서 나는 삶의 끝도 그렇게 아름다울 거라고 믿게 되었다.

레프 톨스토이(작가)

밈^{Meme}은 내 할머니다. 할머니는 키가 크고 우아하고 재미있고 친절하셨다. 나는 할머니를 통해 성장하고 나이 들어간다는 것에 대해 배웠다. 할머니가 불평하시는 모습은 한번도 본 적이 없다. 내가 수영하러 갈 때 할머니도 수영을 하셨고 내가 스케이트를 타려고 하면 할머니도 같이 배우셨다. 우리는 함께 복숭아도 따고 그림도 그렸으며 짐수레도 타고 공주놀이도 했다. 할머니는 언제나 자신을 가꾸셨다. 외출할 때면 꼭 립스틱을 바르셨고 모두에게 미소를 지으셨다. 나는 심지어 할머니가 늙었다는 사실을 전혀 인식하지 못했고 실제로도 그렇게 생각하지 않았다. 내게 미술과 음악과 예의범절을 가르쳐주신 할머니는 내가 가장 좋아하는 놀이친구셨다.

반면 문화의 요소를 가리키는 용어인 밈^{Meme, 생물학자 리처드 도킨스Richard Dawkins}가 《이기적 유전자》에서 소개한 용어로서 생물의 유전자처럼 문화의 전달에서 매개 역할을 하는 문화의 구성요소-옮긴이은 모방과 학습을 통해 진화하고 전달되는 행동과 가치, 언어의 최소 단위다.

가령 링컨의 '게티즈버그 연설'이나 신발 끈 매는 법, 나이를 감추는 화장법을 배울 때 우리는 밈이라는 문화의 구성요소들을 전달하는 과정 속에 들어가 있는 셈이다. 심지어 언어가 결국은 밈이라고 주장하는 사람도 있다. 이런 이론을 옹호하는 사람들은 인간도 밈의 작품이라고 생각한다. 이런 말을 들어본 적이 있을 것이다. "개념도 고유한 생명을 지닌다." "시대에 맞는 아이디어의 힘을 과소평가하지 마라." 밈 옹호론자들에게 이런 말들은 단순한 격언이 아니라 실제 현실이다. 그들은 인간이 타고나는 듯 보이는 언어 습득 능력도 밈이 좌우한다고 생각한다.

내 할머니 밈은 일상적인 행동과 삶에 대한 사랑 및 에너지를 통해 나이 듦에 대한 밈(곧 정보·믿음·언어 등)을 전달했다. 텔레비전·영화·음악·광고·친구·가족 등도 이런 역할을 했지만, 내 할머니만큼 긍정적이거나 생산적이지는 않았다.

누구라도 긍정적인 진화의 방향으로 밈에 담긴 정보를 선택할 수 있다. 궁극적으로는 네오테니도 밈이다. 안타깝게도 우리 인간은 밈에 포함된 부정적인 정보도 선택할 수 있다. 영화에 나오는 판에 박힌 노인의 모습이나 음악에 스며든 '젊음이 최고'라는 태도 혹은 나이에 맞게 옷을 입어야 한다는 고정관념이 그런 예다. 이런 그릇된 가치관과 믿음, 부정적인 밈들은 너무나 많고 또 너무도 멀리 퍼져나간다.

미하이 칙센트미하이는 "오늘날 인류의 미래를 결정하는 데 있어

밈의 진화가 어쩌면 유전적 진화보다 훨씬 중요할 것"이라고 주장한다. 우리가 나이 드는 것에 대해 부정적이거나 비생산적이고 유해한 밈을 선택한다면 자신은 물론이고 미래 세대에게도 바람직하지 않다. 인간이 가진 정신의 힘을 저버리고 노인을 비하하는 잘못에 대한 책임을 면할 수 없기 때문이다.

나이 듦에 관한 부정적인 밈으로 이득을 얻는 사람은 누구일까? 우선 늙는 데 대한 우리의 두려움과 혐오감을 이용해 물건을 팔아치우는 '가짜 약장수'들이 있다. 때로 건강식품 회사와 화장품 판매상으로 둔갑해서 우리의 허약한 일면을 공략하는 그들은 자신들의 배만 채우고 우리의 삶을 파괴한다.

기쁨과 유머와 음악은 기생충만큼이나 해로운 밈을 제어하는 항바이러스제다. 이런 요소들이 우리가 쓰는 일상 언어에 녹아들어가야 삶 전반에 걸쳐 긍정적인 가치와 믿음이 확산된다. 아울러 이런 항바이러스 성분은 엘리자베스 노엘레 노이만 Elisabeth Noelle-Neumann 박사가 '강한 개성'이라고 부르는 특정한 커뮤니케이션 양식을 만들어낸다. 이런 특성을 가진 사람들은 "호기심이 많고 늘 새로운 일을 시도하며, 다른 사람에게 영향을 주려 한다. 또한 이기적이지 않고 다른 사람을 많이 도우며, 특히 밈의 긍정적인 진화에 큰 역할을 한다." 내 할머니 밈처럼 우리도 나이 듦에 대한 긍정적이고 적절한 밈을 전달하고, 나아가 미래 세대에게 노년에 대한 새롭고 발전된 해석을 내놓을 수 있다.

기쁨

무엇이 당신을 행복하게 하는가?

이는 아주 간단한 질문이지만 중요한 결과를 낳는다.

이 질문에 답하고 실천하는 것이 우리가 나아갈 길,

다음 단계로 이끌어줄 최선의 길이다.

우리는 스스로 운명을 선택할 것이고,

우리가 선택한 운명은 바로 기쁨이다.

멜로디 비티(베스트셀러 작가, 저널리스트)

옛 친구가 보낸 편지, 순수한 마음으로 보내온 선물, 뜻밖의 전화, 낡은 코트 주머니에서 발견한 지폐, 6월의 반딧불이, 직접 키운 장미, 촛불을 밝힌 생일케이크…. 이렇게 인간은 기쁨을 만들어내는 데 놀라운 재주가 있고 대개 그런 기쁨은 일상적인 것에서 나온다. 나는 기쁨을 이렇게 정의한다.

1) 기분 좋은 무언가를 얻거나 기대할 때 나타나는 감정.
2) 성공과 행운 혹은 사랑하는 사람이나 간절히 바라던 것을 얻었을 때 생기는 즐거운 느낌이나 감정.
3) 정신적 희열과 즐거움.

4) 환희.

기쁨의 감정은 그와 비슷한 의미의 단어들을 나열하는 것만으로
도 충분히 느낄 수 있다. 즐거움, 희열, 환희, 황홀, 행복, 흥겨움,
축제, 유쾌….

르네상스 시대의 영국 작가 토머스 무어^{Thomas Moore}는 "우리 사회
는 어린 시절의 자연스럽고 활기 넘치는 기쁨을 찾아보기 어렵다."
고 말했다. 안타깝게도 지난 500년 동안 사정은 크게 달라지지 않
았다. 예전에 우리는 물웅덩이에 빠지거나 간지럼만 태워도 기쁨
을 느꼈다. 하지만 이제는 아이들을 물웅덩이로 데려가거나 다른
사람이 간지럼을 타는 모습을 보며 웃는 데서 겨우 기쁨을 찾는다.
나이를 먹을수록 사람들은 기쁨과 더 멀어진다. 우리 대부분은 잃
어버린 것에만 너무 집착하는 탓에 무엇이 바뀌었는지 알아보지
못한다. 하지만 삶 속에서 네오테니를 되살린다면, 살아온 세월 동
안 쌓아온 기쁨들을 수확해서 맛볼 수 있고 새로운 기쁨도 찾아낼
수 있다.

시인 월트 휘트먼^{Walt Whitman}은 "나는 나 자신을 찬양하네."라고 노
래했다. 잠시 이 구절을 반복해보라. 휘트먼의 시어는 매우 도발적
이다. 우리 자신, 그러니까 우리의 성취와 경험과 존재 자체를 찬양
하면서 느끼는 기쁨을 상상해보라.

다음 네 가지에 대해 깊이 생각한 다음 '두 번째 젊음의 노트'에

기록하자.

- 작은 일에서도 여전히 기쁨을 찾을 수 있는가? 그 방법은?
- 무엇이 당신을 행복하게 하는가?
- 지금 이 순간 당신의 삶에 기쁨을 주는 것은 무엇인가?
- 당신의 기쁨을 정의하라.

글을 쓰면서 나는 벽난로 위에 놓인 가족사진과 책상 위에 갖다 놓은 해바라기 꽃다발을 쳐다본다. 그러면서 뜨거운 차 한 잔을 마신다. 이런 일들이 내게 기쁨을 준다. 이것들이 모여 '기쁨의 도서관'을 이룬다. 하루하루가 다 특별하고 모든 순간에 기쁨이 담겨 있다는 사실을 늘 깨닫게 해주기 때문이다. 《예쁜 접시를 사용하라: 일상에서 기쁨 찾기Use the Good Dishes: Finding Joy in Everyday Life》의 저자 일레인 뎀브Elaine Dembe는 "기쁨은 일시적이어서 그런 순간은 오래가지 않는다. 알게 모르게 하루가 지나가버리듯 삶의 기쁨도 우리가 모르는 사이 사라져버린다."고 일깨운다.

내 나이쯤 되면 계속해서 기쁨을 찾아 채워넣는 일이 쉽지만은 않다. 친구를 만나면 기쁨의 탄성을 지르고 우연히 돈을 주우면 소리내어 웃고 정원에 핀 장미를 보면 미소를 짓자. 그리고 다음번에 생일축하 노래를 부를 일이 있걸랑 진실로 기뻐하면서 유쾌하게 "생일 축하합니다!"를 외치자. 그러다 보면 자신만의 기쁨의 보물

창고를 가지게 된다. 예전에 살인사건 재판의 배심원이 되지 않으려고 '기쁨 전략'을 사용한 친구가 있었다. 변호사들이 스스로 배심원 자격이 없다고 생각하는 사람이 있는지 묻자 내 친구는 자리에서 일어나 당당하게 대답했다. "제 삶은 온통 기쁨으로 가득합니다. 하지만 이런 소송사건에 휩쓸리면 삶의 일상적인 기쁨과 삶이 주는 소소한 은총에서 느끼는 즐거움이 줄어들고 말 것입니다." 내 친구는 바로 배심원단에서 제외되었다. 변호사들은 틀림없이 그 친구가 괴짜라고 생각했을 것이다. 하지만 나는 오히려 배짱이 두둑하고 진실한 친구라고 생각한다. 그녀는 우리 모두가 무엇을 깨달아야 하는지 알고 있었다. 자신에게 기쁨을 주기는커녕 오히려 기쁨을 앗아가는 일에 시간을 투자하기엔 삶이 너무 짧다는 것.(그렇다고 오해하지는 말자. 우리 모두 배심원 의무를 면제받기 위해 애쓰자는 뜻은 아니니까.)

자신의 삶을 어떤 말들로 정의할지 생각해보라. 상대방이 여러분과 대화하면서 더 행복해진다고 생각하는가? 아니면 마음이 더 무거워질 수도 있다고 생각하는가? 여러분은 사람들에게 어떤 영향을 미치는가? 여러분에게 기쁨을 주는 것에 대해 얼마나 자주 친구와 대화하는가? 내 친구 하나는 사람들과 헤어질 때면 상투적으로 "좋은 하루 보내."라고 말하는 대신에 "살아 있는 하루하루가 다 소중한 날이란 걸 잊지 마."라고 인사하곤 했다. 대개는 놀라고 즐거워했지만, 어쨌든 그런 인사에 대한 사람들의 다양한 반응을 지켜보면 참 재미있었다. 여러분은 명랑, 유쾌함, 축제 같은 말을 즐겨 사용하는가? 기쁨에 겨워 비명을 지르거나 낄낄거리는 능력을 잃지는 않았는가? 여러분의 기쁨을 정의할 때 가장 먼저 무엇을 떠올렸는가? 사물? 아니면 감정?

몇 년 동안 혼자서 아들 둘을 키우던 시절이 있었다. 당시 나는 대학에서 박사과정을 밟으면서 강의를 다섯 개나 했고 주5일 에어로빅 강사로 일했다. 그래도 두 아들을 최우선으로 생각했고 시간도 가장 많이 투자했다. 나는 지쳤고 모든 일을 다 잘 해내려고 하루하루 전쟁을 치르면서도 두 아들이 신나는 유년기를 보낼 수 있기를 바랐다. 아이들의 친구들은 하나같이 최고급 자전거와 좋은 스포츠 장비를 갖고 있었고 특별한 곳으로 휴가를 갔으며 무엇보다 엄마와 아빠가 다 있었다. 반면 우리 가족은 툭하면 '시리얼 만찬'을 즐겼고 빠듯한 식비로 우리들만의 파티를 열려고 아등바등했다. 우리의 휴가는 토요일에 이웃 동네로 가서 패스트푸드로 간단히 점심을 해결하는 것이 다였다. 아마 롤러스케이트도 탔던 것 같다. 어쨌든 창의적이고 독창적이며 사려 깊은 내 두 아들과, 비디오게임과 원격조종 자동차, 화려한 파티를 당연하게 생각하는 부유한 아이들의 처지는 하늘과 땅 차이였다.

어느 오후 조깅을 갈 때 작은 아들 숀을 데리고 갔다. 숀은 자전거를 끌고 나를 따라나섰다. 이런저런 대화를 하다가 나는, 두 아들의 어린 시절을 행복하게 만들어줄 책임은 엄마인 내게 있다고 말했다. 이 이야기는 내가 깊이 마음을 쓰고 걱정을 하던 부분이었다. 다른 아이들이 무엇을 가지고 있고 무엇을 하는지 익히 알던 터라 더욱 그러했다. 그러자 당시 여섯 살이었던 숀은 자전거 페달에서 발을 뗀 채 내 옆을 미끄러지듯 지나가며 소리쳤다. "엄마, 저는 지금 굉장히 멋진 어린 시절을 보내고 있어요." 아이의 말에는 기쁨이 고스란히 묻어났다. 어린 두 아들의 하루하루는 상상력과 창의성, 친구와 사랑으로 가득 채워졌다. 뿐만 아니라 우리 아이들처럼 '시리얼 만찬'을 먹어본 아이들은 하나도 없었다. 기쁨은 소유가 아니라 활동에서 비롯한다. 아무리 어린아이라 해도 기쁨은 아무런 문제가 없는 순조로운 삶이 아니라 어려움 속에서 피어난다는 사실을 알고 있을 것이다.

기쁨을 유발하는 것은 소소하기는 해도 가슴을 가득 채울 만큼 커다란 무엇이다. 더욱이 기쁨은 다른 사람의 마음에까지 영향을 미치는 힘이 있다. 숀은 소년기의 기쁨을 누렸고, 그 아이의 대답은 엄마로서의 내 기쁨에 불을 붙였다. 숀의 말처럼 기쁨으로 충만한 말들은 우리 마음을 움직인다. 진정 그런 말들은 기쁜 순간과 기쁜 기억의 언어다.

기쁨에는 죽지 않는 무언가가 있다. 네오테니 전문가 애슐리 몬터규는 "모든 기쁨은 젊고, 나이는 기쁨에 울타리를 칠 수 없다."고 말했다. 어쩌면 우리는 어린 시절 자전거를 탈 때의 순수한 기쁨을 다시는 느낄 수 없을지도 모른다. 하지만 이제는 생이 허락하는 날까지 마음 가는 대로 달림으로써 즐거움과 희열을 느끼는 것이 기쁨일 수 있다.

◉ 기쁨은 스스로 찾아야 한다

여러분은 캘리포니아 주 샌루이스오비스포의 마쉬가[註] 1500번지에서 기쁨, 즉 '조이[Joy]'를 찾을 수 있다. 정말이다. 조이는 마사지 치료사인 내 친구다. 사실 방금 기쁨을 찾는 지름길을 가르쳐줘야 하나 잠시 고민했다. 여러분을 그 친구에게 곧장 보낼까 생각했다는 말이다. 왜냐하면 그녀는 정말이지 자신의 이름 그대로 살고 있기 때문이다.

사람은 아무리 험난한 길이라도 끈질기게 쫓아가 기쁨을 찾으려는 갈증이 있다. 하지만 기쁨은 그런 갈증의 이유가 될 수 없다. 오히려 결과다. 어떤 일을 잘할 때 우리는 행복하다. 이렇듯 기쁨은 결과이며 보상이다. 기쁨은 찾으려 할수록 더욱 멀어진다. 사실 우리는 기쁨을 찾을 수 없다. 오히려 기쁨이 우리를 찾는다. 어디에서? 마사지 가게에서, 쇼핑 몰에서, 기억 속에서.

동서고금을 막론하고 기쁨이 현명하고 마음이 충만한 사람을 찾아내는 곳은 단 한 곳뿐이다. 바로 그들의 내면이다. 노벨문학상을 수상한 조지 버나드 쇼[George Bernard Shaw]의 말을 들어보자. "삶의 진정한 기쁨은 스스로가 생각하는 목적에 부합해서 사는 것이다. 또한 죽기 전에 자신을 다 쓰고 자연의 일부가 되는 것이다. 세상이 자신을 행복하게 만들어주지 않는다고 불평하며 배 아파하고 열병을 앓는 이기적인 고깃덩어리는 진정한 기쁨을 얻을 수 없다." 쇼의 말을 찬찬히 음미하며 다시 한 번 읽어보자. 그런 다음 나이 듦에 대한 긍정적인 역할모델을 떠올려보자. 그들의 삶은 무엇을 목표로 하는가? 그들은 무엇으로 세상에 기여하는가? 이제는 부정적인 역할모델에 대해 생각해보자. 그들은 이기적인 고깃덩어리인가? 여러분의 짐작이 맞다.

매기 쿤Maggie Kuhn은 1970년 예순다섯 살 때 억지로 은퇴해야 했다. 동료들은 이별 선물로 재봉틀을 주었다. 매기는 선물의 포장조차 뜯지 않았고 오히려 은퇴가 의미한다고 생각하는 모든 것에 정면으로 대항했다. 그녀는 노인에 대한 광범위한 차별에 항의하고자 시위행진을 하고 게릴라 연극을 공연했다. 또한 그레이팬더스라는 노인권익보호단체를 만들어 미국 노인들에게 무능하고 나약하며 수동적이라는 인식에 대항하라고 부르짖었다. "노년만큼 분노하기에 좋은 때도 없다. 나는 매주 말과 행동으로 분노를 보여줄 작정이다." 그리고 쿤은 자신의 말을 실천했다. 그녀의 비문에는 이렇게 적혀 있다. "매기 쿤이 손대지 못한 것은 오직 이 비석뿐이다."

분노를 표할 때라도 기쁨은 있다. 상대에 맞서 이겨내고 살아남은 데서 느끼는 기쁨이다. 삶에 만족하는 사람치고 게으른 이는 아주 드물다. 그들은 늘 뭔가 할 일이 있는 것처럼 보인다. 윌리엄 로 버트슨 니콜William Robertson Nicholl은 《클라우디우스 황제의 일기The Day Book of Claudius Clear》에서 "일을 많이 할 때의 위험은 일을 별로 하지 않을 때의 위험에 비해 절반도 안 된다."고 썼다. "내 친구 중에 일중독이라고 해도 손색이 없을 네 사람이 있다. 그들은 대개 희망찬 전망을 하고 늘 긴장의 끈을 놓지 않지만, 그들에게선 강렬한 기쁨이 빛을 발한다. 말 그대로 젊음을 간직하고 있는 사람들이다."

아무 일도 않고 빈둥거리면 스트레스가 생기고 스트레스는 기쁨을 주지 못한다. 불안감을 해소하려면 행동에 나서야 한다. 하고자 하는 무언가와 사랑할 누군가가 있다면 기쁨이라는 말은 우리네 일상 언어로 자리매김할 것이다.

그대여! 인생이란 참으로 좋지 아니한가.
온 마음과 영혼과 감각을 다해 영원토록 기뻐하라.

로버트 브라우닝(19세기 영국 시인)

기쁨을 되살리는 삶에서는 주어진 하루하루가 다 새로운 기회이고 새로운 모험과 투쟁의 장이다. 어린 시절에 느끼던 기쁨을 돌아보자. 고개를 똑바로 들고 눈을 크게 뜬 채 작은 벌레나 무지개, 강아지 따위를 바라보는 기쁨 말이다. 이렇듯 기쁨은 모든 것을 새롭고 탐구할 가치가 있으며 놀라움 가득한 것으로 보이게 한다. 밝은 햇살 아래서 바위를 꼼꼼히 들여다보거나 연못에 돌을 던져 생긴 물결을 눈을 동그랗게 뜨고 쳐다보게 만든다. 기쁨은 우리로 하여금 무지를 깨닫고 답을 찾게 만든다. 그 답을 두려워하거나 중요하지 않다고 여겨서는 안 된다. 오히려 굉장한 선물이라고 생각해야 한다.

그러니 기쁨을 잃어버리지 않겠다고 다짐하자. 많건 적건 매일 자신의 생활과 말 속에서 기쁨을 찾아내자. 어린 시절에는 모두가 그러지 않았던가. 살면서 일어나는 갖가지 변화를 기쁘게 맞음으로써 삶과 기쁨을 하나로 만들자. 이는 삶의 주인인 우리 자신이 해야 하는 일이다. 며느리를 맞아 시어머니가 된 나는 앞으로 똑같이 시어머니 노릇을 하게 될 친구들을 초대해 파티를 열었다. 우리는 아들의 결혼식 비디오를 보며 케이크를 먹고 샴페인을 마셨다. 이런 행사는 친구들과 함께할 때 기쁨이 배가된다.

내 아이들이 한창 자랄 때 주방 선반에는 일명 '일감 상자'가 있었다. 나는 쪽지에 해야 할 일을 적어 그 안에 넣어두었다. 개를 씻기고 쓰레기통을 비우고 차고를 청소하고 등등. 무슨 말인지 알 것이다. 그러면 두 아들은 매일 상자에서 쪽지 하나씩 집어 거기에 적힌 일을 끝내야 자유시간을 가질 수 있었다. 가끔은 순전히 재미로 '아이스크림 먹기', '엄마에게 뽀뽀하기' 같은 쪽지도 넣어두었다. 아이들은 어떤 일감이 적힌 쪽지를 집을지 몰랐지만 그 일이 무엇이든 꼭 해야 했다.

기쁨에 관한 '젊어지는 습관'은 이런 일감 상자 아이디어에 기초한다. 쪽지 서른 장 이상을 담을 수 있는 예쁜 병이나 좋아하는 모자, 구두상자 등을 준비하자. 그런 다음 바깥에 윌리엄 제임스^{William James}의 말을 크게 써서 붙인다. "기쁨을 잃으면 모든 것을 잃는 것이다." 자신에게 '기쁨을 안겨줄' 활동이나 아이디어를 곰곰이 생각해서 쪽지마다 한 가지씩 적자.

매일 오늘이 일 년 중 가장 좋은 날이라고 생각하라.

랠프 왈도 에머슨(수필가, 철학자)

가령 내 상자 안의 쪽지에는 아래와 같은 내용이 적혀 있다.

- 아이를 안아준다. 물론 잘 아는 아이나 안아줘도 무서워하지 않을 아이여야 한다.
- 적어도 15분 동안 가만히 앉아 지저귀는 새소리에 귀를 기울인다.
- 모르는 사람에게 미소를 짓는다.
- 뜨거운 코코아를 마시고 마시멜로를 먹으면서 밤하늘의 별을 바라본다.

- 친구에게 안부전화를 한다.

- 초콜릿을 먹는다.

- 1980년대 노래를 틀어놓고 춤을 춘다.

어떤 식인지 알았을 것이다. 매일 상자에서 쪽지 하나씩 꺼낸다. 그리고 매주 쪽지의 내용을 바꿔준다. 물론 똑같은 일을 다시 적어도 좋지만, 새로운 일을 계속하다 보면 기쁨을 만들어내는 요령을 알게 된다. 일단 쪽지 한 장을 집은 다음에는 무조건 자신을 믿고 따른다. 자신이 선택한 일에서 느끼는 단순한 즐거움이 삶에서 기쁨을 찾는 데 큰 도움이 된다. 이렇게 기쁨을 느낄 때 고마운 마음은 절로 생긴다. 해마다 젊게 나이 드는 데 대해서도 고마운 마음이 더욱 커지리라. 그리고 우리의 얼굴에는 주름살 대신 '웃음살'만 남을 것이다.

유머

나는 늘 내 안에 있는 아이를 알고 있다.

그 가운데 으뜸인 유머는 정말이지 유치하다.

유머는 세상에 이롭고 현명하며 철학적으로도 가치 있다.

하지만 인간의 가장 경이로운 점 가운데 하나는 바로 유치함이다.

스티브 앨런(코미디언)

유머는 특별한 기쁨이다. 가끔은 특이하고 예상치 못한 통찰력, 다시 말해 허를 찌르는 재치에서 유머가 생기기도 한다. 유머가 자아내는 웃음은 아주 즉각적이고 폭발적이며 오래가지 않는다. 웃음은 마음의 긴장이 한순간 풀리는 현상으로, 농담을 해서 만들어낼 수 있다.

코미디언 조지 칼린George Carlin의 이야기를 들어보자. "삶에서 가장 불공정한 일은 삶이 끝나는 방식이다. 그러니까 내 말은 삶이 모질다는 이야기다. 당신은 삶을 위해 많은 시간을 바친다. 삶이 끝날 때 당신은 무엇을 얻는가? 죽음이다. 죽음이 무엇인가? 보너스인가? 나는 삶의 순환을 완전히 거꾸로 생각한다. 먼저 죽음이 있고 거기서부터 진정한 삶이 시작된다. 처음에 당신은 노인요양시설에서 산다. 그러다가 너무 젊다는 이유로 그곳에서 쫓겨나 금시계를 차고 일터로 간다. 그곳에서 은퇴해야 할 만큼 어려질 때까지 40년 동안 일한 다음에는 마약과 알코올에 빠지고 파티를 즐기며 고등학교에 입학한다. 고등학교, 중학교, 초등학교를 거쳐 아이가 되어서는 아무 책임질 일 없이 놀기만 한다. 그러다가 마침내 엄마 자궁으로 되돌아가 마지막 아홉 달을 보낸 다음 오르가슴으로 생을 마감한다."

❂ 젊음을 깨우는 비타민, 유머

조지 칼린의 이야기에 웃는 사람도 있고 그렇지 않은 사람도 있을 것이다. 어떤 사람들은 제리 루이스Jerry Lewis의 독특한 유머감각을 천재적이라고 본다. 반면 어떤 사람들은 스티브 마틴Steve Martin의 유머를 더 좋아한다. 어떤 네오테니 특징도 간단히 정의할 수는 없다. 사람과 장소, 환경에 따라 다 다르기 때문이다. 물론 유머도 마찬가지다. 사람들마다 재미있다고 생각하는 것이 다른 법이며, 이 또한 네오테니의 가르침 가운데 하나다.

　신생아와 유아는 주변 상황에 끊임없이 놀라면서도 이를 재미있다고 생각한다. 서너 살 아이는 짧고 단순한 개념에서 재미를 느낀다. 열 살 전후 청소년기는 대개 부자연스럽고 긴장하는 시기다. 만일 나이를 먹는 것이 불만스럽고 다시 십대로 돌아가고 싶다면 수학 공부를 생각해보라. 그러면 생각이 싹 바뀔 것이다. 많은 사춘기

청소년들은 섹스와 음식, 권위적인 인물을 희화하는 농담에 즐거워한다. 사춘기에는 자신을 보호하려고 유머를 사용한다.

점점 성숙해가면서 우리의 몸과 마음가짐도 성장하고 변화한다. 성인이 되면 우리의 유머에 새로운 언어가 등장한다. 슬픈 일이나 성공한 일을 비롯해 인생 경험이 풍부해지기 때문이다. 사용하는 언어와 더불어 유머감각도 성장하고 변화하는데, 더욱 미묘하고 관대하며 온건해진다.

> 나이를 먹는다고 웃지 않는 것이 아니라
>
> 웃지 않기 때문에 나이를 먹는 것이다.
>
> 미셸 프리처드(배우, 무용가)

웃음은 우리가 유머를 알아차릴 때 터져나온다. 유머의 원천에 대한 세 가지 대표적인 이론은 아래와 같다.

1. 유머는 '부조화'의 경험이다. 이를테면 누군가 전혀 예상하지 못한 상황에 빠지는 경우다. 아니면 시의적절한 농담이나 카툰을 생각해도 된다. 누가 농담을 시작하면 우리는 자연스럽게 그 결말을 미리 짐작해본다. 이런 예상은 대개 논리적인 양상을 띠며 과거의 경험이 영향을 미친다. 하지만 농담이 예상하지 못한 방향으로 흐르면 우리의 사고와 감정은 급격하게 변한다. 색다른 감정과 사고

의 흐름이 생겨난다. 이렇게 해서 우리는 상반된 사고와 감정을 동시에 경험한다. 결국 이런 이질감에서 생기는 부조화를 우리는 유머로 인식한다.

2. 유머가 '우월감'에서 생겨난다고 보는 이론은 다른 사람의 실수나 어리석음, 불행을 농담거리로 삼는 경우에 잘 들어맞는다. 우리는 이런 불행한 사람들에 대해 우월감을 느끼면서 자신과는 동떨어진 일이라고 생각한다. 그렇기에 그 상황을 보고 웃을 수 있는 것이다.

3. 영화감독들은 오래전부터 영화의 긴장을 풀어주는 유머의 '릴리프Relief' 효과를 활용했다. 긴장이 고조되는 액션영화나 공포물에서 감독들은 적절한 순간에 '코믹 릴리프'를 끼워넣는다. 이는 긴장이나 서스펜스를 최대한 고조시키다가 갑자기 생뚱맞은 대사나 재미있는 장면을 삽입해 긴장을 약간 풀어주고 잔뜩 움츠러든 관객의 감정을 누그러뜨리는 방식이다.

웃음은 고조된 긴장과 부조화를 없애는 하나의 방법이다. 심리학자인 리사 로젠버그Lisa Rosenberg 박사는 "유머를 사용하고 농담을 하는 행동은 극도의 긴장 상황에서 우리에게 마음의 휴식을 주고 좀더 거리를 두고 바라보게 한다."

나는 늙었다고 생각하지 않는다.
사실 정오 때까지 그런 생각은 전혀 하지 않는다.

그러고는 낮잠을 잘 뿐이다.

밥 호프(코미디언, 백 살 생일 때)

미국 응용치료유머협회 회장인 스티브 설타노프Steve Sultanoff 박사는 유머를 이런 식으로 정의한다. "내가 보기에 유머는 세 가지 요소로 이루어진다. 재치와 환희와 웃음. 재치는 지적인 경험이고 환희는 감정적인 경험이며 웃음은 생리적인 경험이다. 우리는 종종 유머를 웃음과 동일시하지만 유머가 반드시 웃음을 동반하지는 않는다."

하지만 유머를 정의하는 데 가장 중요한 것은 바로 자기 자신이다. 여러분은 무엇을 재미있다고 생각하는가? 아름다움이 보는 이의 눈에 있다면 유머는 듣는 이의 유머감각에 있다. 그리고 우리 모두는 그런 유머감각을 지니고 있다.

◉ 많이 웃는 사람이 오래 산다

유머를 즐기면 정신 건강에 도움이 되고 삶에 즐거움과 재미를 더해준다. 유머만큼 정신적인 노력이 많이 필요하고 지적 자극을 주는 활동도 드물다.

더구나 유머와 웃음이 심장발작 예방에 도움이 된다는 연구결과도 있다. 미국 볼티모어에 있는 메릴랜드 의과대학 심장전문의들의 연구에 따르면, 심장질환 환자들은 심장질환이 없는 같은 연령대 사람들보다 다양한 상황에서 웃는 확률이 40퍼센트나 낮다고 한다. 메릴랜드 대학 예방심장의학센터의 센터장 마이클 밀러 Michael Miller 박사의 말을 들어보자. "자연스런 행동이든 학습된 행동이든 웃을 수 있는 능력은, 사망원인 가운데 심장질환이 차지하는 비율이 가장 높은 미국 같은 사회에서 매우 중요한 의미가 있다. 우리는 운동과 금연, 저포화지방 식품 섭취로 심장질환 위험을 줄일 수 있다는 걸 안다. 이제는 습관적으로 마음에서 우러나는 웃음도 그 목록에 추가해야 할 것이다."

◎ 웃음이 만병통치약이다

심장질환 예방 외에도 유머와 웃음의 혜택은 또 있다. 캘리포니아 주의 로마린다 대학의 리 버크 Lee Berk 박사와 스탠리 탠 Stanley Tan 박사는 공동 연구를 통해 웃음이 혈압을 낮추고 스트레스 호르몬을 감소시킨다는 사실을 알아냈다. 그들에 따르면, 웃음은 감염억제 세포의 활동을 촉진하여 면역기능을 향상시킨다. 이 밖에도 웃음의 효과는 얼마든지 있다. 웃음은 몸 안에서 만들어지는 천연 진통제인 엔도르핀 분비를 촉진하고 심신을 편안하게 해준다. 웃음은 마음 놓고 먹을 수 있는 약이며 공짜이고 긍정적인 효과만 있을 뿐 어떤 해로운 부작용도 없다.

나이 들면서 나는 '가구 병Furniture Disease'에 걸렸다.
가슴이 서랍으로 변했으니 말이다.

로레타 라로슈(스트레스 전문가, 유머 작가)

웃음은 횡경막과 얼굴, 다리와 등 근육에 아주 훌륭한 운동일 수 있다. 웃음은 복부 안의 장기를 마사지하고 장 기능을 촉진하며 복부 근육을 강화한다. 아직 성에 차지 않는가? 그렇다면 이것은 어떤가? 호탕한 웃음은 헬스클럽에서 몇 분 동안 운동하는 것에 버금가는 칼로리를 소모하기도 한다. 얼굴에 잔뜩 힘을 준 채 결연한 의지를 담아 열심히 달리는 사람들을 떠올려보자. 막스 브라더스Marx Brothers의 코미디 영화를 보고 실컷 웃는다면 달리기 시간을 절반으로 줄여도 된다.

그뿐만이 아니다. 로마린다 대학의 또 다른 연구결과를 보면, 웃음은 좌뇌와 우뇌 모두를 자극하여 학습 활동을 강화시킨다고 한다. 웃음은 활발한 두뇌 활동을 도와 더 많은 정보를 받아들이게 한다.

미국 노인정신의학회에 따르면, 미국 노인의 15퍼센트, 그러니까 약 600만 명의 사람들이 우울증에 시달린다고 한다. 예나 지금이나 우울증 환자들은 자살 위험성이 높은데, 실제 자살한 사람 가운데 50세 이상이 25퍼센트를 차지한다. 하지만 최근에 잇따른 연구들은 웃음이 기분을 좋게 만든다는 주장을 뒷받침한다. 아닌 게 아니라 오늘날 많은 심리학자들은 유머를 우울증 치료 수단으로 활용한다.

어린 시절 조부모님 댁을 방문하기가 꺼려지던 경험이 있을 것이다. 까다로운 성격에 심술궂기까지 한 노인들이 살고, 만지지 말라는 물건도 너무 많았을 테니 말이다. 또한 언제나 떠들지 말고 조용히 하라는 말을 듣고 걸쭉하고 이상한 음식을 먹어야 했다. 정말이지 고문이 따로 없었다. 하지만 나는 운이 좋았다. 내게는 앞서 소개한 밈 말고도 할머니가 한 분 더 계셨으니 말이다. 선명한 붉은 머리칼을 가진 에코 할머니는 말솜씨가 뛰어났고 우리를 웃겨주려고 시도 지으셨다. 예를 하나 들어보자.

유익한 충고

내게는 아무런 문제가 없다네.

더없이 건강하다네.

양쪽 무릎을 괴롭히는 관절염 때문에

걸을 때면 숨을 헐떡이며 말하긴 하지.

맥박은 약하고 피는 묽지만

내 몸은 더할 나위 없이 좋다네.

성한 이가 하나도 없어 뽑아야 하지만

식이요법 따위는 생각도 하고 싶지 않다네.

나는 뚱뚱해서 이제 날씬해질 수 없지만

내 몸은 더할 나위 없이 좋다네.

우리가 엮어가는 이 이야기처럼

똑같이 늙어가는 나나 당신에겐 유익한 교훈이 하나 있지.

우리 몸 상태를 알리기보다는

싱긋 웃으며 "나는 좋아." 라고 말하는 게 낫다는 것.

에코 로즈 클라크

에코 할머니는 척수 수술 후유증에다 숙환도 있어 아프지 않은 날이 없었다. 하지만 할머니는 늘 몸도 마음도 재미를 찾느라 분주했다. "집에만 가만히 앉아 있으면 몸도 아프고 내 몸이 썩어간다고 느낄 게야. 바깥에 나가 재미있게 지내면 몸만 좀 아프겠지. 그래서 할머니는 차라리 재미있게 지내려고 바깥에 나가는 거란다." 에코 할머니의 말은 우리 모두에게도 진실이다.

'두 번째 젊음의 노트'에 다음 질문에 대한 답을 기록하자.

• 오로지 재미로 하는 일이 있다면 무엇인가?
• 최근에 '당신' 만을 위해 어떤 재미있는 일을 했는가?

에코 할머니는 짤막한 농담도 아주 잘하셨다. 할머니가 팔순을 넘긴 어느 날 우리는 점심을 먹으러 외출을 했다. 식당 문 앞에 이르자 어떤 노신사가 할머니에게 미소를 짓고 윙크를 하며 할머니가 들어갈 수 있도록 문을 잡아주셨다. "대단해요, 할머니. 아직 인기가 죽지 않았네요."라고 말하자 할머니는 화를 내지도 좋아하지도 않은 채 말씀하셨다. "암, 이놈의 인기는 어딜 가나 식을 줄을 몰라. 하지만 내 나이쯤 되면 그런 게 무슨 소용이겠니?"

자기 자신을 두고 농담할 줄 아는 것도 소중한 일이다. 그런 능력은 따분함·지루함·엄숙함·진지함에 대한 보호막 역할을 하며 즐거움·유대감·원기를 선사한다. 우스운 상황이 아니더라도 우울하고 심각한 가운데서 즐거움을 찾는 능력도 젊게 나이 드는 데 크게 보탬이 된다.

의사가 말하길,

'당신은 여든까지 살 겁니다.'

'지금 여든 살인데요.'

'저, 좀 전에 제가 뭐라고 했나요?'

헤니 영맨(코미디언)

◉ 유머를 진지하게 연습해보자

갓난아기들은 생후 6주가량 되면 웃는 얼굴에 호의적으로 반응하고 찡그린 얼굴을 보면 고개를 돌린다. 이는 갓난아기만 그런 것이 아니다. 우리도 마찬가지다. 12주가 되면 아이들은 웃을 수 있다. 애슐리 몬터규는 네오테니 특징에 유머를 포함시킨 이유를 이렇게 설명했다. "유머감각의 발달은 아주 중요하다. 유머가 없는 삶은 황량하고 지루하기 때문이다. 유머감각이 있음으로써 우리네 삶은 더욱 견딜 만하고 훨씬 더 즐거워진다." 분명 유머는 우리에게 가장 소중하고 오래된 천연자원 가운데 하나다. 우리는 매일같이 자신과 다른 사람을 재미있게 해줄 재료를 얼마든지 찾을 수 있다. 사람들은 미소에 끌린다. 아무리 피곤에 찌든 얼굴에 생긴 미소라 해도 말이다.

웃음은 인간만이 가진 특징이다. 지구상에서 웃을 수 있는 신경생리학적 메커니즘을 가진 생명체는 우리가 유일하다는 이야기다. 유머는 정신 건강에 아주 중요하다. 유머는 다음 다섯 가지 측면에서 젊게 나이 드는 데 도움을 준다.

1. 다른 사람과 친해지는 데 도움이 된다.
2. 기분전환이 되어 스트레스가 줄어든다.
3. 고통스럽고 괴로운 감정을 즐거운 기분으로 바꾸어준다.
4. 기운도 나고 행동도 달라진다.
5. 기분을 좋게 만들어 젊음을 유지시킨다.

진지하게 유머를 연습하여 실행에 옮기면서 더 많이 웃는 생활을 해보면 어떨까? 네오테니 덕분에 삶이 풍요로워지지 않을까?

◉ 뭐가 그리 재미있어요?

작가 에드워드 호글런드^{Edward Hoaglund}의 말을 들어보자. "아무리 의학
이 발달해도 우리를 죽음으로부터 구해줄 수는 없다. 하지만 명랑
한 기분이라면 그럴 수도 있다. 야위고 가녀리지만 명랑한 사람이
인색한 구두쇠보다 10년은 더 사는 것 같다."

다음 설문은 자신이 얼마나 재미있고 잘 웃는지 알아보는 데 도
움이 될 것이다.

: 당신은 얼마나 잘 웃는가?

이번 설문의 목적은 자신의 명랑한 기분과 유머감각, 웃음의 습관을 알아보려는 데 있다. 이를 위해 우리가 언젠가 경험했을 만한 아홉 가지 가상 시나리오를 제시한다. 각 시나리오에서 자신이 어떤 반응을 보일지 생각해보자. 그런 다음 자신과 가장 가까운 항목의 번호를 선택한다.

A_ 휴가지에서 우연히 학교 다닐 때 알던 사람을 만난다. 당신의 반응은?

1. 모른 체한다.
2. 말은 걸겠지만 농담까지 하지는 않는다.
3. 추억을 떠올리며 미소지을 만한 무언가를 찾는다.
4. 함께 웃을 수 있는 무언가를 찾는다.
5. 둘이 함께 마음껏 웃는다.

B_ 한밤중에 아이가 자다 말고 황당한 꿈 이야기를 하려고 방으로 뛰어드는 바람에 잠에서 깬다. 어떻게 할까?

1. 그리 유쾌하지는 않을 듯하다.
2. 약간 재미는 있겠지만 웃지는 않는다.
3. 아이의 이야기 가운데 재미있는 대목에서는 웃을 수 있다.
4. 웃으면서 아이에게 무언가 재미있는 말을 한다.
5. 아이와 함께 실컷 웃는다.

C_ 뜻밖의 사고로 며칠 병원에 입원해야 한다. 어떻게 할까?

1. 내 기분이 나쁘니 병문안 오는 사람들은 단단히 각오해야 할 것이다.
2. 잡지나 책 등 간단한 읽을거리를 구한다.
3. 웃기는 영화나 읽을거리를 구한다.
4. 그 상황을 나름대로 재미있게 즐긴다.
5. 병문안 온 사람들과 자주 큰 소리로 웃는다.

D_ 어느 날 심심하던 차에 친구와 만나기로 한다. 그날 당신은 얼마나 재미있게 보낼까?

   1. 무엇을 하건 미소나 웃음이 나올 일은 별로 없다.
   2. 가끔 미소는 짓겠지만 큰 소리로 웃지는 않는다.
   3. 자주 미소를 짓고 가끔 웃는다.
   4. 시도 때도 없이 큰 소리로 웃는다.
   5. 친구와 같이 있는 내내 큰 소리로 마음껏 웃는다.

E_ 친구들과 함께 영화나 텔레비전을 보다가 당신은 한 장면이 아주 코믹하다고 생각하지만 다른 친구들은 그렇게 생각하지 않는 것 같다. 당신의 반응은?

   1. 무언가 자신이 잘못 이해했거나 전혀 재미있는 장면이 아니었다고 생각한다.
   2. 혼자서 빙그레 웃겠지만 애써 밖으로 표현하지는 않는다.
   3. 크게 미소를 짓는다.
   4. 큰 소리로 웃는다.
   5. 배꼽이 빠져라 웃는다.

F_ 당신이 아주 좋아하는 누군가와 낭만적인 밤을 보내고 있다. 어떻게 행동할 것인가?

   1. 대화가 짐짓 무거운 방향으로 흘러간다.
   2. 가끔 미소를 짓겠지만 많이 웃지는 않는다.
   3. 자주 미소짓고 가끔 웃는다.
   4. 자주 크게 웃는다.
   5. 거의 내내 큰 소리로 마음껏 웃는다.

G_ 좋은 식당에서 식사를 하는데 웨이터가 실수로 당신에게 음료수를 엎지른다.

   1. 재미있을 리 없다.
   2. 속으로는 재미있어 하면서도 겉으로 드러내지는 않는다.
   3. 미소를 짓는다.
   4. 웃는다.

5. 크고 호탕하게 웃는다.

H_ 친구를 고를 때 언제 어디서나 잘 웃고 분위기를 즐겁게 만드는 사
    람을 선호하는가?
  1. 별로 그렇지 않다.
  2. 보통이다.
  3. 꽤 그렇다.
  4. 많이 선호하는 편이지만, 그것이 가장 중요한 점은 아니다.
  5. 내가 친구에게 바라는 가장 중요한 점이다.

I_ 다양한 상황에서 당신은 얼마나 잘 웃고 분위기를 즐겁게 만드는가?
  1. 거의 그렇지 않다.
  2. 평균 이하이다.
  3. 평균이다.
  4. 평균 이상이다.
  5. 나의 가장 두드러진 특징이다.

점수를 더해보자. 27점 이상이라면 비교적 젊게 사는 사람이고 네오테
니 특징 가운데 이미 유머와 웃음을 지니고 있다고 볼 수 있다. 반면 27
점 미만의 점수를 받았다면 억지로라도 삶 속에 웃음을 주입할 필요가
있다는 뜻이다.

◉ 유머 레퍼토리를 준비하라

코미디언 멜 브룩스Mel Brooks는 유머에 대해 이렇게 말했다. "유머는 나이 지긋한 분들도 몸을 들썩이고 노래를 흥얼거리게 한다. 웃음은 허파에서 자연스레 터져나온다. 허파는 끊임없이 산소를 공급받아야 한다. 웃고 숨 쉬고 피가 돌고, 그렇게 모든 것이 순환한다. 웃지 않으면 숨도 끊어지리라."

기분을 풀고 느긋해지기가 말처럼 쉽지는 않다. 평범한 사람들이 유머를 효과적으로 사용하려면 연습과 계획이 필요하다. 또한 상황에 따라 바로 쓸 수 있는 유머 레퍼토리를 준비하는 것이 좋다. 짧은 농담이나 재미난 일화를 모아보자. 하루에 농담 하나씩 기억해 두는 건 어떨까? 다른 사람을 웃게 만들면서 자신의 기억력 향상에도 도움이 될 테니 일거양득 아닐까. 자신만의 독창적인 유머를 개발하자. 기회가 있을 때마다 유머를 사용하자. 유머 강좌를 들어봐도 좋다. 세상을 너무 심각하게 생각하지 말고 즐기며 살자고 스스로 다짐한다. 가끔은 바보 같아져도 괜찮다. 솔직히 그런 모습은 다른 사람을 웃게 만들 뿐 아니라 자신에게도 이롭다.

인류 최초로 초음속 비행에 성공한 조종사 척 이거Chuck Yeager는 "안타깝게도 일상생활에서 재미에 높은 점수를 주는 사람이 너무 없다."고 말했다. "나는 무슨 일을 하건 언제나 재미를 최우선으로 생각했다." 휴식시간을 차 마시는 데만 보내지 말고 웃음에 할애하

자. 나쁜 일이 생겼을 때는 가장 좋아하는 코미디언을 떠올린 다음 그라면 어떻게 했을까 생각하자. 자신에게 웃음을 주고 밝은 면을 보게 해주는 사람들과 많은 시간을 보내자. 이런 사람들을 정기적으로 만나자. '히히' 웃는 웃음으로 시작하여 킬킬거리며 웃다가 배꼽이 빠질 듯 크게 웃자. 문제는 웃을 것이냐 웃지 않을 것이냐가 아니다. 우리는 이미 자신의 젊은 정신이 무엇을 선택할지 알고 있다.

코미디 모임을
시작하자

유머감각을 자주 활용하지 않으면 나이 들수록 점점 유머가 없어진다. 독

서 모임이나 요리 강습, 빨간 모자 클럽Red Hat club, '노인도 즐겁게 살 수 있다'는 기치 아래 회원들이

빨간 모자에 보라색 옷을 입고 참석하는 여성 노인 모임-옮긴이도 좋지만, 나는 여러분이 각자 코미디

모임을 시작해보았으면 한다. 우선 재치와 재미, 웃음이 넘치는 파티에 참

석하라는 내용의 초대장을 만든다. 그런 다음 이미 재미있게 사는 사람과

그다지 재미있게 살지 못하는 사람들에게 초대장을 보낸다. 첫 번째 모임

에서는 월마트 창업자 샘 월턴Sam Walton의 말에서 인용한 다음 선언문을 낭

독하자.

자신의 성공은 축하하고 실패에서는 유머를 찾아라.

자신에 대해 너무 심각하게 생각하지 말자.

당신이 먼저 느긋해지면 주변 사람들도 덩달아 느긋해진다.

재미있게 생활하고 늘 열정을 보여라.

그래도 실패하걸랑 우스꽝스러운 옷을 입고

재미있는 노래를 불러라.

여기에 소개하는 '코미디 모임 기본 규칙'은 여러분이 코미디 모임을

시작할 때 도움이 될 것이다.

코미디 모임 기본 규칙

1. 무엇이 자신에게 웃음을 주는지 알아내어 그것을 자주 활용한다. 정말로 재미있는 무언가를 알게 되면 다음 모임에서 회원들에게 소개한다.
2. '하루에 농담 하나' 를 실천하는 데 도움이 되는 웹사이트에 들른다. 인터넷에서 '유머' 혹은 자신이 좋아하는 코미디언 이름을 검색하면 다양한 사이트가 뜰 것이다.
3. 매달 농담 하나를 기억해서 모임에서 발표한다.
4. 회원들은 매달 모임에 재미있는 풍자만화 하나씩을 가져와서 돌려보아야 한다.
5. 모임은 매달 회원들이 돌아가며 주최하고 주최자가 그달 모임의 주제와 의상, 프로그램을 결정한다.
6. 외부 손님을 초대해 이야기를 듣는다. 코미디언이나 배우도 좋다. 주위에 자신의 일에 대해 기꺼이 말해줄 사람이 얼마나 많은지 깜짝 놀랄 것이다.
7. 일 년에 한 번 혼자서 '코미디극' 을 공연한다. 가족과 친구를 초대하고 지난 일 년 동안 들은 가장 재미있는 유머를 무대에 올린다. 모임에서 있었던 재미있는 일화도 소개하고 최고로 재미있는 만화를 크게 복사해 걸어둔다.
8. 모임에서 재미있고 엉뚱해서 웃음을 줄 만한 것은 무엇이든 한다. 때로는 코미디 영화도 빌린다. 유머작가 로버트 벤칠리Robert Benchley의 작품들도 읽어보고 웃기는 방송 프로그램도 찾아본다.
9. 다음 모임 때까지 계속 유머를 연습하고 자신이 생각해낸 농담은 기록해둔다.
10. '코미디 구급상자' 를 마련하여 농담에 관한 책이나 코미디 방송테이프, 빨간 광대코나 커다란 코안경 같은 다양한 소품들을 넣어둔다. 분위기가 무겁고 답답해서 유머를 발휘해야 할 상황이 생길 때마다 즉각 꺼낼 수 있도록 그 상자는 늘 가까이에 둔다.

얼굴을 거의 가리다시피하는 커다란 코안경을 쓴 주유원은 단순히 기름을 넣는 이상의 효과를 낸다. 우리의 재미 탱크까지 꽉 채워줄 테니까. 얼마 전 악천후 속에서 와이오밍 주 코디로 비행기를 타고 갈 때 나는 아주 운이 좋았다. 작고 화려한 카우보이모자를 쓴 한 남자 승무원이 승객들에게 땅콩과 과자를 던져주면서 복도를 내달리는 쇼를 구경했으니 말이다. 승객들 모두 얼마나 웃었던지 흔들리는 비행기에서 멀미를 느낄 겨를조차 없었다.

유머는 경직된 태도에서 탈피하는 길이요, 부작용 없이 삶의 언어를 바꾸는 유익한 방법이다.

음악

정말이지 말만 번지르르한 철학자인 체하기 싫지만 이 말만은 해야겠다.

우리가 정말 살아 있다면 네 활개를 치고 주변을

깡충깡충 뛰어다니며 소란을 좀 떨어야 한다고.

삶은 죽음과 정반대기 때문이다.

따라서 적어도 내가 보기에 조용한 사람은 살아 있는 것이 아니다.

당신은 시끄러워야 한다. 아니면 적어도 생각만이라도 시끄러워야 한다.

그리고 다채롭고 생생해야 한다.

멜 브룩스(코미디언, 시나리오 작가, 배우)

흔히 인간은 말을 할 수 있는 유일한 영장류라고 하지만, 노래를 부를 수 있는 유일한 영장류라는 데 주목하는 사람은 드물다. 사실 노래는 뚜렷한 특징이라곤 소리의 높낮이밖에 없고 말보다 단순한 구조이기 때문에, 많은 인류학자들은 노래가 말과 언어의 선행조건이라고 주장한다. 하지만 어떤 저명한 학파는 인류의 첫 번째 언어가 목소리보다는 손과 팔의 신호로 전달되는 몸짓이었다고 말한다. 덴마크의 언어학자 오토 예스페르센Otto Jespersen은 "밤꾀꼬리의 아름다운 연가를 모방한" 태곳적 인간의 구애 소리가 언어의 진화에 촉매 역할을 했다고 주장한다. 예스페르센에 따르면, 이러한 초기 연가는 구애의 리듬으로 이어졌고 이는 다시 "인간의 구애 과정에서 서로에게 매혹되어 박자를 맞추기 시작하는 보편적인 단계", 즉 신체가 함께 움직이는 단계로 이어졌다고 한다.

역사학자 분트W. Wundt는 소리와 동작의 초기 발달을 다음과 같이 명쾌하게 정리한다. "진화 과정에서 또렷하게 발음되는 소리 언어가 출현하기 오래전, 원시 인류는 손과 팔의 움직임을 통해 의사소통을 했을 것이다. 그리고 뚜렷한 말의 형태를 갖추지 못한 소리가 이런 몸짓 언어를 보완했다." 하지만 이것만으로는 인간을 젊게 만들어주는 노래와 춤의 속성을 온전히 설명하지 못한다. 우리가 젊게 나이 드는 것에 대해 제대로 이해하려면 우선 자신의 음악성에 대해 더 많이 알아야 한다.

◉ 아이처럼 활기차게!

무엇하러 이 세상에 태어났는지 묻는다면 나는 끝까지
시끄럽게 살기 위해 태어났다고 대답할 것이다.

에밀 졸라(작가)

노래를 부르건 말을 하건, 아니면 울거나 고함을 치고 심지어 콧노래를 하건 상관없이, 목소리는 우리가 누군지 세상에 말해준다. 삶은 너무나 자주 우리의 자연스런 목소리를 억누르고 악화시키며 심지어 앗아가기도 한다. 우리 할머니 세대가 어렸을 때만 해도 사람들은 피아노 주위에 모여 함께 노래를 부르곤 했다. 내가 걸스카우트 활동을 하던 시절 여름 캠프에서 빠지지 않던 행사는 밤에 모닥불을 피워놓고 둘러앉아 노래를 부르는 시간이었다. 그로부터 거의 15년이 흐른 뒤 나는 두 아들에게 그런 여름 캠프에서 배운 노래 몇 가지를 가르쳐주기도 했다. 하지만 오늘날 그런 노래를 부르는 사람이 있을까? 얼큰하게 취기가 오른 사람들이 노래방에서나 부른다면 모를까.

소리 내어 부르든 콧노래를 하든 아이들은 타고난 가수이자 춤꾼이다. 얼마 전 공항에서 나는 뱅글뱅글 원을 그리며 뛰어다니고 미끄러지고 끊임없이 움직이는 어린 소녀를 보았다. 그에 비해 나를 포함한 다른 사람들은 모두 찡그린 얼굴로 마지못해 줄을 서 있었다. 오늘날 어디에 있건, 가령 엘리베이터 안이든 할인마트든 혹은 전화를 걸든 언제나 배경음악이 흘러나온다. 그러니 우리는 어쩌면 하루 종일 노래와 춤에 빠져 지낼 수도 있다. 하지만 그런 일은 없다. 나이를 먹을 대로 먹은 우리 같은 사람들은 그런 음악에 아랑곳하지 않는다. 나는 공항 발권 카운터에 늘어선 줄에서 바로 내 앞에 있던 남자에게 음악에 맞춰 춤추지 않겠느냐고 물어볼까 생각했다. 하지만 공항 보안수칙이 엄연히 있는 터라 그냥 작은 꼬마숙녀나 바라보는 게 낫겠다고 생각하며 마음을 접었다.

초등학교 3학년 때 나는 어떤 방송국의 작은 장기자랑 프로그램에 나가보기로 마음먹었다. 나는 한번도 발성 훈련을 받은 적은 없지만 노래 부르는 걸 아주 좋아했다. 나는 학교 음악시간에 배운 노래 한 곡을 열심히 연습했고 아빠한테 오디션에 데려가달라고 부탁했다.

결국 오디션 대기자 명단에 일곱 번째로 이름을 올린 나는 자리에 앉아 앞의 여섯 아이들이 현란하게 춤추며 멋지게 노래하는 모습을 지켜보았다. 점점 두려워진 나는 아빠에게 집에 가자고 졸랐다. "저는 이런 아이들에겐 상대가 안 돼요. 왜 왔나 몰라." 나는 속으로 외쳤다. '제발 여기서 빼내주세요. 도무지 어찌해야 할지 모르겠고 너무 창피해요. 제~발 이 오디션만 안 볼 수 있게 해주세요.' 아빠가 차분한 목소리로 대답하셨다. "네가 노래를 부른 다음에 집에 가자꾸나."

드디어 내 번호가 불렸다. "7번 참가자 나오세요." 나는 울면서 순서를 미뤄달라고 부탁했다. 꼬마 가수와 춤꾼들이 자신감 있는 얼굴로 정해진 오디션 시간에 착착 도착하는 와중에도 나는 가만히 앉아만 있었다. 마침내 모든 참가자들이 돌아간 다음 나는 피아노 앞으로 다가갔다. 누군가 어떤 키로 노래할 것인지 묻는 소리가 들렸다. 나는 "어떤 키라니요?"라고 물었다. "키가 뭐예요? 검은 건반을 말씀하시는 건가요?" 준비해온 노래를 부르는 내 목소리는 기어들어갔고 이 모두가 얼마나 큰 실수였는지 깨달았다. 나는 다시는 사람들 앞에 나서 노래 부르지 않겠노라고 맹세했다.

저명한 정신의학자 카를 융의 말대로 목소리는 "두려움의 울림"이다. 어린아이들은 쉽게 목소리를 잃어버린다. '입 다물어라', '말하기 전에는 손을 들어라' 같은 말에 짓눌리고 웃음거리가 되면서 결국 목소리를 잃고 침묵한다. 그러다가 마침내 사회라는 틀에 자신을 끼워맞추면서 우리는 더 이상 자신의 노래와 즐거움, 자신의 영역을 세상과 공유하지 않게 된다. 요컨대 우리는 시끄럽게 살기를 그만둔다.

내 큰 아들 체이스는 공군 조종사가 되고 싶어 했다. 그러나 대학에서 ROTC로 복무할 때 상관이 아들에게 말했다. "자네처럼 군인에 어울리지 않는 사람은 생전 처음이야. 복도에서 노래하고 휘파람을 부는 유치한 짓은 당장 그만두게." 지금 와서 이야기지만, 조종사를 포기하고 평화봉사단Peace Corps에 지원한 뒤 노래와 미소가 떠나지 않는 유쾌한 체이스가 자신에게 더 맞는 일을 찾아 얼마나 다행인지 모른다. 체이스는 현재 노래와 춤이 넘쳐나는 남아프리카에서 아이들을 가르친다.

자신이나 다른 사람의 섣부른 판단이 우리를 침묵하게 만들고 우리의 노래를 앗아가며 우리의 영혼을 속박한다.

생물학자이자 작가인 로렌 아이슬리Loren Eiseley는 자신이 '새의 판단'을 처음 목격할 때의 감동을 지금도 생생하게 떠올린다. 그는 하이킹을 하다가 땀을 식히려고 어떤 벌목지에서 잠시 쉬기로 했다.

그러다가 갑자기 새들의 시끄러운 비명소리에 정신이 번쩍 들었다. 고개를 들어 위를 쳐다보니 커다란 검은 까마귀가 작은 새끼 새를 잡아먹고 있었다. 그를 깨운 소리는 새끼를 잃게 된 부모 새가 내는 비명이었다. 두 마리 작은 부모 새는 주위를 빙빙 날아다니며 어떻게든 둥지와 새끼를 구하려고 애를 썼다. 하지만 까마귀는 눈도 꿈쩍하지 않았고 먹이 사냥에 집중했다. 아이슬리는 까마귀의 그런 행동을 두고 '삶의 한가운데서' 자신의 역할에 충실할 뿐이라고 말한다.

아이슬리는 어디선가 일단의 작은 새들이 갑자기 몰려드는 것을 보았다. 대여섯마리쯤 되는 그 새들은 무리를 지어 까마귀 위를 날며 새끼 새의 부모가 외치는 비명에 동참했다. 그 새들은 동변상련의 애석한 마음으로 울부짖고 덤벼들었다. 심지어 까마귀가 새끼 새의 시체를 입에 물고 날아가버릴 때는 마치 날갯짓으로 이 비극에 대항하는 것 같았다.

아이슬리는 자신이 그 순간에 '새의 판단'을 보았다고 생각한다. "그것은 죽음에 대항하는 삶의 판단이었다. 그처럼 강렬한 경험을 다시는 하지 못할 것이다. 그처럼 비참하게 울려대던 비명을 다시는 듣지 못할 것이다. 탄식과 침묵의 한가운데 있던 작은 새들은 폭력조차 잊어버렸다. 종달새 한 마리의 수정 같은 깨끗한 음조가 고요함 속에 마지못한 듯 그곳 벌목지에서 울려퍼졌다. 그리고 마침내 고통스런 날갯짓을 한 다음 다른 새가 노래를 이어받았고 또 다른 새가 이어받았다. 그렇게 노래는 새에서 새로 전달되었다. 처음에는 확실하지 않았지만 어쨌든 새들은 그런 식으로 어두운 기운을 서서히 잊어가는 것 같았다."

아이슬리는 이렇게 덧붙인다. "갑자기 결심이라도 한 듯 여러 새들이 동시에 즐겁게 노래를 불렀다. 새들은 삶이 달콤하고 햇살이 아름다워서 노래를 한다. 죽음이 아니라 삶의 노래꾼인 까닭에 새들은 까마귀의 음침한 그림자 아래서도 노래를 불렀다."

새들이 노래하는 것은 어떤 해답을 알아서가 아니다. 노래를 할 수 있어서 노래할 뿐이다. 다시 젊어지기 위해서는 비판과 평가, 불화와 장애를 극복해야 한다. 다시 말해 삶의 노래를 불러야 한다는 이야기다. 우리는 자신만의 가사를 쓰고 자신만의 음악을 창조해야 한다. 그리고 절정의 순간에 이를 때까지 최대한 목소리를 높여야 한다.

◎ 통통 튀는 호흡을 따르라

나는 꼬마였을 때 미치 밀러Mitch Miller가 진행하던 노래 따라부르기 프로그램을 즐겨 봤다. 미치는 합창단 앞에 서서 시청자들에게 "튀어오르는 공을 따라하세요."라고 말했다. 작고 하얀 공이 단어와 노래의 박자를 차례대로 짚어가며 가리키는 덕분에 시청자들은 노래를 쉽게 따라불렀다. 통통 튀어오르던 그 작은 공만 따라가면, 우리는 마치 그 노래를 잘 아는 듯이 그리고 마치 미치의 합창단원이라도 된 듯이 노래를 부르고 즐길 수 있었다. 자기 집 거실에서 다른 사람의 시선도 박자나 음정에도 신경쓸 필요 없이 우리는 마음껏 노래를 불렀다.

전문가들은 사람들이 '자기의 노래'를 부를 때 억압된 목소리가 해방된다고 입을 모은다. 이런 노래는 가사를 기억하거나 박자를 맞추거나 튀어오르는 공을 따라가거나 심지어 '좋은' 목소리를 가지는 것과는 전혀 상관없다. 유명한 목소리 전문가 수전 오즈번Susan Osborn은 "자신에게 충실하고 자기 삶의 노래를 부르는 것은 신성한 행위"라고 말한다. 이쯤에서 우리 안에 아직 살아 있는 노래를 부르는 데 도움이 되는 오즈번의 훈련법 하나를 소개하려 한다.

"마음을 한데 모아 편안한 자세로 서서 숨을 내쉬면서 소리를 내라. 그런 다음 그 소리가 흘러가는 대로 따라가라. 그리하면 인간의 정수를 놀라울 만큼 직접적으로 느끼고 들을 수 있다. 이때 생겨나는 모든 감정들이 노래에 더해지면서 이제는 온몸이 노래를 부르고 들을 것이다."

지금 당장 오즈번의 훈련법을 시도해보자. 심호흡을 한 다음 음을 내뱉는다. 우리 자신의 내면에서 숨 쉬고 있던 그 소리를.

노래로써 삶을 예찬하려면 자신의 목소리를 해방시켜야 한다. 호흡으로 시작해서 콧노래로 나아가자. 남편이 아흔일곱 살의 친할머니를 만나고 와서 내게 이런 말을 했다. 수중 에어로빅을 할 때도 점심을 준비할 때도 친구에게 전화를 걸 때도 브리지 게임을 할 때도 할머니는 늘 콧노래를 흥얼거리며 네오테니가 가득한 하루를 보내신다고. 물론 아침에 차를 만들 때도 콧노래는 빠지지 않는다. 시장에 가며 운전할 때는 더욱 흥겹게 콧노래를 흥얼거리신다. 남편은 말한다. "할머니 몸 안에는 언제나 노래가 있어."

물론 우리 모두 그렇게 할 수 있다.

◉ 음악에 흠뻑 취해라

"일주일에 한두 번 음악으로 목욕을 하라."고 작가이자 의사인 올리버 웬델 홈스가 말한다. "음악 목욕과 영혼의 관계는 물로 하는 목욕과 몸의 관계와 같다."

노래가 있는 곳에 음악이 있기 마련이다. 그리고 음악이 있는 곳에 마법도 있다. 나는 지방 공연을 다니느라 길에서 살다시피 하고 약물을 남용하는 록 스타들이 늙어가면서도 아주 건강해보이는 이유가 항상 궁금했다. 정답은? 그들의 혈관에 더욱 강력한 다른 약물이 흐르기 때문이다.

고대 그리스 사람들은 음악의 긍정적인 효과를 익히 알고 있었다. 철학자 데모크리토스Democritos는 다양한 질병에 플루트 음악을 처방한 것으로 유명하다. 의사 갈레노스^{Galenos}는 전갈과 독사에 물렸을 때 음악을 해독제로 사용할 수 있다고 생각했다. 16세기부터 18세기까지 음악은 통풍, 좌골 신경통, 간질, 경련, 정신착란 등은 물론이고 심지어 전염병까지 치료한다고 여겨졌다.

스페인의 필리프 5세와 잉글랜드의 조지 3세는 자신들의 심각한 우울증을 치료하는 데 음악을 활용했다. 심지어 1880년의 한 연구는 어떤 종류의 음악을 들려주는가에 따라 인간의 혈압과 맥박 수가 달라진다고 발표했다.

현대에 와서는 음악이 혈관 수축에 미치는 효과를 증명하는 연구가 있었다. 이는 손가락 온도로 확인할 수 있는데, 가령 프랑스 작곡가 클로드 드뷔시Claude Debussy의 곡을 들은 사람들은 손가락 온도가 따뜻해지는 경험을 했다. 이는 스트레스가 줄어들었다는 뜻이다. 이뿐만이 아니다. 병원과 요양원을 포함하여 다양한 노인 관련 시설에서 근무하는 사람들이 회원으로 가입한 미국 음악치료협회는 65세 이상 노인 대상의 의료보험 항목에 음악요법도 넣어줄 것을 정부에 요청했다.

바이올린 연주자 예후디 메뉴인Yehudi Menuhin의 말을 들어보자. "음악은 모든 인간에게 내재하는 것으로 생각할 수밖에 없다. 일종의 태생적 권리라는 이야기다. 음악은 정신과 몸, 영혼을 조화롭게 해준다. 이제까지 우울증에 걸린 합창단원은 단 한 명도 보지 못했다."

언젠가는 의사가 드뷔시나 비틀스의 음악을 처방하는 날이 올지도 모르겠다. 하지만 의사의 그런 처방을 기다릴 필요가 있을까?

음악가 파블로 카잘스의 이야기를 들어보자. "지난 80년 동안 나는 매일 아침을 똑같이 시작했다. 피아노 앞으로 가서 바흐의 전주곡과 푸가 두 곡을 연주하는 것이다. 그것은 기계적인 일상이 아니라 나의 일상생활에서 없어서는 안 되는 의식이다. 나는 일어나자마자 연주 말고 다른 일을 하는 것은 생각도 한 적이 없다. 그것은 우리 가족에게 축복을 내리는 의식이다. 하지만 그런 의미만 있는 것은 아니다. 세상을 재발견하는 의미도 있다. 나는 이 세상의 일부인 것이 기쁘다. 음악을 통해 나는 삶의 경이로움을 알 수 있고 인간으로 태어난 것이 얼마나 굉장한 기적인지 느낀다."

악기를 연주하는 사람은 많지 않을 것이다. 하지만 누구나 옛날 음반을 꺼내 자신의 젊은 시절을 일깨우는 음악을 들을 수 있다. 굳이 옛날 음악이 아니어도 동네 음반가게에 가서 요즘 유행하는 음악 가운데 골라도 좋다. 자녀와 손자, 친구와 친척들도 다 같이 들을 수 있는 음악으로 말이다. 또한 운전 중에 라디오를 들으며 노래를 따라부르는 것도 좋은 방법이다. 음악은 상상과 리듬의 언어다. 음악을 들으며 우리는 리듬의 바다에 온몸을 맡긴다.

◉ 누구나 춤을 출 수 있다

리듬은 자연에 스며 있고, 그러므로 인간에게도 스며 있다. 우리 몸의 리듬은 대지의 리듬이다. 낮과 밤, 달과 계절의 주기는 고대인의 정신세계에서 아주 중요한 역할을 했다. 에드워드 홀^{Edward Hall}은 《생명의 춤^{The Dance of Life}》에서 오늘날 리듬은 일상 경험에서 보이지 않지만, "우리의 일거수일투족을 통제하는 행동과 사고의 암묵적 규칙"을 이룬다고 주장한다.

하지만 우리는 이런 생명의 기본 리듬을 좇아가지 못할뿐더러 많은 경우 아예 외면하고 만다. 자연주의자 찰스 다윈^{Charles Darwin}은 이렇게 말한다. "삶을 다시 살 수 있다면 적어도 일주일에 한 번은 꼭 시를 읽고 음악을 들을 텐데. 그랬으면 지금은 퇴화된 뇌의 각 부분이 계속 활발하게 기능했을 텐데. 시와 음악의 취미를 잃은 것은 행복을 잃은 것이고, 우리 본성의 감정적인 측면을 허약하게 만들어 아마도 우리의 지성, 더 나아가 도덕성에까지 해를 입힐 것이다."

네오테니가 빠진 삶의 언어는 대개 우리를 허약하게 만드는 손실의 언어다. 희망도 가능성도 유머도 떠들썩한 소리도 점점 사그라진다. 반면 네오테니는 풍요의 언어다. 네오테니는 더 많은 낙천성과 경이로움, 웃음, 노래, 활동으로 우리를 이끈다.

코미디언 스티브 마틴은 가끔 특유의 스탠딩코미디를 한창 공연하다가 뭐에 씌기라도 한 듯 현란한 발동작을 선보이곤 했다. 이때

관객들이 터뜨리는 웃음에는 "나도 가끔은 저렇게 하고 싶다."는 공감과 이해의 뜻이 담긴다. 하지만 에드워드 홀이 말한 '암묵적 규칙'은 우리의 발을 못 움직이게 붙잡고 묶어두며 힘을 빼놓는다.

하지만 스티브 마틴이 춤추는 것을 보면서 우리도 용기를 얻었다. 그리하여 미국 방방곡곡의 휴게실과 복도에서 수많은 사람들이 행복한 발놀림에 흠뻑 빠져들었다. 마틴은 홀이 말한 그 암묵적 규칙을 깨뜨렸고 우리도 그렇게 했다. 언제나 자신만의 장단에 맞춰 행진하는 데 탁월한 재능이 있는 사람들이 있고, 우리는 그들에게서 배움을 얻는다. 미치 앨봄은 《모리와 함께한 화요일》에서 자신이 사랑하는 교수에 대해 이렇게 설명한다. "나의 스승인 모리 교수는 언제나 춤꾼이었다. 음악은 중요하지 않았다. 그는 로큰롤이든 빅 밴드 재즈든 블루스든 가리지 않고 춤을 추었다. 모든 음악을 사랑하는 그는 눈을 감은 채 더없이 행복한 미소를 지으며 자신만의 리듬을 타고 움직이기 시작했다. 그의 춤이 항상 보기 좋은 것만은 아니었다. 하지만 춤을 출 때 파트너 걱정은 없었다. 모리 교수는 혼자 춤을 추었다."

◉ 춤의 매력

대부분의 사람은 춤을 추지 않는다. 아니, 우리는 좀처럼 움직이지 않는다. 심지어 호흡조차 충분히 하지 않는다. 이제는 가만히 있지 못하고 계속 움직여야 했던 어린 시절의 열정을 되살릴 때다. 최우선 과제는 행동에 나서는 일이다. '일단 해보지 뭐.' 라는 마음으로는 안 된다. 우리는 이제 '반드시' 그렇게 해야 하는 삶의 단계에 와 있다. 계획을 세울 필요도 완벽해야 할 필요도 없지만 우리는 반드시 춤을 추어야 한다. 무용가이자 안무가였던 마사 그레이엄Martha Graham은 춤에 대해 이렇게 정리했다. "춤은 섹스보다 생명력이 길다. 또한 더 아름답고 더 우아하며 섹스와는 달리 나이가 들수록 더 재미있다."

천천히 춤추세요

회전목마 타는 아이들을 본 적 있나요?

땅에 빗방울 떨어지는 소리를 들은 적 있나요?

종잡을 수 없이 날아가는 나비를 따라가본 적 있나요?

아니면 땅거미가 질 무렵 태양을 바라본 적은요?

천천히, 천천히 하면 어떨까요.

그렇게 빠르게 춤추지 마세요.

시간이 얼마 없고

음악은 오래 계속되지 않아요.

(…)

어딘가 가기 위해 그렇게 빨리 뛰면

가는 길에 누릴 수 있는 기쁨을 반은 놓치죠.

걱정하고 서두르며 하루하루 살아가는 건

선물을 열어보지도 않고 버리는 거나 마찬가지죠.

삶은 경주가 아니잖아요.

천천히, 천천히 하세요.

음악을 들어요, 노래가 끝나기 전에.

데이비드 웨더퍼드

나는 매 학기 교사 과정 수업 마지막 시간에 특별한 손님들을 초빙한다. 그분들은 왕성한 활동과 평생에 걸친 배움 그리고 네오테니의 힘을 보여주는 살아 있는 역할모델이다.

내가 초빙한 사람들은 '폭시 필리스'라는 55세 이상의 여성들로 구성된 댄스팀이다. 이들은 번쩍이는 금속장식이 달린 의상을 입고 공연하는데, 멋진 탭댄스로 학생들의 마음을 사로잡는다. 이 여성들 가운데 상당수는 환갑을 훌쩍 넘겼고 은퇴하기 전까지 춤을 춰본 적도 없다. 그런데도 생기와 에너지가 넘치고 열정적이다. 언젠가 공연을 마친 다음 기립박수를 받으면서 대표가 나와 학생들에게 말했다. "춤은 좋은 운동이에요. 나는 언제나 춤을 추고 싶었고 지금이 아니면 할 수 없다는 걸 알았죠. 춤을 추면서 나는 다른 많은 노인들처럼 정체되지 않을 수 있었어요. 노인들은 으레 무릎이나 허리, 발목이 아프다면서 너무 오래 앉아 있고 아무것도 하지 않죠. 하지만 나는 그것을 극복했어요."

최근 텍사스 주 댈러스의 에어로빅연구센터에서 발표한 연구결과를 보면, 춤은 걷기와 수영, 사이클링 같은 활동보다 치매 예방에 더 효과적이라고 한다. 이유는 무엇일까? 연구자들은 리듬에 맞춰 발을 움직이는 것이 기계적인 단순 반복 운동보다 더 많은 집중력을 요구하기 때문이라고 말한다.

춤에는 전염성이 있다. 나는 학생들에게 노인센터를 찾아가 춤 공연을 하자고 제안했다. 우리는 휠체어 신세를 지는 노인들에게 손과 팔의 움직임을 이용해 마카레나 추는 법을 가르쳤다. 센터의 노인들이나 학생들 모두에게 아주 즐거운 경험이었다. 지금 그 노인센터는 매주 댄스 시간을 별도로 갖는다. 발로 춤출 수 없다면 팔을 움직이면 된다. 팔로 춤출 수 없다면 고개를 끄덕이고 윙크를 하며 심장에서 들려오는 강렬한 리듬에 귀를 기울이면 된다.

◉ 춤을 추면 삶이 달라진다

나도 여든 살 노인이 되리란 걸 안다.

그래서 나는 한 번에 두 걸음을 떼지 않는다.

그러고 싶은 마음이 아무리 굴뚝같아도 말이다.

오히려 예전보다 약간 더 신중하게 발걸음을 뗀다.

하지만 내 잘못은 아니다. 오히려 자연의 잘못이다.

마음으로는 나도 한 번에 두 걸음 반을 뗀다.

새미 칸(작사가)

한계를 정하는 것은 어디까지나 우리 자신의 마음이다. 네오테니는 자기 안의 어린아이가 선사한 재능을 통해 마음을 일깨우고 새롭게 가다듬는 연습이다. 물론 네오테니를 무시하고 네오테니의 초대를 거절하면서 가만히 멈춰 있어도 된다. 여러분은 죽는 것이 두려운 가, 아니면 사는 것이 두려운가?

세계적인 명성의 무용가이자 《춤 테라피Sweat Your Prayers》의 저자인 가브리엘 로스Gabrielle Roth는 춤이 "우리의 삶을 완전히 바꿀 수 있다" 고 말한다. "춤을 추면 먼저 에너지의 흐름이 원활해지고, 이어 자 신의 에너지를 말로 설명할 수 있게 된다. 가령 '나는 너무 둔해', '나는 신경이 너무 날카로워'라는 식으로 말이다. 이로써 내면의 세계를 누비는 동안 마주칠 어떤 것이라도 명확히 설명할 수 있는 언어를 얻는 셈이다. 그래야만 그것들을 온전히 경험한 다음 다시 놓아줄 수 있다. 대부분의 사람들은 춤을 통해 더욱 깊은 감정에 도 달하고 그런 감정을 표현하는 방법을 알게 된다."

배우자나 친구들과 춤을 추러 가자. 춤을 정식으로 배워보자. 춤 을 소재로 하는 영화도 빌려보자. 프레드 애스테어Fred Astaire가 출연한 뮤지컬 영화도 괜찮고 발레나 플라멩코 혹은 볼룸댄스를 소재로 한 영화도 좋다. 남아프리카공화국의 인권운동가 넬슨 만델라^{Nelson} Mandela를 포함하여 많은 사람들이 인종차별정책에 반기를 들었다가 수십 년 동안 감옥살이를 했다. 그들이 수감된 감옥에는 간이침대도 가구도 없고 창문과 문에는 죄다 창살이 달려 있었다. 게다가 구타나 죽음의 위협도 끊이질 않았다. 죄수들은 그런 환경을 어떻게 견뎠을까? 만델라는 "시간을 보내려고 우리는 서로 볼룸댄스를 가르쳤다."고 말한다.

머릿속에서건 가슴속에서건, 아니면 댄스 플로어에서건 거실 카펫 위에서건 이제는 스스로를 가둔 비좁고 갑갑한 감옥에서 탈출하여 "당신의 마음을 움직인 그 무엇과 함께 춤을 출" 시간이다.

노래, 춤, 찬송가, 박수, 리듬, 시. 루이 암스트롱 Louis Armstrong 은 "우리가 연주하는 진짜 악기는 삶이다."라고 말했다. 인생 후반기에 네오테니의 잠재력을 완전하게 실현하려면 우리의 정신이 노래하고 몸이 저절로 춤추게 할 방법을 찾아야 한다.

아홉 살 무렵 나는 몹시 춤을 배우고 싶었다. 그러자 부모님은 춤을 배울 방법을 알아서 찾아보라고 했다. 나는 방과 후 자전거를 타고 집으로 오다가 '제리 존슨 댄스학원' 앞을 지나칠 때면 간절한 눈빛으로 쳐다보곤 했다. 그 학원은 쇼핑가에 있었는데, 옆 건물에 미용실이 하나 있었다. 나는 마침내 용기를 내 미용실 원장을 찾아가 일당 10센트를 주면 미용실 바닥에 떨어진 머리카락을 말끔히 청소해주겠다고 제안했다. 그 돈을 모아 한 달 댄스 강습료를 마련해볼 요량이었다. 하지만 내게 일자리를 주는 사람은 없었고 당연히 탭댄스용 구두조차 살 수 없었다.

그 일로 꿈을 접어서는 안 되었지만 결과적으로는 그렇게 되고 말았다. 열정만 있었지 정식으로 춤을 배우지 못한 약점을 만회하려고 나는 학창 시절엔 치어리더를 했고 성인이 되어선 에어로빅 강사가 되었다. 에어로빅은 요즘도 계속 가르친다.

지금부터 인생 후반기에 들어선 여러분을 춤의 세계로 이끌어줄 다섯 가지 지침을 소개하려 한다.

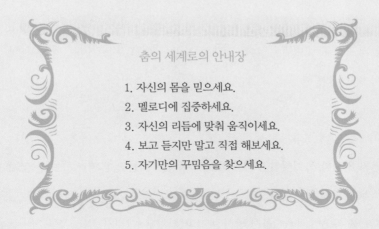

춤의 세계로의 안내장

1. 자신의 몸을 믿으세요.
2. 멜로디에 집중하세요.
3. 자신의 리듬에 맞춰 움직이세요.
4. 보고 듣지만 말고 직접 해보세요.
5. 자기만의 꾸밈음을 찾으세요.

1. 자신의 몸을 믿으세요

인간 진화의 선물인 네오테니는 우리 몸에 이미 깃들어 있다. 하지만 대부분의 사람들은 정신과 육체가 어떻게 연결되어 있는지 전혀 느끼지 못한다. 대학에서 춤을 가르치는 안드레아 올슨 Andrea Olson 은 말한다. "사람들은 몸을 통제하고 약을 먹고 운동을 하지 않으면, 즉 관리하지 않으면 몸이 완전히 망가진다고 생각한다. 하지만 실제로는 정반대다. 안전과 정서적 일체감이라는 신경계의 기본 욕구를 충족시키면서 자신의 몸을 믿을수록, 의식적인 사고 과정을 거쳐 행동할 필요는 줄어든다. 그렇게 되면 우리는 기쁨과 만족감, 편안함을 느끼면서 지금 이 순간에 몰두할 수 있다."

언젠가 내 에어로빅 수업에 친구 신디를 데려온 적이 있다. 나는 그녀에 비해 다른 수강생들의 동작이 너무 빠르고 그녀가 박자를 못 따라오는 것 같아서 걱정이 되었다. 그래서 자꾸 그녀에게 가서 격려하고 응원했다. 하지만 신디는 이렇게 말했다. "잘 봐, 이 주름살들이 뭘 뜻하는지 알아? 내가 지금까지 얼마나 나태하게 살아왔는지 눈에 보이지 않니? 내 몸 상태에 맞게 추도록 내버려둬. 너는 너대로, 나는 나대로 추는 거야." 더 무슨 말이 필요하랴.

2. 멜로디에 집중하세요

먼저 자신의 목소리에 주의를 기울이자. 목소리는 영혼의 거울이다. 앞서 소개한 수전 오즈번의 목소리 훈련법으로 시작해보자. 환성을 지르고 심호흡을 하면서 목소리를 해방시킬 기회를 찾아야 한다.

> 말로 하기에 너무 바보 같은 것이라도 노래로는 괜찮다.
>
> 볼테르(철학자)

예전에 두 아들과 나는 가끔 점심 때 나름의 오페라를 연출했다. 우리는 점심으로 먹고 싶은 것들을 목청껏 노래로 불렀다. "땅콩버터, 땅콩버터, 땅콩버터!" 유치하고 바보 같았지만 '재미'는 있었다. "너를 사랑해." 혹은 "당신이 우편물 챙겼어요?" 같은 말을 노래로 불러보고 어떤 일이 벌어지는지 직접 확인하기 바란다.

새들도 벌들도 심지어 벼룩들도 노래한다. 그런데 우리가 못할까? 매일 하는 일과에서 박자와 진동을 찾아보자. 콧노래를 부르고 명상도 하자. 아주 오랫동안 여러분이 알아주기만을 기다리는, 아름답고 변치 않는 멜로디에 관심을 갖기 바란다. 머지않아 여러분은 그 멜로디와 하나가 될 것이다.

3. 자신의 리듬에 맞춰 움직이세요

언젠가 환경철학자 토머스 베리^{Thomas Berry}는, 인간의 감각은 '발의 속도'에 맞춰 발달한다고 말했다. 되도록 자동차를 피하고 어지간한 거리는 '걸어' 다니자. 걷고 춤추고 움직이자. 다른 사람보다 좀 느리면 어떤가. 우리는 리듬감을 타고났다. 책상 위에서 손가락을 튕기거나 연필로 책을 두드리는 모습을 보면 알 수 있다. 심지어 빨래를 개는 방식에서도 리듬감이 살아 있다. 달리기를 좋아하는 사람도 있고 스케이트나 수영을 좋아하는 사람도 있다. 우리의 몸은 이미 어떻게 움직이고 싶어 하는지 그리고 반드시 움직여야 한다는 사실을 잘 안다. 그러니 자신만의 속도와 내면의 리듬을 존중하라. 우리에게는 가야할 곳과 만나야 할 사람이 있기 때문이다.

4. 보고 듣지만 말고 직접 해보세요

음악을 듣지만 말고 직접 연주하면 어떨까. 어릴 적 나는 노래와 춤 외에도 악기를 배우고 싶었다. 이 역시 결말은 마찬가지였다. 10대 중반 재능을 썩히고만 있다는 내 푸념에 질리셨는지 부모님은 그해 생일날 탬버린을 선물해주셨다. 그렇다고 비웃지는 말기 바란다. 나름대로 탬버린은 장난감 피리에서 한 차원 나아진 악기였고 더욱이 내 간절한 소원의 가시적인 결과물 아닌가. 나는 탬버린을 애지중지했다. 여러분도 북이나 하모니카를 장만하기 바란다. 숟가락 연주도 괜찮다. 장난감 가게에 가면 '가족 밴드'를 구성할 만한 훌륭한 소품이 많이 있다. 그런 소박한 악기라도 들고 과감히 동네에서 퍼레이드를 해보자. 무엇이건 자신이 직접 해보는 것이 가장 중요하다.

5. 자기만의 꾸밈음을 찾으세요

음악에는 꾸밈음(장식음)이 있다. 곡에 변화와 재미를 주기 위해 여분으로 곁들이는 음이다. 삶에서 꾸밈음은 소소한 감동과 같다. "삶이란 무엇일까? 깊은 밤 반딧불이의 반짝임이다. 겨울철 들소의 호흡이다. 들판을 내달리다 햇볕 속에서 자취를 감추는 작은 그림자다." 블랙푸트 인디언의 전사 크로푸트^{Crowfoot}가 마지막으로 남긴 이 말은 그의 꾸밈음을 잘 말해준다. 때로는 다정한 제스처나 귀에 익은 자장가가 자신의 꾸밈음일 수 있다. 아니면 실을 가지고 장난치는 새끼 고양이나 'ABC 송'을 부르는 아이들을 보는 것일 수도 있다.

◉ 제2의 삶을 꽃피운 냇 킹 콜

한 남자가 술집에서 피아노를 연주했다. 훌륭한 재즈 피아니스트였다. 많은 사람들이 그의 연주를 듣기 위해 그곳을 찾았다. 하지만 어느 날 한 손님이 피아니스트에게 더는 그의 연주를 듣고 싶지 않다고 말했다. 그러고는 그의 노래를 듣고 싶다고 고집을 피웠다.

피아니스트는 말했다. "저는 노래 부르는 사람이 아닙니다."

하지만 그 손님은 아주 끈질겼고 급기야 바텐더에게 말했다. "나는 이제 피아노 연주를 듣는 데 질렸소. 저 사람이 노래를 했으면 좋겠어."

그러자 바텐더는 술집이 쩌렁쩌렁 울리게 큰 소리로 말했다. "어이, 친구! 돈을 받고 싶으면 노래를 해. 손님들이 자네 노래를 듣고 싶어 하시잖아."

결국 피아니스트는 생전 처음 청중 앞에서 노래를 불렀다. 그가 바로 나중에 가수로서 대성공을 거두는 냇 킹 콜 Nat King Cole 이다.

유명한 연설가 레스 브라운 Les Brown 은 콜에 대해 "자신도 모르게 억누르고 있던 재능이 있었다."고 말한다. 콜은 남은 인생을 이름 없는 술집에서 이름 없는 피아니스트로 살 수도 있었다. 하지만 우연한 기회에 노래를 부르게 되면서 세계적인 명성의 가수가 되었다.

누구에게나 재주와 능력이 있다. 대단한 재능은 없다고 여길지도 모르지만 적어도 자신이 생각하는 것보다는 나을 것이다. 게다가 자신이 지닌 재능을 억누른다면 아무런 재능을 가지지 못한 것이나 마찬가지다. 중요한 것은 "내게 어떤 유익한 재능이 있을까?"가 아니라 "내가 가진 재능을 어떻게 사용할까?"라는 물음이다.

애머스트 대학 음악학 대학원생들이 어느 날 운동장에서 아주 흥미로운 실험을 했다. 대학원생들은 아이들이 노는 모습을 촬영하되 소리는 녹음하지 않았다. 그런 다음 촬영한 영상에다 미리 녹음해 둔 음악을 입혔다. 결과는? 아이들의 움직임은 음악과 아주 잘 들어맞았다. 아이들은 자신들의 마음속에 잠재된 리듬에 맞춰 춤을 추는 듯 보였다.

5장에서 이야기한 기쁨과 유머, 음악을 통해 우리는 삶의 언어와 관련하여 중요한 교훈을 얻었다. 이런 네오테니 특징들은 우리 내면에 있는 리듬을 해방시키고 마음속의 음악을 되찾아준다. 더불어 우리의 최종 목적지, 젊게 나이 드는 길로 이끄는 악보이기도 하다.

제6장

다시 젊게 살기 시작하라

진짜 과제는 단순히 살아남는 것이 아니다.

그 정도라면 누구라도 할 수 있다.

문제는 나약해지지 않고 온전한 자기 자신으로 살아남는 일이다.

엘리아 카잔(영화감독)

자신이 바라는 나이든 모습을 상상해보자. 애정이 많고 자신감에 넘치며, 높은 자긍심과 융통성을 지닌 사람, 또한 건강하고 정신·신체·영혼이 모두 만족스러운 그런 사람의 모습인가?

생각을 하고 뇌를 책임지는 것은 우리 마음이다. 뇌는 다시 신경을 다스린다. 따라서 마음이 뇌에게 늙어간다고 말한다면, 다시 말해 자신이 늙어간다고 생각한다면 뇌는 '늙어가는 과정'을 신경에 전달한다.

불행히도 많은 사람들이 자신을 늙었다고 생각함으로써 실제보다 더 빨리 늙어간다. "어영부영하다가 마흔 살─아니면 쉰이나 예

순 혹은 일흔 살–이 되면 몸이 완전히 망가질 텐데. 관절염이 생기
거나 자궁적출 수술을 받거나 위장병에 시달리겠지. '아무개'도 그
랬다지." 사람들은 자신들의 생각이 논리적이라고 믿는다. 말하자
면 마흔, 쉰, 예순, 일흔 살이 되면 그 모든 일이 자신에게 생긴다고
확신한다. 그렇게 노화의 결과를 미리 짐작해서는 스스로 그 진행
에 가속도를 붙인다. 결국 지레짐작한 노화의 악몽은 현실이 된다.
이런 악순환을 멈추게 할 사람은 자기 자신뿐이다.

　나이 먹는 것과 성장하는 것 사이에는 엄청난 차이가 있다. 무슨
일을 하든 그저 한 해를 더 사는 것으로 끝나면 나이만 한 살 더 먹
을 뿐이다. 무언가를 배우거나 개선하거나 세상에 기여하거나 사랑
을 하지 않는다면 진짜로 사는 것이 아니다.

　젊게 나이 드는 비결은 무엇보다 살아 있는 동안 삶의 가능성을
최대한 누리라는 것이다. 단순히 연명하는 데 급급하지 말고 인생
의 꽃을 피워야 한다.

　이 장에서는 삶에 활력을 주는 네오테니 특징들을 살펴본다. 일
과 놀이와 학습이 그것이다. 일과 놀이와 학습은 우리에게 새로운
에너지를 불어넣어 남은 인생을 의미 있고 소중하게 보내게 해준
다.《감정 에너지 요인The Emotional Energy Factor》의 저자 미라 커센바움Mira
Kirshenbaum은 "나이 들수록 줄어드는 신체 에너지와 달리 감정 에너지
는 무엇이 자신에게 가장 도움이 되는지 알면 알수록 늘어난다."고
말한다. "매일 더 많은 에너지를 얻는다고 상상해보라." 우리가 스

스로 약해져서는 안 된다. 길게 남은 인생에서 스스로 에너지를 끌어내 자신의 운명을 개척할 힘이 우리에게는 있다.

음악가는 음악을 만들고 화가는 그림을 그리며 시인은 시를 써야 한다.
궁극적으로 자신과 평화롭게 지내려면 말이다.

에이브러햄 매슬로(심리학자)

◉ 매슬로의 욕구계층이론

심리학자 에이브러햄 매슬로는 '욕구계층이론' 으로 유명한 인물이다. 이 피라미드형 계층이론의 기본 전제는 안전의 욕구 이전에 먹

을 것과 잠잘 곳에 대한 욕구부터 채워야 한다는 것이다. 또한 자기 존중에 앞서 다른 사람에게 사랑받고 인정받고자 하는 욕구를 채워야 한다. 매슬로의 피라미드는 이렇게 한 단계씩 올라간다.

현실에서 매슬로의 계층이론은 삶의 주기와 완벽히 일치한다. 갓난아기의 욕구는 거의 생리적 욕구에 머문다. 아기는 자라면서 안전과 사랑의 욕구가 생긴다. 서너 살 무렵이 되면 사회적 관계맺음을 열망한다. 또한 십대들은 사회적 욕구에 목마른 반면 젊은 성인은 자기존중에 관심을 가진다. 인생 후반에 접어든 사람들은 운이 좋다면 이런 네 단계를 뛰어넘어 자기실현에 시간을 투자할 여력이 생긴다. 매슬로는 자기실현을 최고의 욕구로 보았다. 그 아래 네 단계가 다 채워져야 성취할 수 있는 욕구라는 것이다. 노년이 되면 '자신'을 잘 알게 되어 하고 싶은 일을 할 여유가 생기며, 다른 사람의 생각에 크게 신경쓰지 않는다. 이것은 노년이 누리는 혜택이자 선물이다.

나는 어려서부터 성취욕이 대단했다. 무조건 이겨야 직성이 풀렸다. 그러면서 다른 사람들이 나를 어떻게 생각하는지 걱정하는 데 너무 많은 시간을 허비했다. 하지만 요즘 들어 점점 더 느긋해지고 남과 경쟁하려는 마음도 줄었다. 나를 좋아하지 않는 사람이 옆에 있다면 솔직히 마음이 편치 않고 신경이 쓰이지만 그래도 조금씩 나아지고 있다. 이제는 시간을 현명하게 쓰고 내게 기쁨을 주는 것들로 주변을 채우며, 헐렁한 옷처럼 세상을 여유롭게 살고픈 충동이 더 커졌다. 매슬로의 계층이론에서 꼭대기에 있는 이 단계에 이르는 데 반백년이 걸렸으니 다음 반백년은 오로지 내 인생을 즐기는 데 쓸 것이다.

때로는 자신의 도덕성에도 반기를 들어야 한다. 그래야 그런 사고의 전환을 즐기고 자기실현을 이룰 수 있다. 온전한 자기 자신으로 돌아오면 다시 젊어지면서 그때부터 재미있는 인생이 시작된다. 작가 조르주 상드George Sand는 말했다. "내 젊음을 묻은 날 나는 스무 살 젊어졌다."

◉ 나이 들면 자유를 얻는다

아무리 길고 복잡해도 모든 삶은 한 순간으로 이루어진다.
자신이 누군지 확실하게 깨닫는 순간 말이다.

호르헤 루이스 보르헤스(아르헨티나의 시인 · 소설가)

자기실현보다 중요한 일은 없는데도 어떤 이들은 잘못된 선택을 계속한다. 인생 후반기에 자신의 삶에 무관심하다면 슬픈 일일 뿐 아니라 무언가 잘못된 것이다. 다음 질문들에 대한 답을 '두 번째 젊음의 노트'에 기록하자.

- 서커스단에 숨어 도망을 다니거나 확 트인 고속도로를 달리는 상상을 한 적이 있는가?
- 그런 경험이 자신에게 어떤 의미가 있다고 생각하는가?
- 차를 타고 탈주한다면 무엇을 가져가고 무엇을 남겨두겠는가?
- 새로운 곳으로 이사를 간다면 어떤 변화가 생길까?
- 최근에 자신이 천진난만한 아이 같다고 느낀 것은 언제 어디에서였는가?
- 자신의 삶이 흥미진진한 모험으로 여겨지려면 어떤 변화가 필요할까?
- 위의 질문들에 답하면서 자신의 답에 스스로 놀란 것이 있는가?
- 위의 질문들에 답하면서 현재 자신의 삶에 무언가 변화가 필요하다고 느끼지는 않는가?

젊은 사람들은 노인들만큼 자유를 누리지 못한다. 그들은 경력을 쌓고 가족을 부양하며 대출금도 갚아야 한다. 젊은 사람들은 노인들이 과거에 겪은 그런 일들에 발목이 잡혀 있다. 여러분은 나이 들면서 생긴 이런 자유를 즐기고 있는가? 아니면 아직도 어제의 자신 안에 갇혀 있는가?

새로 찾은 자유는 기분을 들뜨게 한다. 우리 앞에는 또다시 수많은 선택의 갈림길이 놓인다. 아주 어린 시절 그랬던 것처럼.

⊚ 선택의 문은 아직 열려 있다

네오테니를 삶의 철학으로 받아들이지 않으면 나이 든다는 것이 두려울 수 있다. 늙으면 아무것도 할 수 없다고 여기기 때문이다. 다음에 대해 생각해보자.

- 나이 때문에 자신의 충동을 억누르는 일이 많은가?
- 삶의 주도권을 얼마나 빼앗기고 있다고 생각하는가?
- 다른 사람들의 기대 때문에 하고 싶은 일을 못하는 경우가 많은가?

과거에도 그렇고 지금도 우리 안에는 특별한 존재가 살고 있다. 우리에게 주어진 시간은 그리 많지 않다. 그러니 우리 안의 어린아이를 되살리고 기쁨을 되찾아야 한다. 선택의 문은 언제나 우리에게 열려 있고 아직 할 일도 많다.

노인이라면 누구나 삶의 위대한 비밀을 안다.
일흔 아니 팔십이 되어도 자신은 전혀 변하지 않는다는 사실 말이다.
몸은 달라져도 자신은 조금도 변하지 않는다.
물론 그런 데서 엄청난 혼란이 생긴다.

도리스 레싱(영국의 작가, 노벨문학상 수상자)

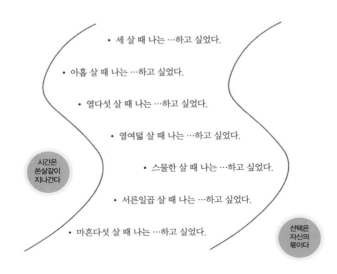

- 세 살 때 나는 …하고 싶었다.
- 아홉 살 때 나는 …하고 싶었다.
- 열다섯 살 때 나는 …하고 싶었다.
- 열여덟 살 때 나는 …하고 싶었다.
- 스물한 살 때 나는 …하고 싶었다.
- 서른일곱 살 때 나는 …하고 싶었다.
- 마흔다섯 살 때 나는 …하고 싶었다.

시간은 쏜살같이 지나간다

선택은 자신의 몫이다

삶의 가능성을 모두 실현하고 살려면 아무 한평생으로도 모자랄 것이다. 시간은 흘러갈 뿐이지 끝나는 것이 아니다. 과거에 파묻혀 살지 말자. 지금 이 순간이 가능성을 최대한 발휘할 기회다.

자신의 삶에서 과거에 이루고 싶던 일들을 떠올려 위의 빈칸을 채워보자. 그리고 '두 번째 젊음의 노트'에 적는다. 또한 지금 자신이 하고 싶은 일도 적는다.

길가에 세워진 도로표지판을 주의 깊게 바라보라. 프랑스의 신학자 베르나르 클레르보Bernard Clairvaux는 "어떻게 살아야 하는지 아는 것이 별것 아니라고 생각하는가?"라고 물었다. 우리는 운전석에 앉아 긴 여정을 달려왔지만 아직 여행의 절정에는 이르지 못했다. 해야 할 일은 아직도 많다.

일

일을 하면서 지루해하지 않는 사람은 결코 늙지 않는다.

일과 세상에 대한 관심만큼 나이를 이기는 치료약도 없다.

나는 매일 새로 태어난다. 나는 매일 새로 시작해야 한다.

파블로 카잘스(첼리스트, 지휘자)

앞으로 사흘 뒤면 내가 천직으로 여겨온 일을 더는 할 수 없게 된다. 나는 25년 전 대학원에 입학하고 그로부터 7년 동안 가족을 부양하면서 석사 및 박사 학위를 취득했다. 그로부터 무려 20년 동안 여러 대학에서 1만 명이 넘는 학생들을 가르쳤고 그렇게 살아온 세월을 영예롭게 생각한다.

　내가 학생들 가르치는 일에서 일찍 은퇴하는 까닭은 인생상담가 일에 더 매진하기 위해서다. 그렇지만 한때는 은퇴라고 하면 모든 것이 끝나고 권태만 남는 느낌이어서 생각조차 하기 싫었다. 내가 은퇴한다고 하자 친한 친구가 이런 이메일을 보내왔다. "너는 은퇴자라고 부르기엔 너무 젊고 활기차고 할 일도 많아. 너에겐 '은퇴자' 말고 좀더 어울리는 다른 단어를 찾아봐야 할 거야." 이런 친구를 어찌 사랑하지 않을 수 있겠는가.

　보수를 받건 무료봉사를 하건 일은 사회 속에서 개인이 자기 정체성을 갖는 데 기본 조건이다. 프로이트는 행복하고 조화로운 인간성을 지니려면 일과 사랑이 필수적이라고 보았다. 최근 텍사스대학 건강과학센터의 연구에 따르면, 자신에게 뜻 깊은 일을 하는 것은 행복은 말할 것도 없고 장수에도 크게 영향을 미친다고 한다. 그런데 일을 하는 것이 어린아이 같은 성질, 즉 네오테니 특징과는 어떤 관련이 있을까?

◉ 일하고 싶은 욕구는 사람의 본능이다

나는 일을 좋아하지 않는다. 사실 일을 좋아하는 사람은 없다.
하지만 내가 진짜 좋아하는 것은 일 속에 있다.
어느 누구도 아닌 바로 자기 자신을 찾을 수 있는 기회 말이다.

조지프 콘래드(작가)

우리는 태어날 때부터 아주 수고로운 일에 말려든다. 한 사람의 인간이 되는 일은 많은 노력이 필요하고 끝도 없다. 흔히 인간은 태어나서 처음 5년 동안 가장 열심히 활동한다고 한다. 숨 쉬고 울고 걷고 말하고 먹고 흘리고 넘어지고 끊임없이 배워야 하니까. 쓸모 있는 사람으로 살아남기가 쉬운 일은 아니다.

어린아이들은 일하는 걸 아주 좋아한다. 내 아이들이 어렸을 때 엄마와 같이 '일' 하겠다고 떼쓰는 바람에 나는 잔디 깎는 기계며 작업대, 빗자루, 사다리 같은 플라스틱 장난감을 사주어야 했다. 아이들은 일에서 즐거움을 찾는다. 말하자면 그런 일을 재미있어 한다. 그러다가 세월이 흘러 장난감은 진짜 잔디 깎는 기계와 망치로 바뀐다.

방식은 다를지언정 우리 모두는 일을 하기 위한 훈련을 받고 그 일의 성격에 적응해야 한다. 그렇다면 일이 네오테니 특징에 포함되는 이유는 무엇일까? 일상적인 일을 통해 우리의 네오테니 특징이 잘 훈련되고 발달하기 때문이다.

일이란 의도적으로 어떤 결과를 만들어내는 활동이다. 일에 최선을 다하려면 많은 노력이 필요하기에 부담스럽고 지루할 수도 있다. 하지만 일이 없는 삶은 공허하고 침울할 뿐이다.

노인들 가운데는 아무 일도 하지 않은 채 고집스럽고 자만심 강한 '나' 의 좁은 울타리에 갇혀 사는 사람이 많다. 그런 노인들은 과거를 되새김질하고 현재에 대해 불평하며 미래를 두려워한다. 자신에 관한 사소한 문제에 집착하는 그들은 무언가 건설적인 일에 나설 것 같지가 않다. 말하자면 자신의 건강과 지식, 여가시간을 더 큰 목적을 위해 쓰지 못한다. 이런 태도야말로 노쇠해지는 지름길이다. 노련한 코미디언 조지 번스George Burns 는 "침대에서 돈을 버는 게 아닌 한 거기에서 뭉개고 있지 마라."고 경고한다.

일은 생활의 소소한 걱정거리와 문제들을 날려버린다. 바쁜 사람은 걱정하거나 고민할 틈도 없다. 일을 하면 보상이 돌아온다. 일을 잘 해냈을 때의 보상은 금시계나 수표가 아니다. 그 일을 했다는 사실 자체가 보상이다. 장난감 기계로 잔디 깎는 일을 마친 아이에게서 우리는 그런 보상을 확인할 수 있다. 육체노동을 하고 난 뒤 눈썹에 맺힌 땀방울에서도 그것을 느낄 수 있다.

◎ 아직 꿈도 많고 할 일도 많다

대부분의 사람이 은퇴를 두려워하는 까닭은 이제 자신의 존재를 어떻게 규정해야 할지 모르기 때문이다. 더 이상 교수가 아니라면 나는 뭘까? 더 이상 일을 해서 돈을 벌지 못해도 독립심을 가질 수 있을까? 은퇴하고 나서 오래지 않아 세상을 뜨는 이들이 많은 이유는 무엇일까?

일에 대한 태도는 자기 정체성뿐만 아니라 자신의 완전한 잠재력을 깨닫는 여행에도 영향을 미친다. 상실에 대한 두려움을 안은 채 미래를 생각한다면 자기에게 맞는 새로운 일이나 정체성을 찾지 못하고 두려움만 키운다. 그러다 결국 은퇴는 악몽이 된다.

이 책에서 내내 강조했듯이, 나이가 우리에게 주는 참된 선물인 충만한 삶을 살려면 네오테니라는 도구를 통해 자신이 되고자 하는 그런 사람이 되어야 한다. 그리고 그러기 위해서는 반드시 일이 필요하다.

아직 일을 하건 은퇴를 했건, 젊게 나이 든다는 것은 자신의 미래를 창의적인 과정으로 전환한다는 뜻이다. 만약 계속해서 하릴없이 시간을 보내거나 시계만 쳐다보다가 휘슬이 울리기만 기다린다면 우리는 인생 최고의 시간을 그냥 흘러보내는 셈이다. 이제는 본업으로든 부업으로든 자신이 잘할 수 있고 즐길 수 있는 일을 할 준비를 해야 한다.

예전에 아무리 좋은 직업을 가졌다 해도 은퇴하고 나면 아무 소용없다. 앞으로 도전하여 탐구할 새로운 비즈니스, 새로운 세상이 중요하다. 다섯 자녀를 둔 쉰세 살의 어떤 여성은 막내가 대학에 입학하자 생애 처음으로 위탁판매 사업을 시작했다. 사업은 나날이 번창했고 그녀는 두 번이나 사무실을 넓혀 이사했다. 또 어떤 노인은 예순여덟 살 때 전 세계를 여행하고 자전거를 타며 등산을 하기 시작했다. 이제 그는 지역의 초등학교를 돌아다니며 학생들에게 자신의 모험담을 들려준다. 노벨평화상을 수상한 화학자 라이너스 폴링Linus Pauling은 여든아홉 살 때 인터뷰에서 이렇게 말했다. "나는 가만히 앉아 '이제 뭘 하지?'라고 고민한 적이 없다. 그저 하고 싶은 생각이 드는 일만 해왔을 따름이다."

오늘날 표준 은퇴 연령은 예순다섯 살이지만, 대개의 사람들은 그 뒤로도 긴 세월을 살아간다. 반면 중세시대에는 서른다섯 살만 넘어도 고령자였다. 인류 역사의 99.999퍼센트 동안 인간의 평균수명은 열여덟에서 스무 살 사이였다. 많은 조사결과를 보면, 20세기 중반 이후에 태어난 사람들은 20세기 초에 태어난 사람들보다 무려 30년은 더 살 것이다. 여러분은 덤으로 얻은 그 시간에 무엇을 하겠는가?

네오테니는 두려움을 모르던 어릴 적 자아에 귀를 기울이라고 말한다. 그때는 우리 모두 맘껏 뛰어다니고 몸과 마음이 원하는 대로 하도록 내버려두었다. 우리는 재미있고 호기심이 많았으며 기운이 넘쳤다. 또한 돈도 필요 없었고 고통이나 아픔을 참을 일도 많지 않았다. 이제는 그런 마음을 되살리고 그때의 창의성을 중심에 두어 새로운 일을 시작할 때다. 그러면 근로 연령에 대한 부담은 사라지거나 적어도 줄어들 수 있다. 우리는 내일에 대한 희망을 새롭게 하고 자신이 중요한 사람이라는 믿음을 되찾을 수 있다.

◎ 인생 후반기야말로 명작이 탄생할 시기

나는 마음의 빛을 따라 내 방식대로 일할 것이다.

리디아 마리아 차일드(노예제도 폐지운동에 앞장선 19세기 작가)

자신의 경험을 되팔 수 있다면 노인들은 아주 마음 편하게 은퇴할 것이다. 인생상담가로 일하면서 나는 사람들이 자신의 성취에 대해 얼마나 인색한지 알게 되었다. 내 여동생의 남편은 아주 형편없는데다가 아내를 속이고 바람까지 피웠다. 동생은 졸지에 상처받고 집도 빼앗긴 채 홀로 세 아들을 키우는 '싱글맘' 신세가 되었다. 하지만 동생은 자신의 소질을 발견하고는 마침내 세계적인 첨단기술기업의 행사 담당 코디네이터로 일한다. 그런데도 얼마 전 전화통화에서 동생은 자신의 삶에는 내세울 만한 것이 하나도 없다고 하소연했다. 나는 명백한 사실을 일깨워줬다. 세 아이에게 안락한 보금자리를 제공하고 대학교육까지 시킨 일이며, 다른 사람들을 깊이 사랑할 줄 알고 죽을병에 걸린 친구들을 돌본 일 등등. 그런데 동생이 뭐라 대답했는지 아는가? "그런 거는 중요하지 않아."

'모든 것'이 다 의미가 있다. 평생 자신이 할 일 가운데 매일 한 사람을 행복하게 해주는 일도 넣는다면 작은 몸짓 하나나 친절한 말 한 마디 혹은 다정한 손길만으로도 여러분은 수천수만 명의 사람들을 행복하게 해줄 수 있다. 자신만을 위해 한 일은 우리가 죽으면 그것으로 끝이지만, 다른 사람과 세상을 위해 한 일은 없어지지 않고 쌓인다. 정말이다. 그렇게 생각한다면 우리는 그저 젊게 늙는 것에 그치지 않고 영원불멸의 존재가 된다.

지금까지 살아온 인생을 한번 돌아보자. 자신이 한 일 가운데 세상에 가장 기여한 순으로 목록을 만들어보자. 그 다음엔 자신의 성취와 활동을 중요 순서대로 기록한다. 또한 과거에 해온 그런 일들이 인생 후반기에 새로운 일을 시작할 때 어떤 도움이 될지 써보자. 이 모두를 '두 번째 젊음의 노트'에 기록한다.

이제는 현재의 '나'와 과거의 '나'에 대해 정리해보고 자신이 꿈꾸는 미래의 '나'와 비교하자. 나는 어떤 사람일까? 나는 어떤 사람이었을까? 나는 어떤 사람이 될까?

계속해서 다음 질문에 대한 답을 생각해보자.

- 지금 다른 사람들은 나에 대해 어떻게 표현할까?
- 그 가운데 더 이상 내게 어울리지 않는 표현은 무엇일까?
- 인생 후반기에는 다른 사람들이 자신을 어떻게 표현하길 바라는가?

인생에서 자신이 이룬 일을 돌아보길 바란다. 젊은 사람들은 여러분을 보고 여러분 같은 삶을 꿈꾼다. 집과 직업과 가족. 여러분은 그 모든 것, 아니 그 이상의 것을 이루었다. 인생 전반기는 인생 후반기를 대비하는 노동과 고통, 땀의 세월이었다. 인생 후반기야말로 명작이 탄생할 시기다.

◉ 떠날 것인가, 다시 타오를 것인가?

사십 대에 나는 연기만 피웠지만 오십 대인 지금은 활활 타오른다.

오프라 윈프리(토크쇼 진행자)

작가 짐 갬본Jim Gambone은 '은퇴Retirement'라는 말을 아예 없애야 한다고 말한다. 은퇴라는 말 대신 미래에 대한 비전을 담은 다른 말이 필요하다는 것이다. 그래서 갬본은 '재점화^{Refirement}'란 말을 추천한다.

'재점화'는 뜻 깊고 젊게 사는 방법에 대한 긍정적이고 낙관적인 관점이다. 또한 에너지, 용기, 열정, 추진력 등을 연상시키는 이 말은 "난 할 일을 다 한 거 같아." 대신에 "이제 시작인걸."이라고 말해준다. 큰 소리로 외쳐보라. "난 다시 불붙을 거야!" 차이가 느껴지는가?

은퇴라는 말은 어딘지 상실과 체념의 느낌이 난다. 반면 재점화는 로켓이나 발사 같은 말처럼 역동적으로 들린다. 이제 은퇴라는 말은 생각지도 말고 자신을 재점화하는 데만 집중하자.

다음 질문에 답해보자.

• 은퇴할 것인가? 재점화할 것인가?

• 돈은 문제가 안 된다면 무슨 일을 하겠는가?

• 예전에 해보고 싶던 일은 무엇인가?

• 어떤 일이 의미 있다고 생각하는가?

• 어떤 일을 하면 시간이 쏜살같이 흘러가는가?

재점화는 네오테니로 가득한 삶을 새로 사는 일이다. 누구라도 지금의 직업과 인간관계, 건강에 다시 불을 붙일 수 있다. 앞서도 말했듯이 경이감과 호기심, 유머와 기쁨에도 다시 불을 붙일 수 있다. 우리의 정신은 언제나 다시 점화가 가능하다.

인생 후반기에 자신의 숨겨진 재능을 발견하고 의미 있는 일을 찾으려면 만반의 준비를 갖추고 젊게 나이 들어야 한다. 우선 할 일은 사랑으로 자신의 일에 다시 불을 붙이는 것이다. 어떻게? 자신의 일을 사랑함으로써.

인류학자 데즈먼드 모리스Desmond Morris는 이렇게 이야기한다. "만약 자신의 일이 놀이처럼 느껴지지 않는다면 자신이 과연 옳은 일을 하고 있는지 자문해야 한다. 아무리 부정적인 생각들이 층층이 쌓여 억누르고 있어도 삶에 대한 열정은 유전적으로 자신 안에 잠복해 있다. 부정적인 생각의 더께들을 없애기가 쉽지는 않지만—우리 모두는 젊을수록 비판과 조롱과 처벌에 아주 민감하다—그렇다고 불가능한 것은 아니다."

모리스의 말을 계속 들어보자. "꺾이지 않는 열정의 고동이 느껴지는 활동 영역을 하나라도 찾을 수 있다면, 그것을 강화하고 확대시켜 흥미진진한 자기표현의 형태로 꽃피울 수 있다. 인간됨의 본질을 이루는 부분인 그것은 우리가 개발해주기만 기다리며 잠들어 있다."

인생 후반기는 자신이 가진 재능과 기술을 되돌아본 다음 열정을 쏟아부을 활동에 다시 불을 붙일 시간이다. 어제의 비판과 패배는 잊어버리자. 바깥세상으로 나가 다른 사람을 돕는 일에서 새로운 열정을 찾자. 팔순을 넘긴 고령의 작가 에델 퍼시 앤드루스Ethel Percy Andrus는 이런 일을 가리켜 "나이 듦에 대한 새로운 이미지요, 자아의 성장이며 모든 인류에 대한 봉사"

라고 말했다.

주위를 둘러보면 자원봉사의 기회는 얼마든지 있다. 미국의 전국노인봉사단은 노인 지원자들에게 각자 거주 지역 내에서 할 수 있는 일을 소개하는 단체다. 평화봉사단은 모든 사람들의 경험과 연륜을 환영한다. 지미 카터 전 대통령의 어머니인 릴리언Lillian은 일흔일곱 살에 이 단체에 가입했다. 아홉 명의 손자를 둔 예순다섯 살의 클레어 피츠제럴드Claire Fitzgerald는 금요일 밤이면 어김없이 캘리포니아 주 팔로알토의 한 병원에서 운영하는 보육시설을 찾아가 신생아들을 보살핀다.

어떤 식으로든 일을 하겠다는 결정은 활동적으로 생활하고 정신적으로 늘 깨어 있으며 생산적으로 살겠다는 다짐이다. 나이 들면서 우리는 손이 두 개임을 깨닫게 된다. 하나는 자신을 돕는 손이요, 또 하나는 다른 사람을 돕는 손이다. 이제 새로운 활동을 시작하고 새로운 목표를 세울 때다. 매주 적어도 세 시간은 봉사활동에 참여하자. 자원봉사를 하든 새로 무언가를 배우든, 일은 정지신호를 받은 양 멈춰 있던 삶을 질주하게 하는 촉매 역할을 한다. 안전벨트를 매자. 만약 삶의 내리막길에 있다면 속도는 더욱 빨라질 것이다. 나이 듦에 대한 고정관념과 부정적인 판단에 사로잡힌 채 젊어지는 대신 늙어가겠다고 결정한 사람들을 여러분은 앞지를 것이다. 그리고 무엇보다 젊게 나이 든다면 여러분은 일만 하고 놀지 않는 바보가 되지도 않을 것이다.

놀이

삶이 놀 만한 게임을 제공하지 않는다면
새로운 놀이를 발명하라.

앤서니 단첼로(작가)

놀 줄 모르는 동물은 살아남지 못한다는 사실을 아는가? 놀이를 통해 이루어지는 사회화는 세대차를 넘어 생존 능력과 유대감을 길러준다.

아이들은 노는 법을 본능적으로 안다. 아이들이 놀이에서 느끼는 기쁨은 거부하기 힘든 전염성이 있다. 초등학교에 찾아가보라. 쉬는 시간에 운동장으로 뛰어나와 부딪히고 넘어지고 폴짝폴짝 뛰며 웃는 아이들이 보일 것이다. 나도 초등학교 때 쉬는 시간 종이 울리면 누구보다 먼저 교실에서 뛰어나가고 싶어 했다. 여러분은 어떤 기억이 나는가? 사방치기? 고무줄놀이? 발야구? 공깃돌놀이? 구슬치기? 우리는 놀이를 통해 도전의식과 실망감, 소속감과 소외감을 느꼈으며, 때로는 이기고 때로는 졌다.

나이와 상관없이 마음이 젊은 사람들은 평생 놀이를 계속한다. 운동장과 여가와 장난감과 게임은 그것을 원하는 사람들의 차지다. 세상은 크나큰 운동장이고 삶은 각자가 쉬는 시간에 만들어내는 온갖 소음과 놀이로 채워진다. 데즈먼드 모리스가 이를 명확하게 설명한다. "진화 과정에서 인간은 세상을 탐구하려는 강한 의지를 어떻게 갖게 되었을까? 해답은 우리가 네오테니형 영장류라는 데 있다. 네오테니형 영장류란 어른이 되어서도 아이 같은 성질을 잃지 않은 동물을 말한다. 어떤 의미에서는 성장하지 않는 동물이라고 볼 수도 있다. 그런 면에서 우리 인간은 성장하지 않는다. 우리는 어릴 적의 유희성을 평생 간직한다. 높은 수준의 호기심과 탐구심을 가지려면 그런 유희성이 없어서는 안 된다. 어린아이들처럼 우리는 언제든 새로운 무언가를 시도하고 개발하고 길들이고 통제하고 결국에는 자신에게 유리하게 이용한다. 이런 행동의 숨은 동기는 인간이 결코 놀이를 멈추지 않는 영장류라는 사실에 있다."

인간이라면 호기심이 많고 놀이를 좋아하며 세상을 탐구하고 학습해야 한다. 우리는 짓궂은 장난을 하고 일생 동안 무언가를 발명한다. 나이가 들면 이런 놀이를 다른 이름으로 부르기도 한다. 과학, 미술, 춤, 스포츠, 음악 등등. 우리가 무슨 이름으로 부르든 즐겁고 활기찬 활동에 참가하고 싶은 마음이 존재하는 이유는, 새로운 장난감을 탐구하고 새로운 게임을 즐기며 새로운 리듬을 창조하려는 아이 같은 욕구 때문이다. 그렇다면 휴가는 탐구와 재미, 놀이라는 우리의 네오테니 특징을 되살릴 절호의 기회다.

◉ 즐겁게 놀면 건강해진다

아직도 많은 사람들이 놀이를 방종으로 착각한다. 또한 잘 노는 사람은 책임감이 부족하다고 생각한다. 하지만 놀이는 우리의 정신 건강과 행복에 지극히 중요하다. 놀이는 스트레스를 덜어줄 뿐만 아니라 활력을 되찾아주고 낙천적인 태도를 되살리며 새로운 관점과 창의성을 갖도록 이끈다. 하지만 더욱 중요한 것은 놀이야말로 우리의 인간성을 표현하는 최고의 수단일 수 있다는 점이다. 놀이는 뇌의 유연한 사고를 돕고 인간의 적응 잠재력을 실현시키는 신경 연결망을 유지하는, 아니 심지어 새로이 만들어내는 듯 보인다. 적응을 통해 우리는 노화를 포함하여 어떠한 환경 조건에도 잘 대처할 수 있다.

　놀이는 쉽게 정의내리기 어려운 개념이다. 너무나 많은 다양성과 개인적 취향 및 재능이 개입하기 때문이다. 의사인 레노어 테어^{Lenore Terr}는 자신의 책 《사랑과 일이 다가 아니다: 어른들도 놀아야 하는 이유_{Beyond Love and Work: Why Adults Need to Play}》에서 인간에게 놀이는 배출구와 같다고 주장한다. "우리는 놀이를 통해 큰 위험부담 없이 감정을 배출할 수 있다." 놀이 연구자인 브라이언 서턴 스미스^{Brian Sutton-Smith} 박사는 놀이를 단순한 태도와 행동을 넘어서는 개념이라고 본다. 그가 보기에 놀이는 또 하나의 문화 형식이다. "미술과 음악처럼 놀이에도 나름의 말과 몸짓 언어가 있다."

최근 들어 많이 놀수록 오래 산다는 연구결과가 계속 발표되고 있다. 하지만 수명 연장이 다가 아니다. 얼마 전 조지워싱턴 대학의 '노화·건강·인성 센터'에서는 나이 듦에 관한 아주 놀라운 연구 결과를 내놓았다. 미술이나 잔디볼링 같은 재미있는 놀이에 참여하는 노인들은 건강이 눈에 띄게 좋아진다는 것이다. 연구자들은 적어도 매주 한 번 이런 활동에 참가하는 65~100세의 노인 75명과 그렇지 않은 비슷한 연배의 노인 75명을 비교했다. 그 결과 실험집단의 노인들은 대조집단보다 더욱 활달하고 약물에 덜 의지하며, 덜 우울하고 덜 외롭다고 말했다. 네덜란드 연구자들은 비디오게임에 관한 일련의 연구를 통해 놀이를 하는 성인들이 그렇지 않은 사람들보다 더 기억력이 좋다는 사실을 밝혀냈다. 또한 인지력도 더 뛰어났고 더 행복하게 생활했다.

이처럼 놀이는 나이 들어도 흐트러짐 없이 즐겁게 살아가는 데 아주 중요한 역할을 한다. 또한 우리가 타고난 재능을 맘껏 발휘할 수 있게 도와준다.

◉ 잘 노는 사람이 행복하다

놀 줄 안다는 것은 행복한 재능이다.

랠프 왈도 에머슨(수필가, 철학자)

조금이라도 움직일 공간이 있다면 그곳에서 놀 수 있다. 놀이는 유연하고 역동적이다. 말 그대로 움직이지 않으면 놀 수도 없다. 나이 듦에 대한 고정관념에 발목을 잡힌 사람이라도 놀이를 통해 두려움과 상실과 고통에서 벗어날 수 있다. 놀이를 함으로써 우리는 더욱 열심히 일하고 어려움을 이겨내며 나쁜 습관에서 벗어난다. 또한 생각과 감정, 경험도 새로워진다. 노는 법을 잊어버리면 삶에 대한 사랑도 잃을 수 있다. 남아 있는 모든 날들을 사랑하는 것은 젊어지는 게임의 첫 번째 규칙이다.

사람마다 노는 스타일도 다르다. 펜실베이니아 주립대학의 연구자들은 3목 놓기tic-tac-toe 놀이를 하는 사람들에게서 몇 가지 차이를 발견했다. 먼저 어떤 사람들은 놀이를 서둘러 진행해서 빨리 끝낼수록 좋다고 생각한다. 반면 속도가 느린 사람들은 놀이 자체에 깊이 빠져든다. 또한 같은 놀이를 해도 이기기 위해 하는 사람이 있는가 하면 지지 않는 데 열중하는 사람도 있다. 후자인 경우에는 비기는 것이 이기는 것만큼이나 즐거울 수 있다.

몸을 쓰는 놀이를 좋아하는 사람도 있지만, 체스처럼 순수한 전략 놀이를 더 좋아하는 사람도 있고 낱말맞추기나 퍼즐을 선호하는 사람도 있다. 자신이 어떤 놀이터를 선택하든 놀이는 자신을 표현하는 활동이다. 놀이는 우리가 해야 하는 것이 아니라 하기로 선택한 것이다. 우리가 놀이를 하는 까닭은 그렇게 타고나서만은 아니다. 우리는 놀이를 통해 자기 자신과 자기 안의 잠재력을 드러낸다.

⊚ 즐겁게 놀 시간이 필요하다

일 년 동안 대화하는 것보다
한 시간 같이 놀면서 상대를 더 잘 알 수 있다.

플라톤(철학자)

우리는 존재한다는 것, 다시 말해 숨을 쉴 수 있다는 것이 얼마나 재미있는 일인지 곧잘 잊곤 한다. 학창 시절의 쉬는 시간을 떠올려 보자. 쉬는 시간은 학교생활의 긴장과 단조로움과 지루함을 덜어줄 뿐만 아니라 잠깐 밖에 나와 신선한 공기를 마시고 친구들과 수다로 떨고 간식을 먹거나 그네를 타는 여유를 주었다. 즐겁게 노는 그런 시간이 있기에 다시 교실로 돌아와 수학이나 국어에 집중할 수 있는 힘을 얻는다. 아니 그것은 선생님들의 바람이었다. 우리는 그저 몸이 가는 대로 놀았을 뿐, 심지어 자신이 재미있어야 하는지에 대해서도 관심이 없었다. 우리는 그저 즐겁게 놀았을 따름이다.

이제는 자신을 위해 매일 쉬는 시간을 둘 때다. 이런저런 골치 아픈 일이 많은 부동산 업계에 종사하는 내 친구 모니카에게 쉬는 시간이란 손자들과 즐거운 티타임을 갖는 것이다. 또 다른 친구 캐럴은 집안을 발칵 뒤집어 새로 꾸미기를 좋아한다. 무슨 일을 하든지 자신에게 그날의 긴장과 지루함, 과제 등에서 벗어날 수 있는 휴식을 주자. 어린 시절 좋아했던 일을 떠올리자. 아주 어린 시절의 기

억일수록 더 좋다. 만약 기억나지 않는다면 형제자매나 옛 친구에
게 전화를 걸어 자신이 어떤 놀이를 했는지 물어보면 된다. 그런 다
음 그 놀이를 다시 해보자. 아니면 그냥 그네에 올라 있는 힘껏 날
아올라보자. 나는 얼마 전부터 운동시간에 달리기를 하지 않고 줄
넘기를 시작했다. 자신이 바보 같아 보이지는 않을까 신경쓰지 않
고 늙을 수 있다면 정말 좋지 않을까?

그날도 나는 줄넘기를 하면서 자동차를 세워둔 곳까지 가고 있었
다. 저 멀리 한 노인이 시가를 태우면서 나를 물끄러미 쳐다보았다.
내가 가까이 다가가자 그는 킥킥 웃기까지 했다. "얼마나 오래 살려
고 그래요?" "잘못 짚었어요. 저는 그저 다시 젊게 살고 있을 뿐이
에요." 나는 그 사람이 이튿날부터는 조금 더 많이 움직이거나 담배
를 약간 줄였을지도 모른다고 생각했다. 놀이는 전염성이 강해서

그저 노는 것만으로도 다른 사람들이 같이 따라하게 만들 수 있다.

저녁으로 시리얼을 먹고 마룻바닥에서 뒹굴며, 너무 깨끗이 청소할 생각도 말고 음식 갖고 장난도 치면서 만화책도 사서 보자. 아니면 재미있게 사는 법을 잘 아는 친구들을 골라 만나자. 휴식은 재미있게 노는 기술을 배울 기회다. 놀이를 통해 억눌리고 속박당하는 기분에서 벗어나자. 니체 F. Nietzsche 는 "어른의 내면에는 놀고 싶어 안달하는 아이가 숨어 있다."고 말했다. 그 아이가 세상에 나오도록 하자.

우리에게는 놀 권리가 있다

내가 이런 책을 쓰겠다고 마음먹은 지는 꽤 오래되었다. 때는, 어떤 친구의 손에 이끌려 '아이 같은 어른들 모임' 이라는 단체에 가입했던 시기로 거슬러올라간다. 옆에 보면 이 단체를 위해 작성한 '놀 권리' 목록이 나온다. 매일 이 목록에서 적어도 한 가지를 선택하여 휴식시간에 실천해보자.

나이를 떠나 우리는 아직도 예전의 어린 소년 · 소녀 그대로다. 술래잡기와 줄넘기를 하고 롤러스케이트를 타며, 연을 날리고 아이스크림을 사러 힘껏 달려가던 아이 말이다. 놀아야 하는 필요성은 나이가 들어도 줄지 않는다. 그 어떤 자기계발서도 인생상담가도 친한 친구도 우리에게 즐거움을 주고 놀이를 할 때 같은 기분을 들게 하는 것이 무엇인지 알려주지 못한다. 그것은 스스로 찾아야 한다. 매일 자신에게 이렇게 물어보자. "아직 해보지 못한 재미있는 일이 없을까?"

모토롤라의 로버트 갤빈Robert Galvin 회장은 윈드서핑을 즐긴다. 미국 증권거래위원회 회장을 지낸 아서 리비트 주니어Arthur Leavitt Jr.는 야생체험 단체인 '아웃워드바운드Outward Bound' 의 탐험대를 이끈다. 건축가인 프랭크 게리Frank Gehry와 전 로스앤젤레스 시장 리처드 리오던Richard Riordan은 하키를 즐긴다. 위 사람들 모두 '아이 같은 어른들 모임' 의 창립회원들이고 이제는 여러분도 이 단체의 일원들이다. 노화 과정을 부정할 수는 없지만, 나이 듦이 자신의 존재를 구속해서는 안 된다는 점에 동조한다면 말이다.

아이 같은 어른들 모임 우리에게는 놀 권리가 있다

빗속을 걸어라
진흙탕에 뛰어들어라
무지개 그림이나 무지개 모양
의 물건을 모아라
꽃향기를 맡아라
비눗방울을 불어라
길을 가다 잠시 쉬어라
모래성을 쌓아라
달과 별이 뜨는 모습을 보라
만나는 모든 사람에게 인사하라
맨발로 다녀라
모험을 떠나라
샤워하면서 노래를 불러라
즐거운 마음을 가져라
어린이책을 읽어라
바보 같은 행동을 하라
거품목욕을 하라
새 운동화를 신어라
손을 잡고 껴안고 입맞춤하라
춤을 추어라
연을 날려라
큰 소리로 웃고 울어라
나무를 기어올라라
낮잠을 자라
생일파티를 즐겨라
주변을 경이롭게 바라보라

겁을 내라
미쳐보라
슬퍼하라
행복감을 느껴라
걱정과 죄책감과 부끄러움을
벗어던져라
순진한 아이가 되어보라
"예"라고 말하라
"아니요"라고 말하라
마법의 주문을 외어보라
많은 질문을 하라
자전거를 타라
그림을 그리고 색칠하라
세상을 다른 눈으로 보라
넘어졌다 다시 일어나라
동물과 대화하라
우주를 믿어라
늦게 자라
아무 일도 하지 마라
공상을 하라
장난감을 가지고 놀아라
이불 밑에서 놀아라
티격태격해라
어릿광대 흉내를 내라
소풍을 가라
해변에 가라

음악을 들어라
놀이터에 가라
새로운 규칙을 만들어라
이야기를 지어보라
동네 아이들과 친구가 되라
새벽 여명을 보라
일기를 써라
전화로 수다를 떨어라
놀이공원에 가라
풀밭에 가라
등산하라
수영장에 가라
숲속을 걸어라
여름캠프에 참가하라
서커스를 관람하라
아이스크림 가게에 가라
극장에 가라
수족관에 가라
동물원에 가라
박물관에 가라
천문대에 가라
장난감 가게에 가라
축제에 참가하라
등등

자신은 물론이고 지구상에 존재하는 모든 생명체에게 행복, 축하, 휴식, 대화, 건강, 사랑, 기쁨, 창의성, 즐거움, 풍요로움, 고상함, 자긍심, 용기, 균형감, 자발성, 열정, 아름다움, 평화, 삶의 에너지를 전해주는 것이라면 무엇이건 상관없다.

Ronda Beaman
'아이 같은 어른들 모임' 부회장
론다 비먼 박사

학습

배움을 멈춘 사람은 스무 살이든 여든 살이든 늙은이다.

계속 배우는 사람은 언제나 젊다.

인생에서 가장 멋진 일은 마음의 젊음을 유지하는 것이다.

헨리 포드(포드자동차 창립자)

이제 여러분 모두 깨달았을 것이다. 이 책은 의학의 힘을 빌려 수명을 연장하는 방법을 말하지 않는다. 오히려 길어진 인생을 가치 있게 살게 해줄 유용한 수단을 소개한다. 그것이 바로 네오테니.

앞에서 우리는 젊게 나이 들 수 있는 여러 가지 방법을 살펴보았다. 하지만 나이를 이겨내는 데 가장 실질적이고 쉽게 실천할 수 있는 방법은 바로 학습이다. 하버드 대학의 신경심리학자이자 교육학 박사인 마거리 실버Margery Silver 교수는 "일상적인 활동을 계속하면서 오래 장수할 수 있느냐는 몸의 쇠약보다도 인지 능력에 달려 있다."고 말한다. 실버 같은 심리학자들은, 노인들이 생각보다 신체적, 정신적으로 아주 강하다는 연구결과를 거의 매일 쏟아내고 있다.

아이오와 주립대학의 인간발달 분야 전문가 피터 마틴Peter Martin 박사는 "나이와 상관없이 뇌는 언제나 훈련이 가능하다. 가령 늙은 개에게도 새로운 묘기를 가르칠 수 있다."고 말한다.

◉ 배움에는 나이 제한이 없다

우리는 갑작스런 사고나 위험, 실패로부터 자신을 보호하느라 삶의 대부분을 허비한다. 그러다 결국에는 어떻게 될까? 어떠한 일에도 놀라지 않게 정신이 '딱딱하게' 굳어버린 삶이 남는다. 이런 경화증硬化症은 우리 뇌에 내재한 아이 같은 특징들, 곧 유연성과 수용성, 관대함에서 멀어지게 만든다. 무엇보다 이러한 현상 유지의 태도 때문에 우리 삶이 지루해지고 내면의 확장에 대한 거부감이 생긴다. 그 결과는? 진정한 삶이 우리를 비껴가면서 너무나 빨리 늙게 된다.

교육과 학습에는 나이 제한이 없다. 왜 아흔세 살에도 새로운 무언가를 배워야 하는가? 이는 스물세 살짜리가 무언가를 배우려는 이유와 같다. 답은 간단하다. 배움은 우리에게 활력과 생기를 주기 때문이다. 사람은 새로운 무언가를 배울 때마다 젊어진다. 낯선 곳을 찾아갈 때면 시간이 많이 걸리는 것처럼 느껴지지 않는가? 하지만 일단 그곳에 가는 법을 알면 시간이 훨씬 단축되는 듯 여겨진다. 삶도 마찬가지다. 똑같은 삶의 길을 반복해서 간다면 몇 십 년 정도는 눈 깜짝할 새에 지나갈 것이다. 이 책에서 제시하는 '젊게 나이 드는 법'을 실천하고 외국어나 테니스, 하모니카를 배움으로써 새로운 길을 가보자.

시간이 천천히 흐를 때 우리 뇌는 민첩성이 떨어진다. 젊음을 해치는 최대의 적으로부터 자신을 보호하고 싶다면 새로운 것을 계속 시도해야 한다. 나는 그 적을 정신경화증이라 부르는데, 이는 완고하게 새로운 변화를 거부하는 태도를 말한다. 우리가 이미 할 수 있는 것, 이미 가는 방법을 아는 곳에 만족하지 말자. 가로세로 낱말 맞추기를 한번도 해본 일이 없다면 이제라도 해보자. 조각그림 맞추기를 즐겨 한다면 이번에는 3D 버전에 도전해보자. 빙고게임을 한다면 브리지처럼 더 많은 지력을 요하는 게임을 시도해보자. 내 시어머니인 산드라는 브리지 게임을 '정신의 에어로빅' 이라고 부르시면서 매주 서너 차례 하신다. 그 밖에 세계 역사나 음악, 미술 등을 공부해보자.

"진실과 아름다움의 추구는 평생 우리가 어린아이로 남을 수 있는 활동 영역이다."라고 물리학자 앨버트 아인슈타인Albert Einstein은 말했다. 앨 시버트Al Siebert 박사는 쾌활하게 생활하는 노인들을 연구한 결과, 그런 사람들은 '아이 같은 호기심이 있고 평생토록 학구열'이 식지 않는다는 사실을 밝혀냈다. 또한 50, 60대에 수명을 다하는 사람들 상당수는 '학교, 다음엔 일, 그 다음엔 여가' 라고 하는 삶의 정형적인 궤도에서 벗어나지 않았지만, 80, 90대까지 장수하는 활기찬 노인들은 생애 내내 공부와 일, 여가를 병행하는 경우가 많았다고 한다.

⊛ 인생이라는 학교

삶이란 사람에게 필요한 모든 배움의 경험을 제공하는 학교다. 이 학교는 모든 사람을 받아들여 공부할 권리를 주고 실력에 따라 공정하게 평가한다. 여기 들어온 이상 우리는 모두 자신의 운명을 책임지고 삶에서 성공이 무엇인지 결정하며 각자 알아서 졸업을 해야 한다. 우리는 직접 선생님을 선택하고 자기에게 맞는 교과과정도 결정한다. 이 책을 선택하여 읽음으로써 여러분은 이미 새로운 아이디어를 얻고 자극을 받았으니 다른 사람보다 한 걸음 앞서가는 셈이다.

이제 내친 김에 젊음을 촉진하는 '배움의 지침'을 활용하기 바란다. 우리는 젊어질수록 더 많은 배움의 기회를 가져야 한다.

> **배움의 지침**
>
> - 아이 같은 호기심을 갖는다.
> - 예전에 어땠는지 돌아보지 말고 앞으로 어떨지 상상한다.
> - 되도록 다양한 정보를 수집한다.
> - 함께 놀 사람을 찾는다.
> - 반복해서 시도한다.
> - 위험을 무릅쓰더라도 기회를 놓치지 않는다.
> - 실수를 두려워하지 말자.

지난해 나는 뜨개질을 배우기로 마음먹었다. 내가 존경하는 두 분 할머니께 선물을 하고도 싶었고 참을성과 조정력을 기르는 데도 도움이 되리라는 판단에서였다. 하지만 나는 뜨개질에 영 소질이 없었다. 그런데도 수강생들 가운데 장갑을 가장 빨리, 가장 잘 떠서 선생님께 칭찬받으려고 열심히 노력했다. 사실 너무 열중하여 오래 앉아 있던 탓에 등도 아프고 머리도 지끈거렸다. 다들 그렇겠지만 지난 시절 우리의 학습 경험은 정답을 찾고 상위권에 들며 문법이나 철자를 틀리지 않으려고 애쓰는 것이었다. 나는 무의식적으로 그런 규칙과 기대를 뜨개질에 그대로 적용했고, 그로 인해 뜨개질의 즐거움과 재미를 잃고 말았다. 학교에서의 학습은 기계적인 반복이었지만, 뜨개질은 그렇지 않다는 사실을 몰랐던 탓이다.

중요한 것은 무언가를 기계적으로 배우기보다는 흥미를 가지고 몰입할 수 있도록 학습의 기쁨을 살리는 일이다. 대실패로 끝난 뜨개실 사건 뒤에 나는 너무나 실망한 나머지 생긴 울적함과 좌절감을 일거에 날려버릴 방법을 찾아헤맸다. 그러다가 마침내 필라테스Pilates라는 운동법을 알게 되었다. 필라테스는 내 배움의 욕구를 충족시키고 나 자신을 시험하기 위한 새로운 도전이었다. 나는 필라테스 전문가도 아니고 다른 사람과 경쟁하지도 않지만 무엇보다 소중한 것을 하고 있다. 나는 배우는 중이다.

평생토록 배움을 계속하려는 사람들은 이 말을 꼭 마음에 새겨두어야 한다. "정답도 없고 오답도 없다." 그게 다. 이 말을 되뇌다

보면 배울 때의 불안감이나 꼭 답을 알아야 한다는 경직된 태도가 사그라진다.

나는 언제나 학생들에게 강의실은 '실수하는 곳'이라고 강조한다. 만약 학생들이 수업 내용과 옳은 답을 알고 있다면 교수도 강의실도 다 필요 없지 않겠는가. 삶이라는 장소 자체가 실수하는 곳이라는 사실을 알아야 한다. 게다가 삶은 아무리 시간이 흘러도 결코 쉬워지지 않는다. 사람들이 새로운 무언가를 배울 때면 두렵고 어리석은 기분이 들거나 그렇게 보일까 염려한다. 내가 해줄 수 있는 충고는 '그것을 이겨내라'는 것뿐이다. 나이는 우리에게 무언가 더 많이 시도해볼 자유를 주고 타인의 판단에 대한 걱정을 덜어주며, 근심에서 벗어날 수 있는 마음의 여유를 준다. 새로운 것을 시도하고 실수하고 실패하고, 그런 다음 실패를 딛고 다시 일어서는 일이 분명 쉽지만은 않다.

노벨문학상을 받은 시인이자 소설가 러드야드 키플링Rudyard Kipling의 말을 떠올려보자. "정원은 '아, 너무나 아름다워'라고 노래하고 그늘에 앉아 쉬면서 만들 수 있는 것이 아니다." 우리의 정신에 씨를 뿌리고 키우지 않으면 많은 것을 잃고 만다. 그 대가는 부정적인 사람들의 비판보다 더 가혹하다. 자신만의 정원을 만들어 아름답게 가꿀 수 있는 기회를 잃어버리는 셈이기 때문이다. 무언가를 생각하고 계획하는 대신에 정체의 길을 걷는다면 정말이지 젊어질 수 있는 기회도 영영 사라질 것이다.

◎ 배움은 정신을 살찌운다

대학 진학을 위해 집을 떠날 때 아버지는 나를 앉혀놓고 소중한 충고를 들려주셨다. 아버지는 내 동기들 대부분은 학점을 따서 졸업하는 데 필요한 일만 할 것이라고 말씀하시면서 그들과 다르게 하라고 충고하셨다. "대학생활은 누가 시키지 않아도 자기가 읽고 싶은 책을 읽고 네 관심이 향하는 것을 탐구할 절호의 기회란다. 관심과 흥미가 생기면 거기에 미쳐보거라. 우리를 보러 주말마다 집에 올 필요 없다. 대신에 친구들 집에 가서 그들이 어떻게 사는지 보도록 해라. 그런 다음 네 믿음과 생각을 친구들과 비교해보거라." 아버지는 인류의 축적된 지식은 기숙사에서 걸어갈 수 있는 학교 도서관에 다 모여 있다고 덧붙이셨다. 또한 교수님들과 강의실 바깥에서 학과와 연구과제에 대해 대화를 하고 외국 영화와 학생 연극을 보라고 권유하셨다. "이 황금 같은 시간을 온전히 네 것으로 만들고 최대한 활용하도록 해라. 내 말대로 한다면 네 남은 인생에 아주 큰 도움이 될 게야."

내가 아버지의 충고를 아주 잘 따랐다고 말할 수 있어 얼마나 기쁜지 모르겠다. 내 머리는 대학시절 내내 의욕이 넘쳤다. 하지만 졸업을 하고 나서는 경력을 쌓고 가족을 부양하느라 바빠졌다. 나는 아기를 키우고 하는 일에 도움이 되는 정보는 닥치는 대로 섭렵했지만, 생활의 양식이 될 배움에는 인색해졌다.

대학 졸업 후 오랜 세월을 바쁘게 산 덕분에 이제는 여유 시간도 생기고 소득도 많아졌다. 하지만 그 못지않게 중요한 것은, 지금도 원하기만 하면 인류의 축적된 지식을 언제라도 손에 쥘 수 있다는 것이다. 그런 지식은 우리처럼 나이 든 사람들에게 더 가까이 있다. 노년은 자신의 관심사를 찾아 과목을 선택할 두 번째 기회다. 평생 배움을 지속한다면 삶은 더욱 길어지고 더욱 풍부해질 것이다. 더욱이 우리는 이미 수업료를 다 치른 셈 아닌가.

이제 우리는 시험 점수와 순위에 매달리던 젊은 시절을 지나 지식과 통합과 지혜로 대변되는 후반생으로 접어들었다. 코미디언 톰 윌슨Tom Wilson은 경고한다. "나이를 먹는다고 반드시 지혜로워지지는 않는다. 전혀 지혜롭지 못한 채 나이만 먹는 사람도 있다."

최근 많은 대학들은 학위를 취득하고자 하는 노인들에게 등록금 할인과 학비 보조, 카운슬링 서비스를 제공함으로써 알찬 노후를 돕는다. 특히 퇴직자들을 위한 평생교육과정을 개설한 대학도 많고, 비영리단체인 엘더호스텔Elderhostel의 프로그램을 운영하는 대학도 부지기수다. 앨더호스텔은 세계 각지에서 온 노인들(대부분 60대 이상)을 대학 교정에서 일주일 이상 생활하도록 하는 프로그램이다. 이 노인 학생들은 대학교수들로부터 단기 집중강좌를 들으며, 지역 역사에서부터 외국 요리에 이르기까지 아주 다양한 강좌를 수강한다. 2002년의 경우 50만 명이 넘는 사람들이 이 프로그램에 등록했다. 교수들은 엘더호스텔 학생들이 도전적이고 독립적이고 호기심이 많으며, 자긍심과 창의성 같은 내적인 보상에 만족한다고 칭찬을 아끼지 않는다. 여기서 꼭 짚고 넘어가고 싶은 것은 아무도 이학생들을 늙었다고 무시하거나 거리를 두지 않는다는 점이다.

배우려는 마음을 되살리자. 주변을 둘러보면 주민들을 대상으로 도예나 볼룸댄스 같은 강좌를 마련해놓은 곳이 있을 것이다. 누구라도 마음만 있다면 배울 기회는 얼마든지 있다. 텔레비전 교육 프로그램을 시청해도 되고 각 지역마다 도서관도 있다. 배움이든 성장이든 뭐든 멈출 아무런 이유가 없다.

◉ 나는 지금도 배운다

> 얼굴의 흉터처럼 정신의 흉터도 나이 들수록 더 도드라진다.
>
> 프랑수아 드 라 로슈푸코(프랑스의 고전작가)

스페인 출신의 화가 프란시스코 데 고야 Francisco de Goya 는 여든 살이던 1826년 자신의 가장 유명한 그림 가운데 하나인 〈아직도 배운다 Aún Aprendo〉를 완성했다. 또한 고야는 그 나이에도 한정판만 찍을 수 있는 새로운 석판화 기법을 실험했다. 고야 말년의 작품세계는 그의 작품명처럼 "나는 아직도 배운다."로 집약할 수 있다.

언젠가 한 친구는 학사 학위를 따려고 다시 학생이 되고 싶지는 않다고 말했다. 이유인즉슨 학위를 딸 즈음이면 나이가 예순두 살이나 된다는 것이다. 내 대답은 이랬다. "너는 학생으로 돌아가든 아니든 예순두 살이 될 수밖에 없어. 그럴 바에야 학위증 있는 예순두 살이 더 낫지 않을까?" 알다시피 우리의 삶은 특별 한정판이고, 우리는 자신의 삶을 그리는 화가다. 우리는 평생 배움과 적응을 계속할 수밖에 없다. 마감일이니 기한이니 하는 것은 우리가 스스로에게 부과하는 독단적인 잣대일 뿐이다. '배우다' 라는 말은 능동사다. 교육은 기성복을 사서 입는 것이 아니라 자신에게 맞게 직접 재단해서 입어야 하는 것이다. 우리는 이제 두 번째 배움의 시간을 맞았다. 이번 배움은 스스로에게 주는 선물이며, 지난 학창시절보다도 개인의 삶에 더 중요할 수 있다.

네오테니 측면에서 볼 때 어른과 아이는 다른 방식으로 배운다. 어른이라면 이제 자신과 자신의 시간, 배울 가치가 있는 것 등을 깊이 이해해야 한다. 배울 가치가 있는 것과 그 이유를 생각해본 다음 '두 번째 젊음의 노트' 에 기록하자.

당신의 취미는 무엇인가?

- 여행을 좋아하는가? 지금까지 여행해본 곳은?
- 지난 2년 동안 새로운 무언가를 배운 적이 있는가?
- 앞으로 새로운 무언가를 시도할 생각은 있는가?

위 질문에 답을 했다면 그 이유도 설명해보자. 여러분의 대답은 인생의 가치에 대해 젊은 사람에게 어떤 가르침을 줄 수 있을까?

지금 우리는 삶의 최종 학위를 향해 나아가고 있다. 위의 질문들에 대한 여러분의 대답은 새로운 배움의 길을 시작할 훌륭한 출발점이다. 강의에 빠지고 숙제를 잊어버리고 공부하지 않고 성적을 소홀히 여길 수도 있지만 그래도 시작하자. 여러분은 이제 삶과 배움이라는 과목에서 우등생으로 졸업할 절호의 기회를 맞았다.

배움은 누군가 밖에서 판단할 수 있는 대상이 아니다. 그런데도 우리는 겉으로 보이는 부분에만 매달린다. 물론 그렇게 해서 기분이 좋아진다면 얼굴에 대대적인 공사를 해도 된다. 눈 밑 주름과 점, 세월의 흔적을 얼굴에서 지우라는 말이다. 하지만 내면도 보기를 바란다. 자신과 타인, 세상에 대한 배움을 통해 자신의 마음과 내면의 잠재력을 개발하지 않는다면 탱탱한 피부도 팔굽혀펴기 횟수도 아무 소용없다. 어차피 앞으로 남은 세월 동안 오직 늙는 일만 남았기 때문이다.

19세기 여성운동 지도자 엘리자베스 케이디 스탠턴 Elizabeth Cady Stanton 은 "진정 고매한 내면의 삶은 나이와 함께 온다."고 말했다. "누가 영원히 젊겠는가? 늘 외모에만 관심 있는 사람?" 장담컨대, 삶에서 가장 참담한 비극은 늙는 것이 아니다. 오히려 자신이 누군지, 자신이 무엇을 할 수 있는지에 대해 배우지 않는 것이다.

모든 대학은 신입생 오리엔테이션을 실시한다. 이런 오리엔테이션에서는 대개 신입생들에게 관심 있는 전공분야를 빠짐없이 적도록 한다. 그러면서 학생들은 자신에 대해 좀더 알게 된다.

> 60년 전에 나는 다 알았지만 이제는 하나도 모른다.
> 배움이란 자신의 무지를 조금씩 알아가는 과정이다.
>
> 윌 듀런트(폴리처상 수상 작가, 역사가)

'젊어지는 프로그램'의 신규 가입자로서 여러분은 자신의 관심분야부터 찾아야 한다. 이 프로그램에는 필수과목이나 점수 커트라인이 없기 때문에 흥미를 끄는 과목은 모두 공부할 수 있다. 아마도 옛날 학창시절에는 없던 과목들이 머리를 스쳐갈 것이다. 재미있거나 흥미를 유발하고 도전의식을 자극하는 모든 과목의 목록을 작성하자. 자신의 목록에서 어떤 일관성을 찾을 수 있는가? 관심 대상이 사람인가, 사물인가, 아니면 아이디어인가? 실제 몸으로 부대끼는 배움이 좋은가, 아니면 강의가 좋은가? 여러분 선택은 여러분 자신에 대해 무엇을 말해주는가? 개성? 삶의 이 순간에 여러분의 학구열을 자극하는 것은 무엇인가?

먼저 배우고 싶은 것들을 확인한 다음에는 약간 늦은 감이 있지만 그래도 과제를 해보자.

과제

학습 목표를 정하라
반드시 학위나 A학점을 받을 필요는 없다. 얼마만큼 혹은 얼마 동안 배울 것인지는 스스로 정할 수 있다.

주제를 현명하게 선택하라
이런 배움에는 강제성이 없다. 수업을 빼먹는다고 감점을 주는 사람도 없다. 하지만 여기에 최선을 다한다면 배움에서 오는 정서적 혜택뿐만 아니라 건강도 손에 쥘 수 있다.

자신을 믿어라
자신이 이미 잘 알고 즐기는 것들을 활용한다면 자신감을 갖고 시작할 수 있다.

모든 가능한 자원을 활용하라
다양한 사람들과 기관, 대중매체 등이 모두 배움의 자산이 될 수 있다. 비디오테이프나 대학교수들도 도움이 된다.

최종 시험
배움을 통해 얻고자 하는 결과를 스스로 결정한다. 그런 다음 자신에게 가장 의미 있는 방식으로 결과를 평가한다.

미국 출신의 시인이자 교육자인 헨리 워즈워스 롱펠로Henry Wadsworth Longfellow는 일흔 번째 생일날 자신의 삶과 경력을 등산에 비유하는 편지를 친구에게 보냈다. 그 편지에서 롱펠로는 정상에 오르면 그동안 자신이 올랐던 모든 산봉우리들을 약간의 자부심을 느끼며 되돌아볼 수 있다고 말한다. 하지만 땅에 내려오면 오를 수도 오르지 못할 수도 있는 더 높고 험

준한 수많은 산이 있었다. 롱펠로의 결론은 이렇다. "그게 전부야. 우리가 할 수 있는 말이라곤 삶은 곧 기회라는 것뿐이야."

　뜨개질이나 외국어를 배우기로 결심하든, 새로운 분야에 대한 정식교육을 받기로 마음먹든, 언제나 처음에는 어렴풋이 보이는 기회의 산들이 있다. 흔히 정신을 헛되이 쓰지 말라고 이야기한다. 그것은 하루나 한 시간, 심지어 한 순간도 마찬가지다. 매일 새로운 무언가를 배우고 새로운 생각을 하며 새로운 책을 읽고 새로운 꿈을 꾸자. 닥터 수스^{Dr. Seuss}는 "너는 딱 한 번만 늙어."라고 말했다. 하지만 끝없는 배움을 통해 우리는 두 번 젊어질 수 있다.

다시 사랑에
빠져라

내 일부는 죽어가지만,

대신 그 나머지 부분에 생명을 불어넣는다.

스티븐 레빈(시인, 교육자)

삶은 시작 때보다 끝날 때 차이가 없다. 지난번 생일에 쓰고 남은 양초에 불을 붙이고 불꽃이 얼마나 빛나는지 바라보자. 초는 타들어갈수록 점점 작아지겠지만 불꽃은 처음이나 끝이나 똑같이 빛난다. 우리네 삶도 그렇다. 삶에는 나이가 없다. 언제라도 매순간 밝게 빛날 수 있다.

나이를 떠나 인간은 현명하면서도 어리석다. 우리는 온통 장밋빛 전망으로 희희낙락하거나 좌절 앞에서 신음한다. 우리는 신나게 돌아다니거나 할 말을 잃고 굳어버린다. 60, 70대 노인들 중에는 외롭고 버림받은 느낌을 갖거나 두려워하는 사람이 많다. 그들은 언젠가 병에 걸릴 것이며 아무도 자신에게 관심을 보이지 않을 것으로 확신한다. 하지만 곰곰이 생각해보자. 이런 사람들은 어린 시절에도 그렇게 생각했을 가능성이 크다. 스무 살이든 여든 살이든 자신이 '늙었다'고 생각하는 사람은 많지만, 나이를 넘어 삶에 대한 열정을 간직하는 사람들도 있다. 이처럼 열정이 가득한 사람들은 때로 삶이 혹독한 시련을 주더라도 무의식중에 자신의 네오테니를 붙잡고 소중히 간직한다.

나이 듦에 대한 두려움은 대부분 어린 시절부터 나이에 대한 태도가 잘못된 데서 생긴다. 두려움 때문에 우리는 완고해지고 과거의 생각을 미래에까지 투영한다. 내가 보기에 많은 사람들이 자신의 내면 모습보다 외부의 시선에 더 신경을 쓴다.

노화 · 은퇴 · 고립감 · 경제력 · 질병 · 장애 · 죽음 가운데 무엇을 걱정하는가? 사람들이 죽는 것은 대개 병 때문이지 나이가 많아서가 아니다. 젊게 나이 들려면 노화에 대한 두려움과 거부감을 해소해야 한다. 네오테니 특징들은 아무리 나이가 들어도 행복한 유년기를 다시 누릴 수 있다고 말한다. 처음으로 되돌아가 다시 시작할 수야 없겠지만, 지금 새로 시작해서 새로운 결말을 이끌어낼 수는 있다.

이 책에 나오는 네오테니에 대한 아이디어와 정보는 우리의 여행이 어디에서 시작했고 어디에서 끝나야 하는지를 일깨운다. 네오테니의 열 가지 특징이 삶 속에 녹아들게 하자. 그렇게 한다면 젊게 사는 데 필요한 새로운 관점과 언어와 활력을 얻을 수 있다.

잠깐 생각해보자. 젊게 사는 비결로 제시한 열 가지 네오테니 특징에 어떻게 불을 붙일까? 무엇을 되살리고 어떤 시도를 하며, 일상의 삶에서 무엇을 더하거나 빼야 할까? 이 물음에 대한 답 역시 '두 번째 젊음의 노트'에 적는다.

에필로그에서는 네오테니의 열 가지 특징을 뒷받침하는 또 하나의 요소를 이야기한다. 이 요소는 누구나 지니고 있으며, 모든 네오테니 특징에도 녹아들어 있다. 나이 들면서 아무리 변하더라도 우리의 내면 깊숙이에는 아이의 성질과 태도가 그대로 남아 있다. 우리 마음속에서 살아가는 그 아이는 우리를 사랑한다.

◉ 사랑은 그 무엇보다 젊다

나이는 사랑을 막지 못하지만,

사랑하면 어느 정도까지는 나이 드는 걸 막아준다.

잔 모로(영화배우)

내가 젊게 나이 드는 방법으로 제시한 아이 같은 특징들을 뛰어넘어 그 중심에 자리하는 것이 바로 '사랑'이다. 아이는 사랑받고 다른 사람을 사랑하려는 욕구를 가지고 태어난다. 이런 욕구는 평생 우리 안에 남아 있다. 나는 가장 중요한 이 네오테니 특징을 마지막까지 아껴두었다. 네오테니의 다른 어떤 성질보다도 우리를 인간답게 하고 완전하게 하며 젊게 만드는 것이 바로 사랑이기 때문이다. 사랑은 우리의 탄력성과 낙천성을 지탱해주는 힘이요, 경이로움과 호기심의 연료이며, 기쁨의 본질이고 유머의 핵심이다. 또한 음악을 받쳐주는 에너지요, 일과 놀이의 동기이며, 배움에서 얻게 되는 소중한 교훈이다.

사랑을 베풀면서 더 행복하고 건강해지는 사람이 있는가 하면, 사랑받아야 건강을 유지하는 사람도 있다. 사랑이 건강을 증진시킨다는 연구결과도 많이 나와 있다. UCLA의 연구진은 맥아더재단의 노화 연구 데이터를 분석한 결과, 사랑하는 가족과 친구와의 친밀한 유대관계가 노인들의 인지력 감퇴를 완화하는 데 도움이 된다는 것을 알아냈다. 이 연구를 주도한 테레사 시먼Teresa Seeman의 말을 들어보자. "우리는 사람들이 유대감을 느끼는 정도와 그 감정의 질을 관찰했다. 그 결과 사랑하는 사람으로부터 감정적 지지와 만족을 많이 얻는다고 생각할수록 나이를 먹음에 따라 뇌 기능이 더욱 좋아졌다."

앞에서 이야기했듯이 유머를 생활화하고 배움의 기회를 많이 가지면서 우리는 더욱 큰 진전을 이룰 수 있다. 이런 활동들은 깊고 폭넓은 감정적 지지 기반을 만드는 데는 물론이거니와 새로운 사랑을 시작할 때도 도움이 된다. 사실 각각의 네오테니 특징과 그 실천 방법은 다시 젊어지는 여행에 나서면서 경비로 쓸 사랑의 예금통장을 채우기 위한 것이다.

《관계의 연금술 Love and Survival》의 저자이며 의사인 딘 오니시 Dean Ornish 는 예일 대학에서 관상동맥 조영술을 받은 남성 119명과 여성 40명을 조사했다. 그 결과 주변 사람들로부터 애정과 보살핌을 많이 받는다고 느끼는 환자들은 그렇지 않은 환자들에 비해 심장 혈관의 막힘 현상이 훨씬 적었다. 또한 연구자들은 협심증을 앓은 적은 없지만 높은 콜레스테롤 수치, 고혈압, 당뇨 같은 위험 요인을 지닌 기혼 남성 약 만 명을 추적 조사했다. 그러자 자신에 대한 아내의 애정이 부족하다고 생각하는 사람들은 아내에게 충분히 사랑받는다고 느끼는 사람들보다 협심증 발병률이 거의 두 배나 높게 나타났다.

사랑받는다는 느낌이 건강과 장수에 이롭듯이 사랑을 주는 것도 똑같은 효과가 있다. 사랑과 관심을 많이 베풀수록 더 큰 혜택으로 돌아오는 법이다. 캘리포니아 주 볼더크리크에 있는 하트매스연구소에서는 사랑이 인간의 신체에 긍정적인 효과를 미치며 건강 증진에 도움이 된다는 사실을 증명했다. 심장박동을 연구한 결과, 우리가 사랑을 느낄 때 심장이 뇌로 메시지를 보내면 건강에 이로운 호르몬이 분비된다는 것이다. 이는 배려나 연민, 감사 같은 긍정적인 감정을 느낄 때도 마찬가지라고 한다.

우리 모두 사랑을 모르지 않는다. 음악과 영화, 책도 늘 사랑 타령이다. 그런데도 일상에서는 그런 사랑을 많이 표현하지 못한다. 실제 현실에서는 사랑의 손길을 건네려 해도 거부당하는 경우가 너무나 많다. 서른 정도만 되도 더는 상처받을지도 모르는 위험을 감수하려 들지 않는다. 그리하여 우리는 더 이상 많이 사랑하지 않는다. 그러나 우리는 반드시 그런 위험을 감수해야 한다. 사랑은 젊어질 수 있는 가장 확실한 원동력이기 때문이다.

네오테니적 사랑은 집에서 기르는 강아지나 고양이, 물고기나 화초에 대해 느끼는 사랑일 수도 있다. 또한 동료나 부모, 자식, 형제자매는 물론이고 심지어 운동장에 뛰어노는 낯선 아이들에 대한 사랑일 수도 있다. 심지어 식료품 가게 점원에게 느끼는 호감도 이런 사랑에 포함시킬 수 있다. 궁극적으로 사랑은 삶과 마찬가지로 자기 자신으로부터 시작해서 자기 자신으로 끝난다.

⊚ 다시 사랑에 빠져라

모든 중생은 세상 어느 누구 못지않게

사랑 받을 자격이 있다.

부처

만약 우리에게 사랑이 없고 그것을 느낄 수도 없다면 어떻게 될까? 만약 내적인 탄력성을 잃어버리고 과거에 부담을 느끼며 미래를 두려워한다면 어떻게 될까? 만약 그렇다면 우리 마음의 상당 부분은 이미 죽은 것이다. 이 책은 나이 듦에 대한 그릇된 믿음을 내버리고 눈속임과 은폐를 중단하며, 활활 타오르는 불꽃을 다시 피우라고 촉구한다. 자신을 사랑하는 법을 배우자. 우리 안에 있는 어린아이의 순수함과 희망, 마력과 다시 사랑에 빠지자. 이런 사랑을 통해 우리는 작가 앤 라모트와 똑같은 감정을 느낄지도 모른다. "나이는 내가 평생 찾아헤매던 것을 주었다. 나이가 내게 준 것은 바로 '나'다."

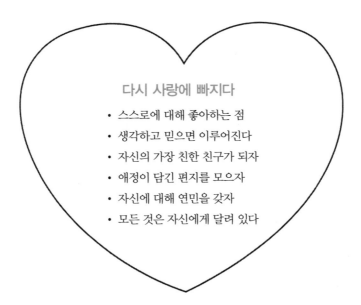

다시 사랑에 빠지다
- 스스로에 대해 좋아하는 점
- 생각하고 믿으면 이루어진다
- 자신의 가장 친한 친구가 되자
- 애정이 담긴 편지를 모으자
- 자신에 대해 연민을 갖자
- 모든 것은 자신에게 달려 있다

스스로에 대해 좋아하는 점

스스로에 대해 좋아하는 점을 죽 적어보자. 다른 것은 생각지 말고 자신이 누구인지, 믿고 소중하게 아끼고 가치 있게 생각하는 것이 무엇인지를 생각하자. 여러분은 어떻게 세상에 기여하는가? 되도록 솔직하고 뻔뻔스러워지자. 자화자찬해도 좋지만 거짓은 말하지 말자. 나이가 들면서 우리는 곧잘 자신이 좋아하던 것들을 잃어버린다. 왜 그럴까? 자기 스스로 혹은 다른 사람들이 이제 그런 것들을 넘어서야 한다고 여기기 때문이다. 그러면서 우리는 조용히 사라져간다.

스스로에 대해 좋아하는 점이 잘 생각나지 않으면 가까운 친구들의 좋은 점을 떠올리자. 사람들은 대개 비슷한 사람들과 사귀므로 친구들의 좋은 점을 자신도 가지고 있을 것이다. 이제 목록을 작성한 다음 새로운 사실을 알게 될 때마다 계속 추가하면 된다. 그리고 기분이 가라앉을 때마다, 아니 되도록 날마다 그 목록을 들여다보자. 그렇게 해서 매일 하나씩이라도 우리 안의 아이가 두고두고 간직하며 의지할 만한 것을 주도록 하자.

생각하고 믿으면 이루어진다

늘 습관처럼 스스로에 대해 좋아하는 점을 생각하자. 만약 자신을 칭찬하는 습관을 잃어버리면 더 이상 다른 사람도 칭찬하지 않는다. 우리의 친절 유전자는 시들어간다. 아주 많은 사람들이 나이 든 사람들을 심술궂다고 생각하는 것도 바로 이 때문이다. 하지만 자신에 대한 칭찬은 건강한 행동이고 다른 사람들에게 관대해지는 데도 도움이 된다. 자신을 사랑하고 인정할 때 우리는 더욱 행복해지고 자유로워지며 다른 사람도 사랑할 수 있다.

자신의 가장 친한 친구가 되자

자신이 사랑하고 존경하는 사람을 떠올려보자. 그 사람도 여러분을 사랑한다. 그 사람을 사랑하고 높이 평가하는 이유에 대해 생각해보자. 마음속에서 그 사랑이 어떻게 느껴지는지 생각해본 다음, 반대로 그 사람도 여러분에게 똑같은 사랑을 느낀다고 상상해보자. 친구들이 여러분을 보는 눈으로 자신을 보자. 다른 사람이 여러분을 사랑하는 이유는 무엇일까? 그것을 느끼고 즐겨라. 그리고 그 친구의 눈으로 자신을 바라보자.

애정이 담긴 편지를 모으자

누군가 자신에 대해 좋은 말을 할 때마다 혹은 어떤 종류든 긍정적인 피드백을 받을 때마다 '스스로에 대해 좋아하는 점' 목록에 추가한다. 누군가 여러분에 대해 좋은 말을 적은 카드를 준다면 그것도 잘 간직한다. 어떤 점이 여러분을 사랑스럽게 만드는지 떠올릴 필요가 있을 때마다 그런 카드를 꺼내보자. 나는 교육자의 길로 들어서면서부터 이런 수집 습관을 들이기 시작했다. 길을 잘못 들었다고 느낄 때마다 이런 카드나 편지를 꺼내보는 것이 내게는 큰 힘이 되었다. 여러분을 아끼는 사람들의 생각과 따뜻한 마음이 담긴 편지를 볼 때면 언제나 기쁠 것이다.

자신에 대해 연민을 갖자

자신이 늙었거나 못생겼다고 느낄 때 혹은 삶이 자신을 외면한다고 생각할 때, 그런 불필요한 '잡념'의 원인을 이해하려 애쓰자. 내면 깊숙한 곳을 들여다보며 답을 찾자. 무엇이 여러분을 두렵게 만드는가? 불안감을 느끼는 이유는 무엇인가? 가끔 화장실 벽에 쓰여 있던 욕설은 기억하면서도 짧은 시나 연애편지를 잘 기억하지 못하는 이유가 궁금한 적 없는가? 우리는 자신의 실패와 결점, 다른 사람의 비난은 생생하게 기억한다. 그런 상처를 들추는 내면의 아이와 접촉하여 감정 상태를 확인하자. 그런 다음 그 감정을 똑바로 바라보고 그런 고통이나 판단의 원인을 찾아내어 마음에서 몰아내자. 상처 입은 그 아이에게 연민을 갖고 사랑을 주어야만 우리 자신을 사랑할 수 있다.

모든 것은 자신에게 달려 있다

이 책의 내용 가운데는 여러분에게 효과적인 것도 그렇지 않은 것도 있을 것이다. 사랑과 연민은 더 많이, 비판하는 감정은 더 적게 갖기 위해 무엇을 할지 곰곰이 생각해보자. 자신에게 무엇이 효과적이고 자연스럽게 느껴지는지는 자신이 가장 잘 안다. 내면에 있는 지혜의 샘을 발견하자. 우리 안에 잠자는 사랑스럽고 아이 같은 특징은 다시 세상에 나올 날만을 손꼽아 기다린다. 또한 우리가 삶의 후반기를 한껏 즐기는 데 도움을 주려고 늘 대기하고 있다.

◉ 참된 아름다움은 사랑에서 나온다

아무리 나이를 먹어도 젊고 활기찬 영혼을 간직하려 애쓰자.
죽음의 문턱에 서서도 삶이 시작일 뿐이라고 생각하자.
내 생각에 재능과 애정과 내적인 행복을
계속 키워가려면 그 방법밖에 없다.

조르주 상드(작가)

일정한 나이가 지나면 젊음은 오직 사랑하는 마음에서만 생긴다. 사랑받으려면 먼저 사랑스러워야 한다는 말이 있다. 마찬가지로 젊어지려면 '젊게 살아야' 한다. 네오테니 특징을 지닌 사람들은 나이 들어보이지 않는다. 그들은 자신의 젊은 특징을 간직한 채로 날마다 더욱 아름다워진다. 그들의 얼굴에서는 빛이 나는 것 같다.

　나보다 일곱 살 연하인 남편을 처음 만난 날, 나는 너무 나이 들어 보이면 성형수술을 생각해보겠다고 말했다. 그의 대답이 환상이었다. "모임에서 언제나 가장 아름다운 여성이 누군지 알아요? 가장 어린 여성도 너무 완벽한 여성도 아니에요. 가장 잘 차려입은 여성은 더더구나 아니죠. 얼굴 가득 미소를 담고 모든 사람들에게 친절하게 말하는 여성이 언제나 가장 아름다워요. 틀림없어요. 그런 여성은 발가벗고 있어도 편안해하고 온몸으로 사랑과 기쁨을 발산할걸요. 아무리 성형수술을 많이 해도 그렇게 될 수는 없어요." 나는 그 말을 듣고 '저런 남자라면 결혼해도 되겠다'고 생각했다. 그리고 정말 그 남자와 결혼했다. 그 대화 이후 나는 단 한번도 성형수술을 생각해보지 않았다. 대신에 나의 기쁨과 호기심, 유머감각에 '손을 대기로' 결심했다.

나이를 먹으면 얼굴에 주름살이 생길지는 몰라도 열정이 부족하면 영혼에 주름살이 생긴다. 어디에 어떻게 주름살을 만들지는 스스로 결정할 수 있다. 미소를 지을 것인가, 아니면 얼굴을 찌푸릴 것인가? 매사를 낙천적으로 생각할 것인가, 아니면 의심에 찬 곁눈질을 할 것인가? 우리는 이 세상의 경이로움과 사랑에 빠질 수도 있고 하루 종일 멍한 상태로 지낼 수도 있다. 다른 사람의 짐을 같이 짊어지려고 노력함으로써 강한 근육을 만들 수도 있고 자신의 짐에 짓눌려 잔뜩 웅크린 어깨를 가질 수도 있다. 우리의 발은 지칠 때까지 춤출 수도 있고 사용하지 않아 쇠약해질 수도 있다. 우리는 매일 더욱 사랑스런 용모를 만들어갈 수도 있고 거울 속에 비치는 자신의 모습에 눈을 돌릴 수도 있다.

배우이자 《인간 얼굴의 미학^{The Human Face}》의 공동 저자인 존 클리즈^{John Cleese}는 말한다. "나이를 먹어서도 아름다운 얼굴은 공짜로 얻어지는 선물이 아니다. 당신의 얼굴은 시간을 초월하는 특징들을 보여주기 때문이다. 정신의 힘, 친절, 헌신, 지혜, 열정, 유머, 지성, 연민 등등."

나는 여러분이 죽음이 아니라 삶을 믿으리라 생각한다. 만약 젊게 오래 사는 데 관심이 있다면, 만약 열망과 활력과 열정을 통해 삶에 대한 사랑을 보여주고자 한다면, 여러분은 두 번째 젊음의 시절을 즐길 자격이 있다.

⑥ 오래된 나무일수록 세상에 더 많이 기여한다

나는 스스로에게 '네가 삶에서 원하는 게 뭐냐?' 고 물었다.

그러자 짜릿한 전율이 일면서 깨달았다.

'정확히 내가 지금 가지고 있는 것,

그러면서도 내가 가진 모든 것에 더욱 어울리는 사람이 되고

그것들을 좀더 솜씨 있게 다루는 것.'

메이 사턴(작가)

나는 일 년 중 몇 달은 똑바로 걷기도 힘들 만큼 바람이 거세게 몰아치는 황량한 산꼭대기에서 살았다. 그런 환경에서 풀과 나무가 제대로 자라려면 엄청난 탄력성이 필요하다.

얼마 전 나는 집 주변의 언덕 하나를 올랐다. 언덕을 오르던 중 무릎이 평소보다 약간 더 삐걱거리고 속도가 예전만 못하다는 것을 깨달았다. 그러다 보니 생각이 자연스레 노화 현상 쪽으로 흘러갔다. 그러다가 언덕 정상에서 사방으로 가지가 뻗어나가고 잎이 무성한 큰 참나무를 발견했다. 그때도 역시 바람이 몰아치고 있었고 작고 어린 나무들은 바람에 이리저리 나부끼며 휘어졌다. 하지만 당당한 그 고목은 위엄과 자부심과 힘을 드러내며 꿋꿋하게 서 있었다. 이 나이 많은 나무의 사방으로 뻗은 가지는 새에게는 보금자리와 휴식을, 내게는 쉴 수 있는 그늘을 주었다. 나는 바람을 피할 요량으로 그 나무 뒤에 몸을 숨겼다. 그러다가 나무 옆에 서서 그 줄기를 자세히 관찰했다. 부드럽고 싱싱하고 예쁜 주변의 어린 나무들과는 달리 그 줄기는 바람에 패이고 할퀴어 상처투성이에 울퉁불퉁하고 쭈글쭈글했다.

어린 나무들은 다른 용도가 없었다. 둥지를 품거나 그늘을 제공하거나 바람을 막아주기엔 너무 작았다. 자연은 우리에게 많은 교훈을 준다. 나는 그날 바람에 시달리고도 당당함을 잃지 않은 그 나무 옆에서 삶의 교훈 하나를 얻었다. 삶에서 중요한 것은 외형이 아니라 기능이라는 점이다. 삶은 우리가 얼마나 부드럽고 예쁜지에 관심이 없다. 삶은 오히려 다른 사람을 돕고 세상에 기여하며 세상을 더 좋고 안전하고 덜 위협적인 곳으로 만드는 일에 의미를 둔다. 죽지 않고 오래오래 살아남는 것이 문제가 아니다. 얼마나 좋은 일을 하며 잘 사는가가 중요하다.

우리는 자신에 대한 다른 사람들의 반응을 보면서 스스로 늙었다고 느끼기 시작한다. 다른 사람들이 우리 얼굴에서 노인의 얼굴을 볼 때 말이다. 식료품 가게 점원이 처음으로 나를 "할머니"라고 불렀을 때, 공항에서 낯선 사람이 내게 손자가 있느냐고 물었을 때, 극장에서 경로우대를 해주었을 때 나는 깜짝 놀랐다. 내 나이대의 다른 사람들 모습이 어떻게 보이는지 뻔히 알면서도 '나는 젊어보여', '나는 달라' 라고 생각한 것이다. 이는 여러분도 마찬가지일 테고 어쩌면 누구나 그렇게 생각하는지 모른다.

조만간 우리 모두는 엄연한 현실의 거울을 똑바로 쳐다볼 수밖에 없다. 그러나 거울에 비치는 우리의 모습은 삶과 자신을 얼마나 사랑하는가에 따라 유쾌하거나 불쾌하게, 아니면 무덤덤하게 보일 수 있다. 스스로에 대한 확신이 있다면 우리는 자신이 뿌리고 거둔 것에 만족하면서 역경의 바람을 만나도 흔들리지 않고 꿋꿋하게 견딘다. 다른 사람들과 자신을 사랑한다면 우리는 미래라는 약속의 땅에 기쁜 마음으로 뿌리를 내릴 테고 나이 듦에 대한 오해와 사회적 편견은 마침내 뿌리 뽑힐 것이다.

◉ 늙기만 하는
티토노스의 불행에서 헤어나라

나이가 많이 들기는 했어도 나는 지금이 내 삶에서
가장 즐겁고 좋은 때라고 생각한다.
나는 지금의 나이와 삶을 찬란한 젊음과도 바꾸지 않을 것이다.

루이지 코르나로(이탈리아 르네상스시대의 귀족)

영생에 대한 인간의 열망은 그리스 신화의 티토노스^{Tithonos} 이야기에 잘 나타나 있다. 티토노스의 아내가 제우스를 찾아가 남편의 영생을 청하면서 영원한 젊음이 아니라 단지 영원한 생명을 달라고 비는 바람에 티토누스는 결국 끝없이 늙어만 가는 끔찍한 고통 속에 살게 된다. 단순히 오래 살겠다는 바람은 불행을 자초하는 일이다. 청춘의 샘에 관한 전설은 최소한 2000년 동안 인간 열망의 한 축을 이루었다. 티토노스 전설은 그런 인간의 열망에 대한 현실적인 교훈을 준다.

전설 속 '청춘의 샘'을 찾아 세상을 떠돌아다닌 스페인 탐험가 후안 폰세 데 레온^{Juan Ponce de Leon}의 이야기는 영생을 추구하는 것이 얼마나 덧없고 무익한지 잘 보여준다. 이런 영생 추구의 역사는 1889년 사이비과학의 힘을 빌려 전환점을 맞는다. 당시 저명한 과학자 찰스 세쿼드^{Charles Sequard}가 개의 고환에서 짜낸 액체를 섞은 주사로 노인을 젊게 만들 수 있다고 주장한 것이다. 어째 듣기에도 이상하지 않은가? 하지만 그것이 오늘날의 보톡스나 콜라겐 주사와 크게 다를 것이 있을까?

생물학자와 분자과학자, 심지어 어원학자들까지 젊음을 오래 유지하는 방법을 알아내고자 수천만 달러를 쏟아부으면서 연구에 매달리고 있다. 최근에 케이스웨스턴리서브 대학에서 실시한 연구에 따르면, 바퀴벌레는 우아하게 늙지 못한다고 한다. 6주간의 성인기를 거친 다음 바퀴벌레는 관절이 뻣뻣해져 위로 기어오르지 못하고 발바닥이 굳어서 수직면에 들러붙지 못한다. 한 연구자는 바퀴벌레가 노쇠하면 적으로부터 도망치는 능력을 잃어버리는 데 주목했고, 이런 능력 상실이 뇌 기능과 관련 있다는 가설을 세웠다. 그는 바퀴벌레의 머리, 즉 뇌를 제거함으로써 자신의 가설을 시험했다. 그러자 과연 그 바퀴벌레는 비록 짧은 시간이긴 하지만 어쨌든 어린 바퀴벌레처럼 적으로부터 도망치는 능력을 회복했다.

뇌의 일부를 제거해서라도 좀더 젊어지겠는가? 과거를 지우거나 수명을 연장해주는 마법의 약을 마실 수 있다고 하면 여러분은 그렇게 하겠는가? 개성을 포기하는 위험을 감수하고라도 과거의 기억에서 해방되고 싶은가? 구체적으로 과거의 언제를 지우고 싶은가? 사랑에 빠졌던 시간인가, 아니면 자녀들이 태어났던 시간인가? 아니면 누군가와 작별을 고해야 했던 슬픈 시간들을 지우고 싶은가?

그렇지 않고 다시 젊어지기로 선택한 덕분에 오히려 지난 한 해한 해의 성과와 의미를 깨닫게 될까? 지난 세월에 감사하며 앞으로의 생을 우아하게 보내게 될까?

죽음 말고는 어떤 치료법도 마법의 약도 나이를 먹지 않을 가능성도 없다. 죽음은 피할 수 없지만, 늙었다고 생각하며 죽을 수도 있고 젊다고 생각하며 죽을 수도 있다. 또한 가능한 오래 살다 죽을 수도 있다. 이 모든 것은 우리 자신에게 달렸다.

영화 〈셜리 발렌타인Shirley Valentine〉에서 중년의 주부로 다 큰 두 자녀를 둔 어머니인 주인공은 남편을 위해 저녁 준비를 하면서 주방 벽에 대고 말을 거는 자신을 발견한다. 그녀는 자신의 호기심과 열정을 되살리고 사랑과 웃음을 되찾고자 여행을 가기로 결심한다. 그녀는 너무 늦을 때까지 마냥 기다리고 싶지 않다. "우리들 대부분은 실제로 죽기 훨씬 전에 이미 죽어 있다. 우리를 죽이는 것은 사용하지도 않으면서 끌고만 다니는 이 끔찍한 삶의 무게다."

◉ 다시 한 번 더
젊음을 누릴 권리가 있다

최고로 운이 좋은 사람은 삶의

끝을 삶의 시작으로 되돌릴 수 있는 사람이다.

요한 볼프강 폰 괴테(독일의 시인 · 극작가)

시아버지 개리는 마음만은 정말 젊다고 느끼기 때문에 자신의 실제 나이를 줄여 말해도 된다고 생각하신다. 얼마 전 칠순 생신 때 시아버지는 마음의 나이를 감안하여 자신이 쉰여섯 살이라고 우기셨다. 최근 몇 차례 여행을 다녀오시고는 할인율을 더 높여서 이제 쉰다섯 살이 되셨다. 시아버지 개리는 생리학과 생물학, 연대학이 나이를 지배하지 않는다는 것을 증명하는 살아 있는 증거다. 내가 이 책에서 줄곧 주장하듯이 나이를 셈하는 데는 더욱 시적이고 정확한 또 다른 전제가 있다. 바로 우리 영혼의 상태 말이다.

우리 내면에는 인간의 소중한 자산인 네오테니 특징들이 살아 숨쉰다. 날 때부터 지닌 이런 특징들은 평생 소중하게 간직하고 개발하고 강화해야 하며, 결코 무시해서도 부정해서도 안 되는 선물이다. 네오테니는 영생이 아니라 '불변'을 이야기한다. 삶이 백기를 들고 때로 굴복할 수는 있어도, 네오테니라는 첫 번째 생일선물을 간직하는 한 우리는 정말로 변하지 않는다. 어린 시절의 우리와 지금의 우리는 같다는 뜻이다. 우리의 생일 촛불은 아직도 환하게 타고 있다.

우리 안에는 아직 써보지도 않은 삶이 잠자고 있다. 그 삶을 죽이지 말자. 또한 삶이 우리를 짓누르거나 늙게 만들도록 내버려두지 말자. 우리는 모두 지금의 자신보다 훨씬 더 큰 누군가가 될 수 있다. 인간으로서 우리가 지니는 위대함과 아름다움, 특별함은 보편적인 만큼이나 개인적이기도 하다. 이 책에서 소개하는 교훈과 아이디어와 제안을 마음에 새기고 삶을 새롭게 하기 바란다. 네오테니다운 삶을 살자. 자신을 온전히 이해하자. 우리의 마음과 정신을, 우리의 내일을 젊게 하자.

기회가 있을 때마다 바닥을 뒹굴고 나무를 오르고 마음껏 뛰어다니며 놀자. 질문을 하고 이야기를 나누자. 젊게 나이 들어가자. 낙천적으로 살고 아이같이 기뻐하며 뛰어놀고 일과 놀이에서 기쁨을 찾자. 새로운 것을 배우고 늘 웃음을 짓자. 매일 어디에서건 자신만의 해피엔딩을 만들자. 다시 젊어지기 위해 네오테니 특징들을 꾸준히 실천한다면 어린 시절 우리 안에 살아 있던 모든 것을 되찾고 되살릴 수 있다.

한번 지나간 젊음으로는 부족하다.

때론 마음속의 불이 사라질 때가 있고

다른 사람을 만나 다시 불꽃을 피우기도 한다.

우리는 마음속의 불을 켜준

그런 사람들에게 깊이 감사해야 한다.

알베르트 슈바이처(의사, 노벨평화상 수상자)

유익한 아이디어와 깨달음을 전해준 애슐리 몬터규와 스티븐 제이 굴드에게 감사를 전한다. 삶의 긍정적인 의미를 일깨운 마틴 셀리그먼과 존 힐먼, 삶의 개념을 한 차원 끌어올린 미하이 칙센트미하이에게 존경을 표한다. 함께 등산을 하며 내게 많은 힘이 되어준 PEAK Learning의 동료들에게도 고마움을 전한다.

언제나 나를 격려하고 따뜻한 가정을 만들어주신 켄과 캐럴 로렉, 내 든든한 버팀목이자 기쁨을 안겨주는 캐런과 데이비드와 로렌, 힘들 때마다 기운을 북돋고 자매애를 보여주는 게이 루나, 나를 왕비처럼 대해주는 페기 리트맨, 내 몸과 마음의 휴식처인 모니카

킹, 사려 깊은 충고와 걱정을 아끼지 않은 스티븐 스턴, 나를 아름답게 꾸며주는 앤지 로건, 늘 즐거움을 주는 아디 잰쿠, 유익한 조언으로 자신감을 심어주는 리디아와 에드 하인보켈, 늘 내 곁을 지켜주는 셰리 부빅과 애나 배스, 큰 오빠인 제프 톰슨, 그야말로 새로 태어난 듯한 기분을 맛보게 해준 티나 슐츠, 내 든든한 보호자인 개리 스톨츠, 수십 년 동안 서로 허물없이 지내온 마이크와 신디 피멘탈, 참된 출발의 의미를 가르쳐준 앨 메이슨과 그의 가족, 고향인 펜실베이니아 주 쉬펜스버그의 모든 친구들, 새 식구가 된 케이티 마틴, 내 제자들의 진가를 알아본 샌드라 스톨츠와 그들에게 모범이 되어준 STARS, 언제나 기대와 지원을 아끼지 않은 팀 오헌, 안락한 오두막집을 빌려준 브루스와 테레사 러블린, 나를 믿어준 유진 휴스, 모두의 역할모델이 되어준 밀드레드 해니퍼드, 이 책을 위해 많은 자료를 찾아준 수전 슈미트와 제목을 지어준 제럴딘 챔피언, 나를 끊임없이 다독여준 베벌리 볼츠, 언제나 정다운 이웃이 되어준 샘과 낸시 맨치노, 주변을 깨끗하게 정돈해주는 힐러리 그랜트, 기꺼이 나와 함께 놀아준 모든 친구들, 이 모두에게 마음 깊이 감사한다. 마지막으로 나의 세 아들에게 고마움을 전한다. 밝게 빛나는 체이스, 웃음 바이러스 숀, 사랑의 메신저 폴.

우리는 영원히 젊을 것이다.

· Buford, Bob. *Halftime: Changing Your Game Plan from Success to Significance.* Chicago: Zondervan, 1997.
· Chopra, Deepak. *Ageless Body, Timeless Mind.* New York: Harmony, 1993.
· Chopra, Deepak. *Grow Younger, Live Longer.* New York: Harmony, 2001.
· Cooper, Kenneth H. *Regaining the Power of Youth at Any Age.* New York: Nelson Books, 2005.
· Cohen, Gene D. *The Mature Mind.* New York: Basic Books, 2005.
· Csikszentmihalyi, Mihaly. *Finding Flow.* New York: Basic Books, 1997.
· Dembe, Elaine. *Passionate Longevity.* New York: John Wiley and Sons, 2004.
· Dychtwald, Ken. *Age Power: How the 21st Century Will Be Ruled by the New Old.* New York: Jeremy P. Tarcher/Putnam, 2000.
· Gambone, Jim. *Refirement: A Guide to Midlife and Beyond.* Minneapolis: Kirk House Publishers, 2000.
· Gerzon, Mark. *Listening to Midlife: Turning Your Crisis into a Quest.* Boston: Shambhala, 1992.
· Jamison, Kay Redfield. *Exuberance: The Passion for Life.* New York: Knopf, 2004.
· Langer, Ellen J. *Mindfulness.* New York: Addison Wesley, 1990.
· Livingston, Gordon. *And Never Stop Dancing.* New York: Marlowe and Company, 2006.
· Leider, Richard, and David Shapiro. *Claiming Your Place at the Fire: Living the Second Half of Your Life On Purpose.* San Francisco: Berrett-Koehler Publishers, 2004.

· Montagu, Ashley. *Growing Young*. New York: McGraw-Hill, 1981.

· Moran, Victoria. *Younger By the Day: 365 Ways to Rejuvenate Your Body and Revitalize Your Spirit*. San Francisco: HarperSanFrancisco, 2004.

· Roizen, Michael F. *The RealAge Makeover*. New York: HarperCollins, 2004.

· Rowe, John W., and Robert L. Kahn. *Successful Aging*. New York: Dell Books, 1999.

· Sadler, William A. *The Third Age: Six Principles for Personal Growth and Rejuvenation after Forty*. New York: Perseus, 2001.

· Sarton, May. *At Seventy: A Journal*. New York: W. W. Norton & Company, 1993 (reissue).

· Scott-Maxwell, Florida. *The Measure of My Days*. New York: Penguin Books, 2000.

· Seligman, Martin E. P. *Authentic Happiness*. New York: Simon & Schuster, 2002.

· Sher, Barbara. *It's Only Late If You Don't Start Now*. New York: Delacorte Press, 1998.

· Stoltz, Paul G. *Adversity Quotient: Turning Obstacles into Opportunities*. New York: John Wiley and Sons, 1997.

· Stone, Marika and Howard. *Too Young to Retire*. New York: Plume, 2004.

· Snowdon, David. *Aging with Grace*. New York: Bantam, 2001.

· Thomas, William H. *What Are Old People For? How Elders Will Save the World Acton*. MA: VanderWyk and Burnham, 2004.

· Vaillant, George E. *Aging Well*. New York: Little, Brown, 2003.

· Viorst, Judith. *Suddenly Sixty and Other Shocks of Later Life*. New York: Simon & Schuster, 2000.